NIEDERRHEIN KRIMI

Thomas Hesse, Jahrgang 1953. Redakteur bei der Rheinischen Post in Wesel. Vor zehn Jahren hat es ihn vom Bergischen Land an den Niederrhein verschlagen. Der gelernte Germanist und Kommunikationswissenschaftler mag das »platte Land«. Und natürlich Krimis und das (gemeinsame) Schreiben. Er hat bereits ein Buch über Wesel veröffentlicht.
Thomas Niermann, Jahrgang 1959. Nach abgebrochenem Germanistikstudium Gelegenheitsarbeiter aus Überzeugung. Fahrer, Klosettschüsselmacher, Lagerarbeiter, Nachtwächter, Bauarbeiter, Zeitungsbote, Pflasterer, Gärtner usw. Zur Zeit ist er praktizierender Vater dreier Wunderkinder und fröhlicher Hausmann einer engagierten Geldverdienerin.

Thomas Hesse · Thomas Niermann

Der Esel

Emons Verlag Köln

Umschlaggestaltung: Atelier Schaller, Köln
Umschlagzeichnung: Heribert Stragholz
Umschlaglithografie: HDL Repro-Service GmbH, Köln
Satzbelichtung: Stadt Revue Verlag GmbH, Köln
Druck und Bindung: Clausen & Bosse GmbH, Leck
Printed in Germany 1997

ISBN 3-924491-95-X

Für Eva und für Martina

PROLOG

Er näherte sich seiner Heimatstadt linksrheinisch. Bereits ein paar Ausfahrten früher als notwendig verließ er die überall gleich abgepflanzte, wie mit grünen Scheuklappen versehene Autobahn. Er wollte Landschaft, sich langsam rantasten, gemächlich von Dorf zu Dorf rollen. Abfahrt Kerken, runter von der A 40.

Niederrhein pur. Plattes grünes Land, überall die riesigen Rasierpinsel der Kopfweiden, schwarzbuntes Milchvieh satt, uralte Höfe, manchmal von modernen Futtersiloröhren überragt. Der achteckige Turm von St. Thomas grüßte von Stenden herüber. Längst vergangene Bilder tauchten auf. Heimspiel. Die ganze Region hier hatte er mit seiner Mutter in zahllosen Radtouren durchstreift. Glückliche Zeit, lange vorbei.

Rahm. Das Brigittenhäuschen. Er stoppte den Wagen, stapfte übers Feld zu der klitzekleinen, schneeweißen Marienkapelle, ließ sich auf der rohgezimmerten Besucherbank nieder. Sanft wiegte der Wind das Laub im tiefhängenden Blätterdach des alten Baumes, der das Idyll beschirmte.

Vergangenheit hauchte ihn an. Es war ihm, als höre er die Stimme seiner Mutter. Hier hatten sie vor fünfundzwanzig Jahren gesessen. Da nagte der Krebs bereits heftig an ihr. Kurze Zeit später war sie tot, und die Eiszeit begann. Aber damals war er noch ahnungslos und glücklich gewesen. Sie hatte ihm die Geschichte von Brigitta, der Magd, erzählt, die just da, wo man später das Bethäuschen errichtet hatte, vom Blitz erschlagen worden war.

Die geliebte Mutter. War sein Vater damals dabei gewesen? Ein blinder Fleck. In der Erinnerung an seine Mutter war der Vater stets ausgeblendet.

Er kehrte heim nach zwölf Jahren. Zwölf Jahre, die nicht so gradlinig verlaufen waren wie diese Straßen, über die er seinen alten VW-Bus steuerte. Da hatte es Irrungen, Umwege und Sackgassen gegeben.

Auch damals hatten seine paar Habseligkeiten in einem alten Bulli Platz gefunden. Nur war er damals erhobenen Hauptes aufgebrochen, das Abitur in der Tasche, vom Vater als Hoffnungsträger zum Studium in die Landeshauptstadt entlassen. Jetzt kehrte er als Geschlagener zurück. Verlierer in einem Spiel, dessen Regeln er nicht akzeptieren wollte, die er vielleicht auch nie richtig kapiert hatte.

Links ab ging's nach Issum. Da wurde das freundliche Altbier gebraut, das ihm so manchen glücklichen Rausch beschert hatte. Ortsschilder huschten im Sonnenschein vorbei. Rheurdt, Sevelen, Namen wie Perlen an einer schimmernden Kette, die weit in die Kindheit reichte. Da oben thronte Kloster Kamp stolz über der terrassierten, barocken Parkanlage. Sanssouci am Niederrhein. Und gleich ein paar Kilometer weiter das häßliche Gegenstück. Schachtanlage Rossenray. Wie ein riesiges auf dem Kopf stehendes Satanistenkreuz drohte der merkwürdige Betonförderturm.

Endlich Rheinberg. Tief atmete er den köstlichen Duft, den die berühmte Magenbitter-Destille seit Generationen mitten in der Stadt verströmte. Noch knapp zwanzig Kilometer bis Wesel. In der kleinen Stadt am großen Strom war er geboren. Trotzdem wollte keine freudige Stimmung aufkommen.

Als er vor zwölf Jahren auf dem Weg in die Freiheit die strenge preußische Zitadelle, die Teil der ehemaligen Stadtbefestigung war, hinter sich gelassen und die Rheinbrücke passiert hatte, da war er sich wie der treue Heinrich aus dem Märchen vorgekommen. Beim Anblick der sich weit öffnenden Ebene waren die metallenen Bänder, die sein engherziger Vater um seine Brust geschmiedet hatte, abgefallen. Das Auge konnte unverstellt bis zum trüben Horizont schweifen, das Herz sich öffnen und die Seele weit ihre Flügel aufspannen. Freiheit. Ein Zurück in die Enge, in den Muff und Mief des Vergangenen? Undenkbar. Daß das alles kalter Kaffee, Gesülz, kitschiges Liedzitat war, hatte sich sehr bald herausgestellt.

Doch damals dachte er nicht daran, sich in den ehrgeizigen Karriereplan, den sein Vater für ihn aufgestellt hatte, einzufügen. Er war gereist, abgetaucht, hatte seinem Vater über Jahre jegliche Rechenschaft verweigert. Aber wo er auch lebte, welchem Projekt er sich anschloß, immer trieb ihn schon nach kurzer Zeit die Banalität des allzumenschlichen Umgangs miteinander, die Enge und der Schock über verratene Ideale ernüchtert weiter. Die ewige Wiederkehr des Gleichen.

Den vorläufigen Schlußpunkt bildete dann Twin Oaks, eine esoterisch ausgerichtete Landkommune in der Nähe von Cleveland, Ohio. Er hatte sich davon viel in Sachen Selbstfindung und Bewußtseinserweiterung versprochen. Aber irgendwann merkte er, daß er lediglich bei einem Häuflein abgefahrener Drogenfreaks gestrandet war.

Diesmal war der Absprung nicht so leicht. Er steckte selbst schon viel zu tief im Sumpf. Als er sich eingestehen mußte, daß er süchtig war, kehrte er nach Deutschland zurück, um sich einer Langzeittherapie zu unterziehen. Er war ganz unten. Da kam Laura.

Laura war seine Therapeutin in einer kirchlichen Drogeneinrichtung. Sie half ihm zu überleben, durchzuhalten, wieder Tritt zu fassen. Vom ersten Augenblick an war er ihr zugetan. Aus Zuneigung wurde Liebe von einer Intensität, die er bis dahin nicht gekannt hatte.

Es waren weder die ermüdend zähen Gruppensitzungen, noch die oft verschwätzten Einzelgespräche mit wohlmeinenden Sozialpädagogen, die ihm halfen, sein Drogenproblem in den Griff zu bekommen. Das war einfach nur Laura. Für sie konnte er kämpfen, für sie konnte er hart sein. Und auch Laura hatte bald alle professionelle Distanz aufgegeben und die eherne Regel ihres Berufsstandes – »Laß dich nicht mit Klienten ein« – über Bord geworfen. Nie war er glücklicher gewesen.

Doch sie mußten ihre Verbindung geheimhalten, auch nachdem er die Therapie erfolgreich abgeschlossen hatte. So was sprach sich schnell rum, und es war schon in einem ähnlichen Fall zu Riesenwirbel mit Rausschmiß und beruflichem Aus gekommen. Laura war ehrgeizig und wollte nichts riskieren. So wohnten sie nach wie vor in getrennten Wohnungen. Ein für beide unbefriedigender Zustand.

Deshalb wollte Laura raus aus der Drogenarbeit. Daß sie sich ausgerechnet nach Wesel wegbeworben hatte, erfuhr er erst, als man ihr den Job in der autonomen Frauenberatungsstelle fest zugesagt hatte.

Er war bestürzt. Ausgerechnet in die Nähe seines Vaters, ausgerechnet nach Wesel. Aber Laura war hart geblieben. Sie, die immer ehrenamtlich in Projekten der Frauenbewegung mitgearbeitet hatte, reizte die Aufgabe.

Büderich kam in Sicht. Vorschriftsmäßig verminderte er die Geschwindigkeit. Rechts der Straße die alte Platanenallee. Die schirmartig gezogenen, verkrüppelten Äste, immer wieder vom Jahrestrieb amputiert, wirkten auf ihn merkwürdig obszön, als streckten ihm Versehrte mitleidheischend ihre knolligen Stümpfe entgegen. Alles im Griff hier, schoß es ihm durch den Kopf. Was frisch und jung ist, ungebeugt und ungezogen, wird gnadenlos weggeschnitten.

Er gab Gas. Warum war er so negativ? Warum kamen keine freundlichen Gefühle in ihm auf? *Back to the roots* nach all den Jahren. Der verlorene Sohn kehrt nach Hause zurück. Aber auf der Rheinbrücke eilte ihm kein Vater entgegen, ihm seinen schönsten Ring an den Finger zu stecken, sein kostbarstes Gewand überzuwerfen. Da schlachtete niemand ein Lamm, seine Rückkehr zu feiern.

Im Gegenteil. Sein Vater, ein angesehener Rechtsanwalt, den er Jahre nicht gesehen hatte, hatte auf die Mitteilung seiner bevorstehenden Rückkehr äußerst reserviert reagiert. Sie hatten sich verabredet, einen Termin gemacht, wie sein Vater sich ausdrückte, auf neutralem Terrain, in einer dürren Bierkneipe. So einfach ging bei dem die Stalltür nicht wieder auf. Franz war eben keiner, auf den man stolz sein konnte. Ein verlorenes, für die Zucht inzwischen eh unbrauchbar gewordenes Schaf. Bereits abgehakt unter Investitionen, die sich nicht ausgezahlt hatten.

Eine Ampel noch, dann die Schillstraße runter auf die düstere Zitadelle zu. Hinter diesen Mauern hatte man schon den jungen Friedrich eingeknastet, bevor er zum alten Fritz umgepolt wurde. Auch dem war ein gnadenloser Vater-Sohn-Konflikt vorausgegangen.

Die Zitadelle. Westliches Einfalltor der Stadt. Ein riesiges Walfischmaul. Vor zwölf Jahren hatte es ihn unverdaut ausgespien. Jetzt sog es ihn erneut in den Schlund. Er war wieder daheim.

Er hatte Angst.

EINS

Das Glockenspiel des Doms breitete einen friedvollen Klangteppich über das gemächliche Markttreiben rund um die endlich auch von den letzten Kriegswunden geheilte Kirche. Die Türen der Kneipen waren weit geöffnet. Männer standen an Tresen, während Ehefrauen Wochenendeinkäufe erledigten. Schüler mit ihren Freundinnen, Rentner am Brunnen, lokale Prominenz, Bürgernähe demonstrierend. Samstag in der kleinen Stadt.

Der Junge war hilflos, sanft, und schön. Das war sein Verhängnis. Der Mann war skrupellos, intelligent und angesehen. Das war seine Macht.

Der Junge hatte dem Mann den Rücken zugewandt, blickte aus dem Fenster auf das Marktidyll, verständnislos, randvoll mit Ekel und Haß.

Wohin mit dem Haß?

Der Mann war doch immer nett zu ihm gewesen. Erstaunt hatte er zur Kenntnis genommen, daß da einer war, der sich kümmerte, sich Zeit nahm, zuhörte, Freundschaft anbot. Hatten sie ihm am Anfang nicht auch Spaß gemacht, die kumpelhaften Vertraulichkeiten, aus denen dann schnell Zärtlichkeiten und mehr wurde? Neue, durchaus angenehme Erfahrungen.

Wohin mit dem Haß?

Seine Mutter, die es so schwer hatte mit sich und der Welt und mit ihm. Die zuviel trank und ihn zu oft allein ließ. Die mit Männern immer nur Pech hatte und so froh war, endlich eine Art Ersatzvater, einen studierten Profi, für ihn gefunden zu haben. Der nichts von ihr wollte und dem sie gerade deshalb voll vertraute.

Sie war seine Sonne. Der einzige Mensch, der ihn liebte, und auch der einzige Mensch, den er liebte. Ohne sie konnte er nicht leben.

Würde sie ihm, der schon so oft gelogen hatte, glauben, wenn er ihr Idol, den Mann aus besseren Kreisen, der sich herabgebeugt hatte, um ihm zu helfen, mit Dreck bewarf? Wie würde der Mann reagieren, der ihn mit Zuneigung und Geschenken überhäuft hatte, wenn er ihn von sich stieß?

Zaghafte Versuche hatte es gegeben. Mit Schrecken dachte er daran, wie sich die weichen Gesichtszüge des Manns verhärteten.

»Du hast es doch selbst so gewollt. Dir hat es doch auch Spaß gemacht.«

Ja, Ja, Ja! Und Nein, Nein, Nein! Jetzt nicht mehr. Nicht so.

»Nun hab dich nicht so«, hatte der Mann lächelnd gesagt und ihm zärtlich über den Kopf gestrichen. »Ich bin doch dein Freund und meine es nur gut mit dir. Der Meinung ist auch deine Mutter.«

Und dann sehr ernst: »Du weißt doch, was mit kleinen Jungen passiert, denen man nicht vertrauen kann? Verräter will man nicht gerne um sich haben. Ich weiß, daß deine Mutter genauso denkt.«

Das Heim!

Er war damals vor Einsamkeit fast gestorben. Sechs Monate. Seine Mutter weit weg in Entziehungskur. Er würde kein Verräter sein.

Der Mann ordnete seine Kleidung.

»Schau mal unter die Vase da auf dem Sideboard. Ich glaub, Schalke spielt nächsten Samstag zu Hause.«

Ungläubiges Erstaunen. Zwei Karten, Tribüne. Noch nie war er im Stadion gewesen.

Wohin mit dem Haß?

Danken, lächeln, artig sein. Nur raus hier. Zwei Karten für Schalke. Nun hab dich nicht so. Alles hat seinen Preis.

Der Junge lief wie durch einen Tunnel über den Markt. Von den Menschen, die sich fröhlich aufs Wochenende vorbereiteten, wie durch Glaswände getrennt. Ein einsamer Fisch im Goldfischglas.

Gerade erwischte er noch den Bus in die Feldmark. Die breite Bank ganz hinten war unbesetzt.

Wohin mit dem Haß?

Der Junge nestelte die Plastiktüte aus seiner Anoraktasche. Den Kopf gesenkt inhalierte er tief die betäubenden Klebstoffdämpfe.

*

Genau gegenüber dem ausladenden Portal der Maria-Himmelfahrt-Kirche befindet sich eine andere, zwar profane, dafür aber weitaus besser frequentierte Kult- und Weihestätte Wesels, das Café Fehr. Fleischmann erleichterte sich an Marias Kirchturm und versuchte währenddessen, anhand der vor der Cafétür geparkten Fahrräder herauszufinden, mit welcher Gesellschaft er gleich rechnen durfte.

Nachdem er endlich die Redaktionsräume des Niederrhein-Boten hatte verlassen können, wollte er nun bei Fehr ausgiebig das Wochenende einläuten. Der Niederrheiner ist kein Kostverächter, und Fleischmann war Niederrheiner von Geblüt und aus Passion. So hatte er bereits in einigen am Wege liegenden Kneipen ausgiebig vorgeglüht.

Gedankenschwer wiegte er sich wie ein frommer Beter an der Klagemauer. Mit dem abebbenden Strahl versuchte er noch einmal, die fünfzehnte Fuge der Ziegelwand zu erreichen. Das klackernde Geräusch hochhackiger Schuhe ließ ihn den Versuch abrupt abbrechen. Er stopfte, wühlte, zerrte.

»Guten Abend, Herr Fleischmann.«

Die Hand wie Napoleon in der Kleidung, nur eben eine Etage tiefer, fuhr er herum. Derya Aydin. Gestern erst war sie ihm bei einem Pressetermin des multikulturellen Freundeskreises aufgefallen. Ein strammer Feger. Scheiße! Ausgerechnet jetzt.

»Hallo, Hallöchen!«

Die Linke wedelte, die Rechte nestelte.

»Was machen Sie denn da?« fragte Derya unschuldig.

Fleischmann mühte sich, die Spuren seiner Zielversuche an der Wand mit seinem massigen Körper zu verbergen. Jetzt Augen zu und durch.

»Recherchen, liebe Frau, ständig nur Recherchen.«

Er knödelte das schwierige Wort heraus, als hätte er in ein Stück Seife gebissen. Zwei Liter Altbier, die er bereits durchgeschleust hatte, zeigten Wirkung.

»Wir Journalisten kennen keinen Feierabend, sind immer an der Front.«

Die Stimme zu sibyllinischem Flüstern gesenkt.

»Bereite da ein Buch über Wesels Baudenkmale vor. Dolle Sache, das.«

Derya zuckte zurück. Fleischmanns Fahne fuhr ihr wie die Flamme eines Schweißbrenners ins Gesicht. Der ist ja völlig von der Rolle, dachte sie, voll wie ein Pißpott. Versoffenes Schwein.

Aber Fleischmann war es gewohnt, positiv zu denken, besonders über sich. Und so deutete er Deryas Reaktion ganz anders. Er lief jetzt zu großer Form auf, riß die inzwischen unbeschäftigte Rechte empor und wies den Turm hinauf, um sich gleich darauf schwer daran abzustützen.

Derya entlockte die jähe Geste einen spitzen Überraschungsjuchzer. Fleischmann fühlte sich angespornt.

»Nehmen wir nur diesen Turm hier. In seiner schlichten architektonischen Finesse verkörpert er die ganze inhaltsschwere Wucht der Postmoderne bei gleichzeitigem Bezug auf archaische Sinnhaftigkeit.«

Derya war platt. Sie studierte im vierten Semester Kunstgeschichte in Bochum und glotzte jetzt ungläubig den freistehenden Ziegelquader empor.

Der wollte sie verarschen. Architektonische Finesse. Dieser aufgerichtete Bauklotz hätte genausogut im benachbarten Kindergarten designed sein können. Sie öffnete den Mund, aber Fleischmann kam ihr zuvor.

»Ich fühle mich da immer an den Turmbau zu Babel erinnert. Und jetzt stehen wir hier – *strangers in the night* – und sprechen doch die gleiche Sprache. Kulturen, die aufeinandertreffen, und doch dies selbstverständliche Verstehen. Der liebe Gott tut nichts als fügen.«

Fleischmann strahlte. Derya hatte Fluchtgedanken.

Aber so einfach kam sie einem Fleischmann nicht davon. Mühelos gelang ihm der assoziative Brückenschlag vom lieben Gott zum weisen Gorbatschow. Hatte der nicht gesagt, wer zu spät kommt, den bestraft das Leben?

Gib Gas, Fleischmann!

Und so hakte er sich behende bei der erstarrten Derya unter.

»Wollen wir unser fast schon schicksalhaftes Zusammentreffen nicht mit einem Schlummertrunk dort drüben vertiefen? Ich hätte Ihnen noch so viel zu sagen.«

Schlummertrunk! Und dann bestimmt die Briefmarkensammlung. Aber nicht mit ihr. Mit einem Ruck machte sie sich los. Am liebsten hätte sie ihm eine gesemmelt. Aber der multikulturelle Freundeskreis brauchte diesen Provinz-Schmock noch. Und daß der Dummbartel auf sie abfuhr, war vielleicht ganz gut. Der ließ sich mühelos für die gute Sache instrumentalisieren.

So höflich, wie es ihr noch möglich war, verabschiedete sie sich rückwärtsgehend. »Ich muß, leider, leider. Die Pflicht! Sie verstehen. Aber ich ruf Sie noch an wegen unserer Ausstellung. Sie erinnern sich doch, Kopftuch, Schleier, Körpertuch.«

»Rufen Sie, Teuerste, rufen Sie, und ich werde zur Stelle sein!« trompetete Fleischmann ihr hinterher.

Derya zwang sich, nicht zu rennen.

Beschwingt querte Fleischmann die Straße. Er war eingeschlagen wie eine Bombe. Die Bewunderung auf Deryas Zügen würde er so bald nicht vergessen. Er war schon ein toller Hecht. Brillant, charmant, witzig. Die Herzen flogen ihm nur so zu. Nur das seines Chefs nicht.

Der Gedanke an seinen Chef dämpfte ein wenig seine Euphorie. Dieser arrogante Patron. Sicher, der hatte studiert. Politik und Geschichte. Na und? War das ein Grund, ihn, den Nicht-Akademiker, ständig wie seinen persönlichen Schlappenschammes zu behandeln?

Wer hatte denn die Kontakte in die Vereine und zum Brauchtum? Wer stand denn bei Wind und Wetter am Tresen und hatte das Ohr am Puls des Volkes? Doch nicht dieser dünkelhafte Dandy in seinem Armani-Jackett. Der kam doch von auswärts, ein Weselinski.

Er hingegen war waschechter Weselaner und hatte nach dem Abi sein Handwerk gleich am Ort beim Niederrhein-Boten von der Pike auf gelernt. Weseler Urgestein, Fels in der Brandung des lokalen Geschehens. Und irgendwann würde er den ganz großen Knüller landen, und dann würde es rappeln im Karton. Jawoll.

Fleischmann riß die Glastür des Kneipen-Cafés auf. Wie ein warmer Willkommensgruß schlug ihm die Geräuschkulisse entgegen.

»Hallo, Hallöchen!«

Niemand beachtete ihn. Aber nach kurzer Rundumschau hatte er bereits sein nächstes Opfer ausgemacht. Hinten am Tresen stand der fette Georg Schulze, millionenschwerer, aber unglücklicher Sohn eines lokalen Bauunternehmers. Vor kurzem hatte ihn sein Vater mit einem Druckposten in der Unternehmensleitung betraut. Die Bürde lastete schwer auf seinen Schultern. Niemand wollte den Juniorchef so recht ernst nehmen.

Das Café Fehr war sein Fluchtpunkt. Hier war er Mensch, hier durfte er sein. Nämlich das, für was ihn sein Vater in tiefer Überzeugung hielt: ein Würstchen. Hier konnte er sich gehenlassen, brauchte nur Chef zu spielen, wenn's ihm zu Imponierzwecken in den Kram paßte.

Schulze hatte Fleischmann ebenfalls entdeckt. Er winkte rudernd mit den fetten Ärmchen.

»Ey, Fleischmann, komm rüber! Ich geb einen aus!«

Sie hatten sich bei der altehrwürdigen Ruder- und Tennisgesellschaft oben am Sporthafen kennengelernt. Fleischmann wie Schulze hätten zwar jedes Ruderboot zum Kentern und jeden Tennislehrer zum Weinen gebracht, aber wer was auf sich hielt, war da eben Mitglied. Und an der Club-Bar hatten sie stets eine gute Figur gemacht, manches Match erfolgreich geschlagen.

Fleischmann, der einfachen Verhältnissen entstammte, schmeichelte die Akzeptanz des Sprosses aus erster Weseler Familie. Und so röhrte er seine Kumpanei mit dem Nachwuchs-Nabob für jeden Anwesenden vernehmlich durchs Lokal.

»Georg, alter Junge, laß schon mal zwei Große anrollen! Eine durstige Journalistenkehle verlangt nach Labsal.«

Er warf seinen Trench lässig über den Mantelstock neben der Tür und pflügte, Schultern klopfend und huldvoll winkend – »Na, auch hier?« –, durchs Gedränge.

Der Wirt hatte ungefragt zwei Schnäpse zu den Bieren gestellt.

»Hopp, inne Kopp!« befahl Schulze zackig.

Synchron setzten sie die Gläschen an, ruckten den Kopf nach hinten und griffen gleichzeitig zum Bierglas.

»Zur Mitte, zur Titte, zum Sack, zack zack!« sekundierte Fleischmann mindestens ebenso schneidig. Sie begannen mit erheblicher Schlagzahl, der selbstbewußtseinserweiternden Droge zuzusprechen und logen sich die Taschen voll, daß es nur so rauchte.

Zwei Seelenverwandte, Zukurzgekommene, wartend auf das große *coming-out*, das sich partout nicht einstellen wollte.

*

Der Mann draußen in der Dunkelheit versuchte, durch die beschlagene Scheibe zu erkunden, was sich drinnen tat. Karl Kranz war sich nicht ganz schlüssig, ob er eintreten sollte. Er hatte die Schnauze gestrichen voll, aber nach Hause in seine kühle, durchgestylte Wohnung zu seiner ebenso kühlen, durchgestylten Frau zog es ihn auch nicht.

Wo gehör ich eigentlich hin? fragte er sich melancholisch. Zu der Mischpoke, die nach der Ausschußsitzung jetzt im Ratskeller zechte, doch wohl nicht. Aber war er hierfür mit seinen zweiunddreißig Jahren und seiner überkorrekten Kleidung nicht zu alt und overdressed? Sicher, als Schüler hatte er sich bei Fehr immer wohl gefühlt. Aber die Zeiten änderten sich. Paßte er da noch rein?

Karl Kranz war Psychologe und Familientherapeut. Einer von den Weseler Jungs, die es geschafft hatten. Mit sechsundzwanzig promoviert, mit dreißig zurück am Ort und gleich die eigene Beratungspraxis in bester Lage. Das Ratsmandat verstand sich da fast schon von selbst. Er hatte alles im Griff und unter Kontrolle.

Nur heute war die Sache aus dem Ruder gelaufen. Er hatte vier Stunden Jugendhilfe-Ausschuß hinter sich, und man hatte ihn abgebürstet wie einen Schuljungen. Sein Konzept eines sozio-kulturellen Zentrums in der Feldmark mit Schwerpunkt auf stadtteilorientierter Jugendarbeit war nicht mal richtig diskutiert worden.

Die Häme dieses alten, bigotten Schulze, der seinen Katholizismus stets wie eine Fahne vor sich her trug, klang ihm noch in den Ohren.

»Ich höre immer nur sozio-kulturell. Was ist denn mit unseren kirchlichen Jugendeinrichtungen, die stehen doch jedem offen. Aber Kirche hat ja bei unserer Jugend heute keine Konjunktur. Da muß es schon sozio-kulturell sein. Und wer soll das bezahlen? Kann der Herr Doktor keinen Haushalt lesen? Werter Doktor Kranz, machen Sie erst mal Ihre Hausaufgaben, ehe Sie gestandenen Lokalpolitikern mit solchen Luftschlössern kommen.«

Er hatte nur gelächelt und geschwiegen. Aber nach der Sitzung mit dem mediokren Haufen im Ratskeller wie gewohnt ›Friede, Freude, Eierkuchen‹ machen, das war dann doch nicht gegangen. Unter einem Vorwand hatte er sich verabschiedet.

Das Zentrum würde kommen, da war er sich sicher. Eine verlorene Schlacht war noch kein verlorener Krieg. Er würde sich wie immer durchsetzen und bekommen, was er wollte. Und Schulze würde noch zu Kreuze kriechen. Einem Karl Kranz biß man nicht ungestraft in die Wade. Er konnte warten. Kalt genossen war Rache noch am besten.

Die Kneipentür öffnete sich. Jemand trat auf die Straße. Einen Moment schwappte fröhliches Stimmengewirr wie eine Verheißung heraus. Das gab den Ausschlag. Jedenfalls würde er hier keinen von den Rats-Fuzzis treffen.

Die Brille beschlug beim Eintritt ins überfüllte Lokal. Er schob das filigrane Gestell lässig ins Haar. Den leichten Burberry korrekt über den Arm gefaltet steuerte er einen freiwerdenden Tisch im hinteren Teil des Lokals an.

»Kalla, altes Rübenschwein!«

Es riß ihn herum, als hätte ihm jemand in den Hintern getreten.

»Ja, lebst du auch noch? Wir haben uns ja schon Jahre nicht mehr gesehen!«

Er rückte die Brille an gewohnte Stelle. Oh Gott, Ferdi Fleischmann. Ihm blieb auch nichts erspart.

»Hallo Ferdi, schön dich zu sehen.«

Mehr brachte er vor Entsetzen nicht heraus.

Fleischmann ließ Schulze junior schnöde stehen. Der merkte sowieso nichts mehr. Eingesponnen in seine private, alkoholisierte Welt brabbelte und sabberte er nur noch vor sich hin.

»Mensch, das muß begossen werden!«

Fleischmann ergriff Karls Oberarm und führte ihn wie einen Delinquenten ab.

Am inzwischen frei gewordenen Tisch drückte er Karl auf einen Stuhl und zwängte sich selbst auf die Eckbank. Mit der Betrunkenen eigenen Art der Gesprächsführung begann er, stakkatoartig auf sein Gegenüber einzureden, Fragen stellend, die nicht beantwortet werden wollten.

»Mensch, da bist du schon Jahre wieder im Städtchen, und erst jetzt laufen wir uns übern Weg! Aber ich hab dich immer im Auge behalten, so aus der Ferne. Dolle Praxis, die du da hast. Was macht denn die Kunst? Erzähl doch mal! Ich kämpf übrigens immer noch an der Nachrichtenfront. Hab da ein mächtig heißes Eisen im Feuer. Wirste noch von hören ...«

Und so ging's munter weiter. Fleischmann hatte zum für ihn interessantesten Gesprächsgegenstand, nämlich sich selbst, zurückgefunden.

Karl schwieg und lächelte eisig. Wie wurde er diese aufdringliche Schmeißfliege bloß wieder los? Er orderte doppelte Whisky. Der knallharte Johnnie Walker würde den bereits angezählten Schwätzer schnell auf die Bretter schicken. Und dann war Ruh.

Ferdi Fleischmann. Sie waren zusammen zur Schule gegangen und hatten im selben Jahr Abitur gemacht. Den hatte er schon damals nicht ausstehen können. Wollte überall dabei sein, dazugehören, wurde aber ständig nur verarscht. Wie hatten sie ihn immer genannt? Richtig, Piggy oder einfach Schweinchen. Na ja, einen gewissen Unterhaltungswert hatte er ja gehabt. Wie sie den während der Klassenfahrt nach Hamburg voll bis obenhin im Puff abgeliefert hatten. Karl mußte noch bei der Erinnerung grinsen. Die Loddel waren nicht grad sanft mit Piggy umgesprungen. Wußte der nicht, daß er die ganze Sache damals eingefädelt hatte? Hatte der keinen Stolz? Was sollte diese widerliche Verbrüderungsszene?

Fleischmann schwadronierte mit schwerer Zunge, aber ungebrochenem Elan. Karl hörte nicht mehr hin. Seine Aufmerksamkeit wurde ganz von einem Pärchen in Anspruch genommen, das eben das Lokal betreten hatte.

Der schlaksige Mann steckte in einem ölverschmierten Blaumann, das lange Haar hatte er zu einem Pferdeschwanz zusammengenommen.

Die rothaarige Frau war keine klassische Schönheit. Der Mund war zu groß, die Stupsnase sommersprossenübersät. Aber im Verein mit den großen, lachenden Augen wirkte ihr Gesicht unwiderstehlich. Sie trug ein strenges graues Kostüm, das gerade in seiner Schlichtheit einen dezenten erotischen Kick vermittelte. Kirschroter Lippenstift, ansonsten verzichtete sie auf jeden Schmuck.

Ganz der Typ starke, emanzipierte Frau. Ganz der Typ Frau, den Karl auf den Tod nicht ausstehen konnte.

Daß die beiden verliebt waren, sah er auf den ersten Blick. Diese Art, wie sie einander berührten, sich vertraulich zulachten, miteinander scherzten. Zwei Menschen, die sich gegenseitig genügten. Die Welt war außen vor.

Der jäh aufkommende Neid ballte sich als schmerzender Klumpen im Magen zusammen. Es war nicht die Frau, die ihn reizte. Es war das Glück, das die beiden verströmten. Vertrauen und Liebe. Gefühle, die er nie erfahren hatte, und, da machte er sich inzwischen nichts mehr vor, nie erfahren würde. Sicher, er hatte seine kleinen Vergnügungen. Er wußte sich Ersatzbefriedigung zu holen. Aber das war doch etwas ganz anderes und immer mit dem Stachel der Schuld belastet. Ohne Scham nahm er den Wunsch zu stören, zu zerstören, zur Kenntnis.

Den Mann erkannte Karl sofort. Sie hatte einmal so etwas wie Freundschaft verbunden, bis es dann zu dem nie mehr zu kittenden Riß gekommen war. Wie ein jäher Schmerz durchfuhr ihn die Erinnerung an seine schmähliche Rolle damals. Das war jetzt vierzehn Jahre her.

»Einmal Verräter, immer Verräter« hatte er sich damals in einer Stunde der Wahrheit sagen lassen müssen. Sie hatten sich dann zwar noch öfter getroffen, sogar mal während des Studiums in Düsseldorf für ein paar Monate in der gleichen WG gewohnt, aber dann war der ehemalige Freund von der Bildfläche verschwunden.

Auch Fleischmann hatte die Neuankömmlinge inzwischen entdeckt.

»Jetzt werd ich ganz verrückt! Das ist doch Huismann, Franz Huismann, na klar! Wird ja ein richtiges Klassentreffen heut abend!« Gröhlend machte er auf sich aufmerksam und winkte wie ein Fluglotse.

Die beiden drängten sich zum Tisch durch. Unterwegs sagte Franz, auf seine ehemaligen Schulkameraden deutend, etwas zu Laura. Sie nickte und rollte lachend mit den Augen.

»Hallo Ferdi, Karl. Na das ist ja ein Ding. Café Fehr scheint immer noch der Nabel von Wesel zu sein. Ist ja wie in alten Zeiten.« *Nur daß ich mich früher mit Piggy, dieser Nervensäge, nie an einen Tisch gesetzt hätte. Und Karl, dieser eiskalte Karrierist, dieses Ego-Schwein, kann mich auch am Arsch lecken. Der soll bloß nicht denken, daß ich das von damals vergessen hab.*

Karl war erleichtert. Franz wirkte locker und fröhlich, schien ehrlich interessiert. Na, wenigstens würden sie die Form wahren.

Franz machte die Honneurs.

»Das ist Laura Meister, frischgebackene Mitarbeiterin der Frauenberatungsstelle. Karl Kranz, oh Verzeihung, Doktor Karl Kranz, psychologische Instanz in Wesel und lokalpolitischer Shootingstar. Ferdi Fleischmann, der Egon Erwin Kisch vom Niederrhein. Zwei alte Kumpels aus schwerer Schülerzeit.«

»Franz übertreibt wie immer.«

Karl war aufgestanden. Höfliches Shakehands.

Fleischmann hatte sich inzwischen auch hinter dem Tisch hervorgezwängt und stand nun schwankend vor Laura. Mit beiden Pranken umfaßte er ihre Rechte und ließ nicht mehr los. Sekundenlang beäugte er sie vom Scheitel bis zur Sohle, pfiff dann durch die Zähne und lallte:

»Ja, ja, der Franz, der kann's. Immer die schönsten Frauen.«

Er versuchte, Laura neben sich auf die Bank zu lotsen. Aber sie schaffte es, Franz quasi als antisexistischen Schutzwall zwischen sich und den distanzlosen Betrunkenen zu plazieren. Fleischmann war schnell wieder im alten Fahrwasser, näherte sich aber immer mehr dem Zustand Georg Schulzes. Karl bestellte noch einen Doppelten für Fleischmann. Dann beachteten sie ihn nicht mehr.

»Wie lange bist du schon in Wesel? Hast du vor, für länger zu bleiben?«

»Bin praktisch in Lauras Schlepptau wieder hier aufgelaufen. Also nicht ganz freiwillig. Aber Laura wollte die Stelle unbedingt haben, und solange sie es hier aushält, bleib ich auch.«

»Ich hab übrigens einige Male mit deinem Vater zu tun gehabt. Er hat mich ein wenig anwaltlich beraten, wegen der Praxis. Daß du wieder zu ihm nach Hause kommst, hätte ich nie für möglich gehalten. Ich dachte immer, das Band zwischen euch wäre endgültig zerschnitten.«

»Ist es auch. Ich wohn auch nicht bei ihm, sondern bei Flori in Perrich.«

»Flori, der Vorstadtphilosoph. Daß der sich noch nicht zu Tode gekifft hat.«

»Na, laß mal, der ist ganz gut drauf.« *Jedenfalls ist er sich treu geblieben und nicht zu so einem arschglatten Aufsteiger mutiert.*

»Besser gut drauf als schlecht drunter«, meldete sich Fleischmann.

Karl schickte zum letzten Mal Johnnie Walker in den Ring. Der knockte Fleischmann endgültig aus.

»Was hast du denn die letzten Jahre so getrieben? Man hat ja gar nichts mehr von dir gehört.«

Soll das hier ein Verhör werden? Du weißt doch sowieso genau Bescheid. Und immer so von oben herab. Aber warte nur, dich bring ich noch zum Schwitzen. »So dies und das. Bin ein bißchen rumgekommen. Aber sag mal, wie geht's eigentlich deiner Mutter?«

Franz wandte sich an Laura. »Du mußt nämlich wissen, Karl und ich teilen ein ähnliches Schicksal. Bei ihm ist der Vater, bei mir die Mutter früh gestorben. Seine Mutter ist jedenfalls 'ne Marke.«

Und zu Karl: »Weißt du noch, wie die uns jede Viertelstunde Tee serviert hat, wenn wir mit Mädchen unten in deinem Kellerzimmer gesessen haben? Und Punkt zehn schmiß sie dann oben die Sicherung raus. Dann war Feierabend. Komisch eigentlich, daß du dich da nie gegen gewehrt hast. Die hat dich ganz schön im Griff gehabt. Selbst zu unseren WG-Zeiten mußtest du noch deine Klamotten am Wochenende zu Hause zum Waschen abliefern. Hat uns alle ziemlich amüsiert damals.«

Schön, wenn ihr Spaß hattet, Idiot. Und trotzdem ist was aus mir geworden, während du auf der ganzen Linie versagt hast. Also hau nicht so auf den Putz.

Laura schürzte die Lippen. Karl fixierte sie scharf. War das Geringschätzung? Die Frau wurde ihm immer unsympathischer. Und jetzt wandte sich Franz auch noch an sie und legte eine weitere Kohle drauf.

»In Erziehungsfragen war seine Mutter wirklich hart drauf. Du mußt dir mal erzählen lassen, wie sie ihm als Fünfjährigen wegen nicht zurückgegebenen Wechselgeldes drohte, die Hand abzuhacken. Erst im letzten Moment, bevor das Beil ins Holz fuhr, hat sie seine Hand vom Hauklotz gezogen.« *Eigentlich gar kein Wunder, daß aus dir so ein verbogenes Charakterschwein geworden ist.*

Karl wand sich wie ein Aal.

»Ja, Mutter war ziemlich streng. Leider geht's ihr im Moment überhaupt nicht gut. Schlaganfall, völlig gelähmt, kann nicht mal mehr sprechen, kriegt aber noch alles mit.« *Und das hoffentlich noch recht lange, da gibt's noch einiges heimzuzahlen. Beim nächsten Besuch im Pflegeheim werde ich der Schwester wieder das Füttern abnehmen. Wie Mutter immer röchelt, wenn sie am Haferschleim, den ich ihr hineinnudele, fast erstickt.*

»Bist du eigentlich verheiratet, Karl, hast du Kinder?«

»Verheiratet ja, Kinder nein. Anne-Christine kann leider keine Kinder bekommen.« *Von mir jedenfalls nicht. Wenn du wüßtest, daß ich mit diesem modernen Flintenweib seit Jahren nicht mehr geschlafen habe.*

»Anne-Christine, kenn ich die? Kommt die hier aus Wesel?«

»Nee, kennst du nicht. Wir haben uns bei 'ner Theatergala im Düsseldorfer Schauspielhaus kennengelernt.«

Theatergala. Da gehörst du hin, du Schauspieler. Daß du verheiratet bist, wundert mich aber wirklich. Mit Mädchen hast du es doch nie so gehabt. Sicher, immer 'ne Freundin damals, mußte man ja haben, um tough zu sein. Aber immer nur kurz. Nie 'ne richtige Romanze.

Franz versank in nachdenkliches Schweigen, während Karl das Gespräch mit Laura suchte.

»Frauenberatungsstelle, sagt mir eigentlich wenig. Daß Sie als Therapeutin da nicht gerade Kochkurse geben werden, ist mir schon klar. Aber worum geht es Ihnen eigentlich ganz konkret?«

Laura bedachte den lockigen Beau mit einem mitleidigen Blick. Tiefste Provinz. Und sofort Kontakt mit dem Oberschlauen. Kochkurse. Schmerz, laß nach.

»Wir decken ein breites Beratungsspektrum ab. Ein Schwerpunkt unserer Arbeit ist sicherlich die therapeutische Aufarbeitung von Gewalterlebnissen und Mißbrauchserfahrungen. Aber wir gehen das Thema auch auf einer ganz praktischen Ebene an und begleiten die Frauen bis zu Polizei und Gerichten. Die Täter sollen ja nicht ungeschoren bleiben.«

»Sicher nicht, auf gar keinen Fall«, sagte Karl und stufte Laura auf der Liste seiner Feinde noch vor Schulze senior ein.

Franz hatte nur mit halbem Ohr zugehört. Beim Stichwort Mißbrauch aber begann ein Film vor seinem geistigen Auge abzulaufen. Er betrachtete den früheren Freund plötzlich mit neuerwachtem Interesse. *Wenn ich mich jetzt so an die Kinderfreizeiten erinnere, bei denen wir beide Betreuer waren, schon merkwürdig. Hattest immer ein paar Jungs um dich rum, deine besonderen Lieblinge. Und was du immer für einen Zirkus veranstaltet hast, so mit wachstreicheln, knuddeln, Dusch-Feten. Hat doch sonst keiner gemacht. Wir Leiter fanden das damals toll, du warst für uns der mit dem Händchen für Kinder. Aus heutiger Sicht – mein lieber Schwan! Aber damals war der Deckel ja noch drauf auf der Mißbrauchskiste.*

Das Gespräch drohte zu versiegen. Fleischmann hatte seinen Kopf auf die Arme gelegt und schnarchte friedlich. Laura schaute demonstrativ auf die Uhr.

»Du, ich muß morgen früh raus.«

Sie verabschiedeten sich förmlich.

»Und was machen wir mit Piggy?«

»Laß mal, den übernehme ich«, bot sich Karl an und ging zum Tresen, um zu telefonieren.

»Ein Freund, ein guter Freund, das ist das Schönste, was es gibt auf der Welt«, trällerte Laura beim Rausgehen. »So reserviert hab ich dich ja lange nicht mehr erlebt. Ihr scheint ja nicht gerade enge Freunde zu sein.«

»Das waren wir, bis er mich mal in einer Situation hängenlassen hat, wo ich ihn wirklich gebraucht hätte.«

»Erzähl!«

»Stell dir vor, du liegst gefesselt auf den Schienen, hörst den Zug kommen, und dein Freund, der dich runterziehen könnte, steht daneben und rührt sich nicht.«

Laura kicherte.

»Waren solche Rollen nicht bisher immer mit Dick und Doof besetzt?«

»Mach dich nur lustig. Ein bißchen anders war es natürlich schon. Ich war mit zwei Promille nächtens heimlich mit Vaters Komplexkarosse auf Spritztour. Beim Abbiegen von einem Bahnübergang über die heute stillgelegte Strecke nach Drevenack in einen Feldweg, unten am alten Wasserwerk, bin ich dann mit dem Hinterrad im Schotter an der Schiene hängengeblieben. Es ging nicht vor und zurück. Damals fuhr da jeden Morgen noch ein Güterzug durch. Ich wußte nicht genau wann und hab Blut und Wasser geschwitzt. Dreimal hab ich Karl angerufen, er soll mich mit dem Wagen seiner Mutter rausziehen. Aber er kam nicht. Sie hatte es ihm verboten. Statt dessen schickte sie mir die Polizei. Damals hab ich zum ersten Mal eine Nacht auf einer Polizeiwache verbracht. Und mein frischer Führerschein war weg. Skandal, Skandal. Volltrunkener Juristensproß verursacht Fast-Zugunglück. Riesenwirbel im Städtchen. Mein Vater wär fast 'ner Herzattacke erlegen.«

»Karl ist ein feiges Arschloch«, kommentierte Laura knapp, aber präzise.

Sie umarmten sich lachend.

Karl sah ihnen voll tiefer Abneigung durchs Fenster nach. Hätte er zaubern können, die Erde hätte sich vor dem glücklichen Pärchen aufgetan.

Das Taxi für Fleischmann fuhr vor. Gemeinsam mit dem Fahrer wuchtete er den hilflosen Koloß in den Wagen.

»Fahren Sie den Vollgesoffsky nach Lühlerheim.«

Der Fahrer glaubte, sich verhört zu haben.

»In das Obdachlosen-Asyl bei Drevenack? Sind Sie sicher? Da habe ich noch niemanden mit der Droschke hingebracht.«

»Hier sind hundert Mark. Der Rest ist für Sie. Und falls der Kerl Randale macht, schmeißen Sie ihn unterwegs einfach raus. Diese Typen sind gut zu Fuß.«

Der Fahrer salutierte salopp.

»Wird gemacht, Chef.«

Karl Kranz konnte sich ein schadenfrohes Grinsen nicht verkneifen.

*

Franz stieß beide Fensterflügel auf. Weit beugte er sich hinaus und badete seinen nackten Körper in der angenehm frischen Morgenluft. Er hatte Lust, laut zu singen – so berauscht war er von dem Ausblick. Die Wiesen, durch die sich ein unbefestigter Wirtschaftsweg schlängelte, begrenzt von Kopfweiden, dahinter das Wäldchen. Die Sonne stand noch niedrig, hatte sich aber schon vom Dunst befreit. In den Wiesen aber hielt sich der Nebel.

»Machst du uns Kaffee?«

Franz sah zum Bett, und wieder einmal durchfuhr ihn beim Anblick Lauras dieses fast unerträgliche Glücksgefühl mit einer Heftigkeit, daß er sich unwillkürlich schüttelte.

Sie mußte ihn schon eine ganze Weile beobachtet haben, denn sie saß aufrecht im Bett, das Kissen in den Rücken gestopft. Die verschränkten Arme boten ihre schweren Brüste wie zwei polierte Früchte dar. Die Bettdecke, zwischen ihre muskulösen Schenkel geklemmt, bedeckte das breite Becken. Die sanfte Wölbung ihres schneeweißen Bauches, die ihr so viel Kummer machte und die er mit zärtlicher Rührung liebte, hob und senkte sich sacht bei jedem Atemzug.

Wie schön sie ist, dachte er. Und sie liebt mich. Mit einer Unbedingtheit, wie vielleicht nur damals Mutter. Das war lange her, Schnee von gestern. Das hier war Realität. Das hier war das Glück.

»Kaffee muß noch warten.«

Er hechtete über das Fußende des eichenen Ehebetts, in dem bereits etliche Bauerngenerationen gezeugt worden waren, und umarmte Laura stürmisch, küßte ihren breiten Mund, die sommersprossige Nase. Der eigentümliche Duft ihrer dicken roten Haare, die sie abends immer zu zwei mädchenhaften Zöpfen flocht, erregte ihn.

Später lief er, nackt wie er war, die ächzende Holzstiege hinab, vergaß nicht, das morsche Treppenpodest zu überspringen und patschte über das Schachbrett der kühlen Fliesen im Flur in die riesige Küche.

Flori hatte schon gefrühstückt. Schwer hing der Gestank seiner aus schwarzem Tabak gedrehten Zigaretten im Raum. Anarchie auf dem Küchentisch. Aber der Herd war bereits angeheizt. Der Wasserkessel summte, an den Rand geschoben, beschaulich vor sich hin. Franz blies in die Glut, legte Holz nach und rückte den Kessel über die Feuerstelle. Minuten später überlagerte Kaffeeduft den Pesthauch der Selbstgedrehten.

Er balancierte das Tablett wie ein Oberkellner mit abgewinkelter Hand auf der Schulter. Die marode Treppe zwang ihn zu artistischen Einlagen. Wie schade, dachte er. Hier ist alles Niedergang.

Der Schaden, den ein Sturm vor Jahren am Dach des alten Bauernhauses angerichtet hatte, war nie fachmännisch behoben worden. Die immer wieder eindringende Feuchtigkeit arbeitete langsam, aber stetig an der Zerstörung des eigentlich soliden Hauses.

»Panta Rhei«, hatte Flori lakonisch geantwortet, als Franz ihn einmal auf seine Versäumnisse ansprach. »Alles fließt. Und damit mein ich nicht nur den Regen. Du hast deinen Heraklit nicht verstanden. Man kann nichts konservieren, alter Junge. Jedem Zustand wohnt sein Gegenteil bereits inne. Den Umschlag kannst du hier hautnah miterleben. Sei also froh und lerne was draus.«

Franz' Einwurf, daß doch nur etwas Geld nötig wäre, um das Haus auch über das nächste Jahrhundert zu retten, hatte Flori mit der Logik des Dialektikers vom Tisch gewischt.

»Hätte ich Kohle, dann wäre ich wahrscheinlich Bauer. Wär aus mir ein erfolgreicher Bauer geworden, wie es meine Eltern wollten, dann würde ich einen alternden Ex-Junkie wie dich wahrscheinlich mit den Hunden vom Hof jagen. Ist doch also alles gut so, wie's ist, okay?«

Mit dem Fuß stieß Franz die schwere Tür zum vormals ehelichen Schlafzimmer des verstorbenen Bauern auf.

»Zimmerservice, Kaffee war gewünscht.«

Aber Laura war noch einmal eingeschlafen. Er schlüpfte unter ihre Decke, kuschelte sich an sie und hielt ihr die duftende Kaffeetasse unter die Nase. Ihre Lider begannen zu flattern, dann schlug sie die Augen auf. Mit beiden Händen nahm sie die dampfende Tasse.

»Ich hatte einen merkwürdigen Traum. Einen schönen. Ich hatte ein Baby. Von dir.«

Freude und Stolz.

Aber gleichzeitig auch Unsicherheit, gepaart mit einem Schuß Panik. Als wäre ein Turboschalter in seinem Kopf betätigt worden, begannen die Gedanken zu rasen.

»Das Kind soll in Freiheit aufwachsen«, sagte er unvermittelt, »nicht im Spießerknast, wie ich. Keine unhinterfragten, bürgerlichen Normen. Nix mit verklemmter, religiöser Drohbotschaft. Aufrechter Gang. Und immer fragen, nichts als gegeben hinnehmen. Was hältst du von Klara, vielleicht auch Rosa? – Und wenn's ein Junge wird?«

Sie lächelte ihn amüsiert an.

»Ich hatte nur einen Traum, Franz.«

»Ich *habe* einen Traum«, antwortete er mit Nachdruck.

Schlagartig wurde er sich seiner eigenen Situation bewußt. Was hatte er denn außer großen Worten schon anzubieten? Er lebte von Gelegenheitsjobs und dem bißchen, was er mit seiner Gitarre in den Fußgängerzonen von Moers, Dinslaken oder Xanten als Straßenmusiker verdiente. Manchmal machte er einen ganz guten Schnitt, wenn er mit Flori in dessen Werkstatt eine alte Karre TÜV-fertig repariert hatte. Mit reichlich Unterbodenschutz versehen und zurückgedrehtem Kilometerzähler wurde die dann sonntags auf dem Gebrauchtwagenmarkt im Essener Autokino verkauft. Aber all das war doch keine Basis, auf der man eine Familie gründen konnte.

Laura ging hoch wie eine Granate, als er seine Bedenken äußerte.

»Gleich wirst du dir noch Sorgen um ein weißes Brautkleid und die Erstlingsausstattung machen. Erstens bin ich noch lange nicht schwanger, und zweitens würde es mir niemals einfallen, die kleinbürgerliche Vater-Mutter-Kind-Nummer mit dir durchzuziehen.«

»Also war die Baby-Geschichte einfach nur blabla. Du willst gar kein Kind.«

»Du Dummer!«

Laura nahm sein Gesicht in beide Hände und zog es nahe an ihres heran.

»Ich bin jetzt über dreißig, da muß das langsam mal was werden. Natürlich will ich ein Kind. Und wenn es einen Menschen auf der großen, weiten Welt gibt, mit dem ich mir das vorstellen kann, dann bist du das.«

Sie küßte ihn zärtlich.

»Aber welche Vorstellungen hast du?«

Laura schüttelte den Kopf

»Ich verdiene natürlich das nötige Kleingeld. Ich habe einen prima Job, der mir so richtig Spaß macht. Und da soll ich zu Hause bleiben und Windeln waschen? Den Part wirst du übernehmen.«

Lachend knallte sie ihm das Kissen an den Kopf.

»Huismann wird Hausmann. Ist doch heute nichts Ungewöhnliches mehr.«

Im Nu war eine wüste Kissenschlacht im Gang. Als sie endlich schwer atmend nebeneinander lagen, fragte er in die Stille hinein:

»Aber wo werden wir wohnen?«

Das war ein gewisses Problem. Laura hatte auf Vermittlung der Frauengruppe vor sechs Wochen eine kleine Wohnung mitten in Wesel bezogen. Zu eng für zwei und nichts auf Dauer, das war klar.

Er war deshalb erst mal bei Flori, seinem besten Freund, den er aus Schülertagen kannte, auf der anderen Rheinseite in Perrich untergekrochen.

Die Vorstellung, wieder in die Stadt zu ziehen, in eine nette kleine Dreizimmerwohnung, um dann quasi unter den Augen seines Vaters als Hausmann zu fungieren, behagte ihm gar nicht. Wesel war eng. Er konnte sich die Häme all derer, die seinen Vater und somit auch ihn kannten, lebhaft vorstellen. Und dann fiel's ihm wie Schuppen von den Augen.

»Wie wär's, wenn wir einfach hier wohnen würden? Platz ist genug da, und mit Flori werd ich schon einig. Du verstehst dich doch auch mit ihm.«

Ein paar Sekunden Stille. Er konnte förmlich spüren, wie es bei Laura arbeitete.

»An sich ist die Idee ja nicht schlecht, aber andererseits habe ich auch keine Lust, wie ein Höhlenmensch zu hausen.«

Sie zählte an den Fingern ab: »Warmwasserbereitung? Funktioniert nicht. Heizung? Fehlanzeige. Dach? Ein Schweizer Käse. Fenster? Zugig. Und drumherum sieht's aus wie auf der Müllkippe.«

Sie hatte recht. Da lag einiges im argen, das mußte er zugeben. Er war sich aber plötzlich ganz sicher. Hier und nirgendwo sonst.

»Flori und ich haben handwerklich einiges drauf. Und mit ein bißchen Kohle läßt sich da schon was bewegen.«

»Ein bißchen Kohle?« Laura war skeptisch. »Ich schätz mal, daß du in den Kasten locker fünfzig Mille investieren mußt, um nur das Gröbste zu richten. Mindestens. Wenn wir Pech haben, sogar das Doppelte. Bei so einem alten Haus weißt du nie, welche Schäden noch auftauchen. Woher soll das Geld denn kommen? Ich hab nichts auf der hohen Kante, das weißt du ja.«

»Vielleicht rückt mein Vater ja was raus.«

Er glaubte selbst nicht daran. Nie würde der alte Geizkragen auch nur einen Pfennig in so ein Projekt investieren. Aber er wollte sich durch profane Geldsorgen nicht von seinem Trip bringen lassen. Das würde sich schon alles irgendwie finden. Lauras Interesse war jedenfalls geweckt.

»Du meinst, der würde dich bei so was unterstützen? Kohle genug hat er ja. Es würde ihn wahrscheinlich nur einen Griff in die Portokasse kosten. So sieht die Sache natürlich schon ganz anders aus.«

Franz freute sich, daß sich Laura für seine Idee zu erwärmen begann.

»Naja, sicher bin ich mir natürlich nicht. Andererseits, früher hat man die mißratenen Söhne nach Übersee geschickt, vielleicht reicht meinem Alten ja schon ein Dorf auf der anderen Rheinseite. Und wenn er auf stur schaltet, treibe ich die nötige Kohle schon woanders auf. Da mach dir mal keine Sorgen.«

Um das leidige Geld-Thema zu beenden, sprang er aus dem Bett.

»Komm, laß uns frühstücken. Ich hab Hunger wie ein Wolf.«

»Dann laß mich noch mal dein Rotkäppchen sein«, sagte Laura anzüglich und zog Franz zurück in die Kissen.

*

Es war heller Vormittag geworden. Die Sonne hatte sich gegen die morgendliche Kühle durchgesetzt. Sie hatten den Tisch unter die dicke Kastanie vor dem Haus getragen. Das Frühstück war kärglich ausgefallen, dafür hatten sie eine ziemlich bizarre Zusammenstellung genossen: Knäckebrot, Rübenkraut und Erdnußbutter, dazu reichlich Ölsardinen. Die bereits etwas schlickige Blutwurst hatte Laura Portos, dem Hofhund, zugeworfen.

Sie saßen schweigend. Von Büderich wehte Glockengeläut herüber. Hinterm Deich tuckerte ein Partikulier den Strom bergan. Alles atmete sonntägliche Ruhe und Frieden. Selbst das leise Knistern des Schweißgeräts, mit dem Flori an einem alten Benz arbeitete, fügte sich harmonisch ein.

Franz beobachtete Laura von der Seite. Verträumt blickte sie in den von einer Weißdornhecke umfriedeten Bauerngarten, der sich zur Linken direkt ans Haus anschloß. Mühelos hatte sich dort Natur gegen Kultur durchgesetzt. Mannshohes Unkraut überwucherte die vormals strenge Geometrie der Anlage. Aber die kleinen Buchsbaumhecken, die die Gemüsebeete einfaßten, ließen sich noch erahnen. Königskerze, Fingerhut und ein Meer von Goldrute standen in voller Blüte. Und genau in der Mitte des Gartens, dort wo die kreuzförmig angelegten Wege aufeinandertrafen, wahrhaftig, eine Sonnenuhr.

»Wie schön das ist«, sagte Laura. »Um den Garten werde ich mich persönlich kümmern.«

Das liebte er so an ihr. Sie war spontan und begeisterungsfähig. Vor ihrem geistigen Auge entstand bereits das neue Zuhause.

»Das ist ein Paradies hier«, schwärmte Franz.

»Aber nach dem Sündenfall«, konterte Laura lakonisch und wies mit großer Geste auf die herumstehenden Autowracks und all die tausend Dinge, die Flori in der Annahme, daß er sie irgendwann noch brauchen würde, gesammelt hatte. Flori konnte an keinem Sperrmüllhaufen vorbei, ohne etwas mitzunehmen. So hatte sich der Hof im Laufe der Jahre in einen unordentlichen Schrottplatz mit einem ganz eigenen Charme verwandelt.

»Schau nur da, das hat doch was.«

Franz deutete auf eine ausgebaute Autotür, die gegen einen wilden Rosenbusch gelehnt worden war. Inzwischen hatten sich etliche Triebe durch die geborstene Scheibe gezwängt und grüßten mit dunkelroten Blüten.

Flori war wie Kai aus der Kiste hinter den beiden aufgetaucht.

»Natur und Kunst, sie scheinen sich zu scheiden und haben sich, eh man's gedacht, gefunden«, zitierte er etwas holprig den deutschen Dichterfürsten, um dann wie Sam Hawkins zu kichern.

»Gut, daß du kommst, Alter. Hier wird gerade eine Idee geboren.«

»Kolossal spannend. Moment, ich hol nur eben was für untern Hintern.«

Er lief los, nahm unterwegs aus einer mit Wasser gefüllten Badewanne eine Bierdose und kehrte mit dem Fahrersitz des Benz zurück.

»Dann schießt mal los.«

Die Bierdose gluckerte.

»Laura und ich haben uns gedacht, zusammen hier bei dir auf dem Hof zu wohnen, so für länger, mit Perspektive, in Richtung fest niederlassen, Kinder und so, verstehst du?«

»Die Sache hier hat keine Perspektive, nicht für das, was ihr vorhabt«, sagte Flori schlicht.

Laura, die Fatalismus in jeder Form ablehnte, war sofort in Fahrt. Weit über den Tisch gebeugt begann sie, mit Begeisterung in der Stimme auf den tiefer sitzenden Flori einzureden.

»Aber das ist doch genau der Punkt. Dann müssen wir der ganzen Sache eben wieder eine Perspektive geben. Daß hier alles den Bach runtergeht, stinkt doch zum Himmel. Mann, du wohnst doch in 'nem Dornröschenschloß.«

»Und du wirst kommen und die Hecke weghauen?«

»Bingo. Wenn ich dich dann nicht auch noch wachküssen muß, mein schlafmützziger Prinz.«

»Hätte nichts dagegen«, kicherte Flori. »Aber jetzt mal Tacheles. Hier ein bißchen was aufräumen, alles klar, den Garten machen, die Hecken schneiden, okay. Aber das alles ist doch nur Oberflächenkosmetik. Du hast doch das Haus gesehen, hier kann nur einer leben, der über das Pfadfinderstadium nicht hinausgekommen ist. Allein für das Dach brauchst du mindestens zwanzig Riesen. Und ich geh doch recht in der Annahme, daß hier keiner im Lotto gewonnen hat, oder?«

»Das nicht gerade«, Laura sah Franz bedeutungsvoll an. »Aber dieser Goldjunge hier hofft, seinen Vater erfolgreich anzapfen zu können.«

»Nun schau mal schau.« Flori warf seinem Freund einen erstaunten Blick zu.

»Natürlich kann ich nicht gleich morgen loslaufen und die Kohle abholen. Aber irgendwie kriegen wir das Finanzproblem schon in den Griff. Vielleicht sollten wir statt über Geld nun aber lieber mal ein paar Takte über uns reden. Kannst du dir so ein Zusammenleben denn überhaupt vorstellen?«

Flori beachtete Franz nicht mehr. Er sah Laura offen an und sagte ohne Koketterie: »Ich hab dich wirklich gern, Laura. Mich würde es sehr freuen.«

Laura schluckte die Anwallung von Rührung runter und kehrte die Praktische raus.

»Also, wie gehen wir's an? Machen wir einen Vertrag? Aufrechnen der Investitionen gegen Miete? Oder wie soll das laufen?«

Flori runzelte die Brauen und sagte nichts. Dann griff er plötzlich die Sardinenbüchse und ritzte mit der scharfen Kante des hochgeklappten Deckels seinen Handballen. Blut tropfte.

Bei Franz war sofort wieder alles da. Die Spiele mit den anderen in den Rheinwiesen, das verbotene Klettern auf der alten, im Krieg gesprengten Brücke, die Mutproben, erste Zigaretten und Problemgespräche über Mädchen. Sie hatten sich damals alle die Treue geschworen und natürlich nicht gehalten. Nur zu Flori war das Band nie zerrissen.

Franz wußte, was zu tun war. Ohne mit der Wimper zu zucken, machte er es Flori nach. Ihre Hände trafen sich, den Daumen des jeweils anderen umschließend. Nur eine kurze ernste Sekunde, dann prusteten sie beide los. Franz stieß einen schrillen Schrei aus und schlug sich die flache Hand tremolierend auf den Mund.

»Mein Wigwam soll auf ewig auch euer Wigwam sein, Hugh!« deklamierte darauf Flori mit Grabesstimme, um dann vor Lachen fast vom Sitz zu fallen.

Aber Laura hatte ein Gespür für Zwischentöne und war fast ein bißchen eifersüchtig. Sie wußte instinktiv, was da geschah, war mehr wert als jede Unterschrift beim Notar.

»Und jetzt die Friedenspfeife.«

Flori friemelte aus seinem Tabaksbeutel ein in Stanniol gewickeltes Klümpchen. In Windeseile hatte er mit drei Blättchen die perfekte Tüte gebaut. Tief inhalierte er und hielt den Rauch, solange er konnte, in der Lunge. Dann reichte er mit großer Geste weiter.

Hier wurde ein Bund besiegelt. Freundschaft. Die Welt war gut, das Leben schön.

Doch der besinnliche Moment währte nicht lange. Mit dem infernalischen Geknatter aufgebohrter Auspüffe jagten drei Mopeds auf den Hof.

»Die *Apokalyptischen Reiterinnen*«, erklärte Flori mit einem Kopfnicken in Richtung Störenfriede.

Franz und Laura blickten verständnislos.

»So heißt die Band. Die erste und einzige Girlie-Band Wesels. Die sind aus der *Lindenwirtin*, der ehemaligen Kneipe an der Lippemündung. Ist jetzt ein Projekt der Stadt für wohnungslose Jungerwachsene drin. Die drei proben hinten in der Scheune. Sind gar nicht schlecht, muß man halt mögen.«

Die jungen Frauen waren inzwischen an den Tisch gekommen. Schwarzes Leder, Dr. Martens, bunte Haare und jede nur zu durchbohrende Stelle im Gesicht beringt.

»Gibt's hier was zu rauchen?«

Flori wedelte mit der Hand in Richtung Scheune. »Stört den Frieden dieser heiligen Handlung nicht. Haut ab, geht Krach machen.«

Die drei zogen sich murrend zurück, nicht ohne sich aus der Badewanne mit etlichen Bierdosen zu munitionieren. Augenblicke später dröhnte ein alter Nina Hagen-Song in den Sonntag. *»Ich hab keine Lust, meine Pflicht zu erfüllen. Für dich nicht, für mich nicht, ich hab keine Pflicht!«*

»Ja, ja, so sind sie«, kommentierte Flori wohlwollend und nahm noch einen tiefen Zug.

Laura sah Franz an.

»Wie wär's mit 'ner Radtour? Kommst du mit, Flori?«

»Nee, will den Benz heute fertig kriegen. Fahrt ihr man allein. Habt sicher viel zu planen.«

*

Abends saßen sie auf dem Deich vorm Haus und schauten über den Strom. In der Dämmerung hob sich die Kulisse Wesels scharf wie ein Scherenschnitt ab. Stille ringsum. Der hellerleuchtete Vergnügungsdampfer *River Lady* glitt flußabwärts vorbei. Fröhliche Stimmen und Tanzmusik wehten herüber.

Franz legte den Arm um Laura.

»Sind wir angekommen?«

Laura schmiegte sich an ihn, den Mund an seinem Ohr.

»Ich glaub schon.«

Er war glücklich.

Flori tauchte auf, die Wodkaflasche in der Hand. Leicht schwankend stand er neben den beiden und starrte aufs Wasser.

»Alles fließt«, orakelte er. »Alles fließt.«

»Komm, setz dich.«

Franz versuchte, Flori ins Gras zu ziehen. Aber der wollte nicht, war blau und wurde dann stets schwermütig. Düster sah er auf die beiden herab.

»Noch keinen sah ich fröhlich enden, auf den mit immer vollen Händen die Götter ihre Gaben streuen.«

»Jetzt nerv nicht ständig mit deiner abgebrochenen Bildung, alte Unke.« Franz war ehrlich aufgebracht.

»Sorry!«

Flori rülpste und trollte sich. Aber die Stimmung war zerstört, der Glücksmoment vorüber.

*

Susanne Straaten betrachtete sich zufrieden im großen Spiegel des Schlafzimmerschrankes. Hautenge schwarze Leggins, darüber ein gleichfarbiger Petticoat aus Mamas wilden Rock'n Roller-Tagen in den Fünfzigern. Ihre schicke schwarze Lederjacke, die sie sich nach der Beförderung zur Kommissarin von der fälligen Gehaltserhöhung gegönnt hatte, und ein großes schwarzes Tuch mit langen Fransen komplettierten das Bild.

Sie hielt sich die Hexenmaske vors Gesicht, griff zum Reisigbesen und drehte sich einmal um sich selbst. Sie gefiel sich – fast. Ihr Blick fiel auf die geschickt kaschierten sanften Rundungen um die Körpermitte. Obwohl sie die Folgen von *Mars* und *Prinzenrolle* immer wieder mit Polizeisport zu bekämpfen suchte, hatte sie es längst aufgegeben, figurmäßig mit der Frontfrau vom ARD-Großstadtrevier mithalten zu wollen. Aber die war schließlich auch keine alleinerziehende Mutter, und anfallartige Gier auf Süßigkeiten bei Frust oder Streß waren ihr sicher auch unbekannt.

Die Tür flog auf. Jonas, ihr zwölfjähriger Sohn, stürmte ins Zimmer. Wenn er erstaunt war, plötzlich einer leibhaftigen Hexe gegenüberzustehen, ließ er sich das nicht anmerken. Anerkennend pfiff er wie ein Alter durch die Zähne.

»Wow, sexy Hexi! Voll gut, Mama. Aber ist Karneval nicht erst in 'nem halben Jahr? Wohl mal wieder meine alten Bibi Blocksberg Kassetten gehört? Was soll der Aufzug? Ich denk, du gehst zu 'ner Veranstaltung im Frauentreff?«

»Frauen erobern die Nacht zurück«, rief Susanne kämpferisch und schubste den Jungen mit dem Hexenbesen aufs Bett, um ihn dann kräftig durchzukitzeln. Nach der Balgerei gab's Ermahnungen.

»Gleich kommt Meier drei. Nerv mir den Mann nicht. Um zehn gehst du freiwillig ins Bett und dann keinen Mucks mehr, klar?«

Jonas hielt ihr die gekreuzten Handgelenke hin.

»Willst du mir nicht gleich Handschellen anlegen, wenn du schon die Kripo zum Babysitten bestellst?«

Susanne winkte ab. Sie wußte genau, daß ihr Assistent Justus Meier und ihr Sohn sich prima verstanden. Meier war einer von drei Kollegen gleichen Nachnamens im Polizeihaus an der Reeser Landstraße und eben der letzte in der Hierarchie der Polizei-Meier.

Daß Meier drei, wie er von den Kollegen schlicht genannt wurde, den Abend viel lieber mit ihr allein verbracht hätte, war ihr klar. Trotzdem hatte sie keine Skrupel, die unerklärte Liebe des schüchternen Kollegen ein wenig für ihre privaten Zwecke zu nutzen. So schlimm würde es für Meier drei ja auch nicht werden. Er teilte trotz des großen Altersunterschiedes mit Jonas eine große Leidenschaft, die Faszination für den Computer. Die beiden würden mit Cola und Pizza einen prickelnden Abend vor dem PC verbringen.

Den Reisigbesen keß geschultert machte sie sich mit dem Fahrrad zum Kaiserring auf. Dort hatte der autonome Frauentreff seine Räume. Susanne trat ins Pedal. Eine Fete hatte es dort lange nicht mehr gegeben. Sie war gespannt.

Es war noch gar nicht so lange her, daß sie über ihre Arbeit in Kontakt mit feministischen Kreisen gekommen war. Bevor sie sich beruflich mit Vergewaltigungsopfern beschäftigen mußte, hatte sie mit der Frauenbewegung nichts am Hut gehabt. Aber schnell war ihr klar geworden, daß die betroffenen Frauen mehr brauchten als nur die Verfolgung der Täter. Auf Vergewaltigung stand zwar lebenslänglich, aber eben nur für die Frau.

In der Frauenberatungsstelle wurden die Opfer nicht wie auf dem Revier nur als Zeuginnen einer Tat betrachtet, sondern hier wurde auch ihre tiefe seelische Verletzung ernst genommen. Susanne war das wichtig, und so hatte sie den Kontakt gesucht und dabei gute Freundinnen gefunden.

Besonders zur quirligen Derya Aydin, die ehrenamtlich mitarbeitete, war eine enge Bindung entstanden. Und als Laura Meister den Beratungsjob im Frauentreff aufnahm, war sowohl Derya als auch Susanne klar, daß das Kleeblatt jetzt perfekt war – so was wie Liebe auf den ersten Blick.

Sie stellte das Fahrrad im nur spärlich beleuchteten Hinterhof ab. Offenbar hatte es viele Frauen heute abend hierhergezogen. Na, Göttin sei Dank. Nichts war ätzender als ein Fest mit vereinzelten Gästen. Es war der 13. August. Die Esoterik-Fraktion des Vereins hatte zum Hekate-Fest geladen. Spirituelle Power durch die Wiederbelebung matriarchalischer Göttinnenkulte. Passendes Outfit erwünscht.

Hekate-Fest – nun ja. Susanne, die für esoterischen Mystifax eigentlich nichts übrig hatte, war zwar dem Anlaß entsprechend kostümiert, weitere Konzessionen an die Göttin der Nächte wollte sie aber nicht machen. Und dennoch: Hatten nicht schon vor ein paar tausend Jahren im alten Athen die jungen Frauen orgiastische Tänze aufgeführt, um das große Mondfest zu begehen? Na also. Hekate, Schützerin allen Lebens und Fruchtbarkeitsschenkerin. Kurz runzelte Susanne über das mit der Fruchtbarkeit die Stirn. Gerade hatte sie die Pille abgesetzt. Wenn das mal gut ging.

Schrille Klänge dröhnten aus dem Altbau. Heute war Live-Musik angesagt. Die »Kleinen«, wie die *Apokalyptischen Reiterinnen* in der Frauengruppe liebevoll genannt wurden, heizten den großen Schwestern ein.

Drinnen war es rappelvoll. Der Kostümierung nach zu urteilen, hatte Jonas wirklich recht gehabt: Es erinnerte ganz fatal an Karneval. Susanne schlängelte sich vorbei an weiblichen Derwischen in langen seidigen Kaftanen, an Hexen mit ungemein großen Pappnasen und an würdig aussehenden Göttinnen. Dann entdeckte sie Derya. Die hatte sich ganz hinten in eine Polstergarnitur gefläzt und winkte.

»Komm, setz dich zu mir! Prima Beobachtungsposten hier.«

Auf der Tanzfläche rockten Hexen ekstatisch ab. Am Nachbartisch turtelte ein Pärchen. Den verliebten Blicken nach zu urteilen, prickelte es kräftig.

»*Ich hab keine Lust, meine Pflicht zu erfüllen, für dich nicht, für mich nicht, ich hab keine Pflicht*«, röhrte die Sängerin ihren Lieblingssong ins Mikro.

Susanne mußte sich zu Derya rüberbeugen, um sie zu verstehen.

»Achte mal auf den Text. Ich kann's nicht mehr hören. Wenn das die westliche Frauenbewegung ist, dann gute Nacht, Marie.«

»Na und? Ich finde das klasse«, brüllte Susanne mitwippend. »Würde ich meinem Chef gern mindestens einmal in der Woche vorsingen.«

Derya ließ nicht locker.

»Und was ist mit Solidarität? Fremdwort, was? Schau dich nur mal hier um. Überwiegend saturierter Mittelstand, der Frauenemanzipation als schickes Hobby betreibt. Nur mit dem Interesse an Frauen außerhalb der eigenen Lebenswelt ist Fehlanzeige.«

Susanne schnupperte demonstrativ.

»Riecht ja hier plötzlich so säuerlich. Scheint irgendwo heftig Moral übergeschwappt zu sein.«

Derya deutete lachend eine Ohrfeige an.

»Du hast ja recht. Laß dir nicht die Stimmung vermiesen. Bin bloß sauer, daß zwei türkische Freundinnen mich heute abend wieder mal versetzt haben. Vielleicht durften sie ja auch nicht. Klingt alles so einfach – Integration –, ist aber schwer zu machen.«

Susanne schaute sich um. Deutsche unter sich. Also das war ihrer Freundin über die Leber gelaufen. Derya nahm die Sache mit der internationalen Solidarität verdammt ernst. Schönwetter-Feminismus, mit Selbsterfahrungskränzchen und Gefasel über neue spirituelle Erfahrungen war nicht ihr Ding. Sie war eher politisch orientiert. Klar, daß ihr der Hekate-Klamauk nichts brachte.

»Welche Fortschritte macht denn die Ausstellung?«

Derya hatte vor zwei Monaten die Idee gehabt, das vieldiskutierte Kopftuch-Thema in einer Fotoausstellung aufzuarbeiten. Gemeinsam mit dem multikulturellen Freundeskreis wollte sie einen Bilderbogen islamischen Frauenlebens erstellen, der das vielschichtige Thema einmal nicht nur aus abendländischem Blickwinkel zeigte.

»Es wächst. Ich verhandele gerade mit der Verwaltung wegen Räumlichkeiten. Aber ohne Placet vom Obermufti läuft da nichts, und das dauert.«

Unvermittelt stieß Derya ihren Ellenbogen in Susannes Seite.

»Nun schau dir den Auftritt an. Laura schießt mal wieder den Vogel ab.«

Beide starrten die Freundin an, die sich mit ziemlich finsterer Miene durchdrängte. Phänomenal! In dem Paillettenbesatz ihres langen grünen Abendkleides brach sich das Licht bei jeder Bewegung. Die langen roten Haare hatte sie zu einer wüsten Kreation hochtoupiert. Eine gelungene Mischung aus Göttin und Vamp.

»Laura, du siehst absolut klasse aus! Würdest bei jeder Miss-Wahl kräftig abräumen.«

Kaum war der Spruch raus, hätte sich Susanne am liebsten auf den Mund geschlagen. In feministische Fettnäpfchen tapste sie noch immer zielsicher hinein. Und Laura reagierte entsprechend.

»Laß stecken. Vor fünf Minuten erst hat mich so 'n bierbäuchiger Macker auf diese Tour angelabert. Manchmal hätt ich Lust, freiwillig den Tschador zu tragen. Miss-Wahl! Du bist hier auf dem Fest der Hekate, der Göttin der Stürme, der Zerstörung und des nächtlichen Schreckens. Hüte also deine Zunge, sonst wirst du dir den Zorn der Göttin zuziehen, und dann – wehe dir!«

Susanne war beeindruckt, konnte aber ihre Belustigung über Lauras salbungsvolle Worte kaum unterdrücken.

»Du bist ja ganz schön in Fahrt. Echt bühnenreif, der Text!«

»Das ist alles andere als komisch. Gerade ist mir der Schreck jedenfalls verdammt in die Glieder gefahren.«

Laura ließ sich in einen der Sessel fallen und zündete sich eine Zigarette an.

»Was ist denn passiert?«

Susannes Frage schallte in einer Musikpause viel zu laut durch den Raum. Die Umstehenden begannen interessiert zuzuhören.

»Ich bin eben durch die Unterführung am Bahnhof geradelt. Ihr wißt schon, du fährst rein und kannst das andere Ende nicht sehen wegen der eingebauten Kurve – ein Glanzstück an frauenfeindlicher Städteplanung! Immer hab ich ein mulmiges Gefühl da unten, und ausgerechnet heute quatscht mich so 'n Typ an, sabbelt was von ›Püppchen, laß dich mal knuddeln‹, und hat schon meinen Gepäckträger gepackt. Ich radle schneller, er bleibt zurück, ist halt auch sportlich 'ne Flasche. Und trotzdem: ich kam mir vor wie auf der Flucht!«

Lauras Stimme war nahe daran, zu kippen. Plötzlich war die Stimmung wie ausgewechselt, statt fröhlicher Ausgelassenheit angespannte Neugierde. Derya war zornig aufgesprungen.

»Das darf doch wohl nicht wahr sein! Es kann doch nicht angehen, daß wir hier im Treff einen auf kämpferisch machen, und draußen hast du das Gefühl, die Jagd auf Frauen ist auf! Spirituelle Power, ich glaub, es hackt! Laßt uns in Wesel endlich mal ein richtiges Zeichen setzen!«

Vera von der Mark, Protagonistin der Spiri-Gruppe, sah ihre Felle im Sog des drohenden Aktionismus davonschwimmen. Als Lehrerin und Fachfrau für Disziplinierung fühlte sie sich aber jetzt gefordert zu deeskalieren. Doch ihr Vorschlag zur Durchführung eines sofortigen Gesprächskreises – sonst immer gern aufgenommen – fand keine Gegenliebe.

Der Funke sprang über. Die Hexen drängten auf direkte Aktion. Sogar Susanne Straaten hatte ihren Beamtenstatus, der ihr Zurückhaltung bei der Teilnahme an schrillen öffentlichen Auftritten abverlangte, vergessen. Heute nacht mußte was passieren.

Und Derya blies weiter in die Glut.

»Wir sind uns doch einig, daß der Spruch ›Pornographie ist die Theorie, Vergewaltigung die Praxis‹ seine Berechtigung hat. Also los, es sind nur zehn Minuten zu Fuß. Ihr kennt das Schmuddel-Kino. Nach außen hin unauffällig, direkt an der Dudel-Passage. Drinnen ist alles zu kriegen, was sie brauchen. Kommt, wir schrecken die Wichser ein bißchen auf. Diese Nacht ist unsere Nacht!«

Es war wie ein Fanal. Die drei Musikerinnen verteilten die Percussion-Instrumente unter den Frauen. Auch ein paar lila Sprühdosen von der letzten Renovierung waren schnell zur Hand. Schweigend bewegte sich der Zug der Hexen durch die schlafende Stadt.

Der Eingang zum Pornokino war mit einer schwachen Glühbirne beleuchtet. »Kein Zutritt für Jugendliche unter 18 – Frauen freier Eintritt« war auf der Tür zu lesen.

Die seltsame Gruppe formierte sich um den Eingang, und plötzlich begann ein Trommeln, Klappern, Pfeifen und Schreien.

Aufgeschreckt kam ein mittelalter Mann heraus, offensichtlich der Kassierer. Als er die Ursache des Lärms erkannte, zog er sich unter dem Gejohle der Frauen zurück. Dann ein ganzer Pulk von Männern, unflätige Beschimpfungen, wüste Drohungen ausstoßend.

»Blechvotzen! Euch müßte man's mal richtig besorgen!«

»Schnipp, schnapp, Schwanz ab! Wichser in die Wallachei!« schallte es zurück.

Die ersten mit Farbe getränkten Tampons flogen. Die Männer schickten sich an, handgreiflich zu werden. Die Situation drohte zu eskalieren, aber Derya rettete sie mit ihrem Fotoapparat. Unter dem Zucken des Blitzlichtes machten sich die Diskretion Liebenden davon, als hätte sie ein Wasserwerfer auseinandergetrieben.

Die Sprühdosen waren noch so gut wie voll. Nach kurzer Zeit zierten Frauenzeichen Schaufenster und Wände des Kinos. »Frauenpower« war zu lesen und »Keine Macht den Schwänzen«. Alles ging rasend schnell.

Als der Streifenwagen um die Ecke bog, waren die Frauen längst verschwunden. Keine Chance für die Ordnungshüter. Der Spuk war vorbei.

Geraume Zeit später verließ eine Gestalt, achtsam nach rechts und links sichernd, die Stätte der geheimen Lüste. Die Luft war rein.

Fleischmann atmete auf. Dieser Kelch war noch einmal an ihm vorübergegangen.

*

»Feierabend für heute.«

Flori wischte sich die öligen Hände am Overall ab.

»Ich war schon immer ein glühender Verfechter der Arbeitszeitverkürzung. Wie wär's mit 'ner Partie Schach?«

Franz war sofort einverstanden. Sie hatten in den letzten Stunden wirklich malocht. Der zentnerschwere Motor des hochbeinigen Dodge-Pickup stand ausgebaut neben dem Wagen. Sie hätten es heute sowieso nicht mehr geschafft, die Austauschmaschine, die Flori Gott weiß woher besorgt hatte, einzubauen.

»Ist gebongt. Du holst das Brett, ich das Bier.«

Sie trafen sich unter dem Birnbaum neben der Werkstatt und machten es sich im Gras gemütlich. Die Mittagshitze war enorm, aber im Schatten ließ es sich aushalten. Franz eröffnete sizilianisch und riß die kühle Bierdose auf. Im Haus schrillte das Telefon.

»Scheiße, immer in der Mittagspause. Die Menschen heute kennen keinen Anstand mehr.«

Flori erhob sich ächzend und schlurfte gemächlich zum Haus. Kurz darauf tauchte sein Kopf im geöffneten Küchenfenster auf.

»Ist für dich. Dein Alter am Apparat.«

Franz zuckte zusammen und ärgerte sich gleich darauf über seine Reaktion. Immer noch der gleiche alte Mechanismus. Er ging Flori nach.

»Hallo, Vater!«

»Ja, hier Huismann. Franz Rudolf, guten Tag, wie geht es dir?«

Franz wehte ein Hauch eisiger Distanziertheit an. Er stand schon wieder stramm.

Es war immer noch wie früher.

»Danke, Vater, mir geht's gut, und wie geht's selbst?«

Der Anwalt ignorierte Antwort wie Frage. Franz schien es, als fiele seinem Vater selbst das »du« schwer.

»Ich habe mit dir zu reden, will sagen, dir einen Vorschlag zu machen. Wenn ich richtig informiert bin, bist du im Moment ohne Arbeit. Ein, wenn du mir diese Bemerkung erlaubst, recht ungesunder Zustand.«

»Ich komme schon zurecht. Mach da ein bißchen in Auto und so«, verteidigte sich Franz lahm.

»Ich habe mit einem Freund über dich gesprochen«, fuhr sein Vater unbeeindruckt fort, »Eduard Schulze, du erinnerst dich. Wir sind zusammen im Kirchenvorstand und haben auch geschäftlich miteinander zu tun.«

Und ob sich Franz an den erinnerte. Steinreicher Bauunternehmer, einflußreicher Lokalpolitiker und Gönner seiner Heimatgemeinde *Christus Kreuz*. Bei den Pfadfindern, zu denen auch Franz damals gehörte, hatte er immer versucht, sich beliebt zu machen. Mit Geld war er nie knauserig gewesen, für Fahrten, Zelte, Ausrüstung. Aber mit dem Jugendlichen eigenen Gespür für Authentizität hatten sie sofort gemerkt, daß der nicht echt war. Wenn der fette Eddi, wie sie ihn hinter seinem Rücken nannten, onkelig über Treue, Tapferkeit und Kameradschaft sülzte, hatten sie sich das Lachen kaum verkneifen können. Aber Typen wie Schulze waren so von ihrer Wirkung überzeugt, daß sie nichts mitkriegten. Und die Spendabilität des Vaters hatte seinem Sohn Georg auch nicht mehr Achtung unter den Jungen eingetragen. Sie hatten ihn zwar immer mitlaufen lassen, schließlich waren sie dem Ehrenkodex der Pfadfinder verpflichtet. Aber insgeheim hatten sie Georg für eine Flasche gehalten.

»Eduard hat aus Gründen, die hier keine Rolle spielen, seine Fahrerlaubnis eingebüßt und braucht dringend jemanden, der ihn chauffiert. Wir haben da an dich gedacht. Hinzu kämen ein paar Sekretärs- und Botendienste. Aber das wird dir Eduard alles selbst erklären. Wir erwarten dich um achtzehn Uhr in der Kanzlei. Sei bitte pünktlich – und«, der Vater zögerte, aber es mußte dann doch heraus, »ziehe etwas Anständiges an.«

Franz konnte das alles so schnell nicht verarbeiten. Er schwieg. Alles in ihm war Abwehr. Aber seinem Vater hatte er sich immer nur durch Flucht entziehen können. Die Gedanken rasten. Einfach auflegen? Knallhart nein sagen, lässig abwinken? Das hatte er gegenüber seinem Vater nie gelernt. Auch diesmal traute er sich nicht.

»Ja, ich muß mal sehen, ob –«

»Also dann bis um sechs«, schnitt ihm sein Vater das Wort ab und legte auf.

Na, da sei dir mal nicht so sicher, dachte Franz trotzig, ertappte sich aber dabei, wie er in Gedanken schon seine Garderobe durchcheckte.

»Nun bau doch nicht immer gleich so einen Popanz auf«, meinte Flori, dem er sofort alles brühwarm erzählte. »Du bist doch frei, ja oder nein zu sagen. Da kann's doch nicht schaden, mal zu hören, was die beiden so zu bieten haben.«

Franz war Flori dankbar, daß er ihm diese goldene Brücke baute. So kam er wieder einmal darum herum, seinem Vater offen die Stirn zu bieten.

»Du hast recht, ablehnen kann ich ja immer noch. Ist ja vielleicht auch ganz interessant, diesen Geldsack herumzukutschieren. Kann sich ja immer nur um ein paar Stunden handeln, und lumpen läßt der sich auch nicht, das weiß ich noch von früher.«

Lauras Wagen rauschte auf den Hof, daß der Kies nur so stob. Mit wehendem Haar lief sie auf die im Gras liegenden Männer zu.

»Ich muß gleich wieder in die Beratungsstelle zurück, offenes Café ab vierzehn Uhr dreißig. Aber das von gestern abend muß ich euch einfach erzählen. Morgen könnt ihr's bestimmt in der Zeitung lesen, aber so lang halt ich's nicht aus.«

Der Bericht über die Aktion vor dem Porno-Kino sprudelte nur so aus ihr heraus. Flori amüsierte sich königlich. Das war etwas so richtig nach seinem Geschmack.

»Diese Derya ist klasse, die Bande mit 'nem schlichten Fotoapparat in Schach zu halten. Da muß man erst mal drauf kommen! Die hat genau gewußt, wo die Achillesferse dieser Typen sitzt. Als da fotografiert wurde, gab's natürlich bei denen das große Fracksausen. Könnte ja öffentlich werden, was sie so treiben. Kamera als Knarre, toll!«

Laura klatschte in Erinnerung an die turbulenten Szenen begeistert in die Hände.

»Das ist doch genau der Punkt! Wenn die Männer wenigstens dazu stehen würden, was sie tun, fände ich's ja nur halb so zum Kotzen. Aber Pustekuchen. Nach außen Saubermann, privat der Schweinigel.«

»Es ist immer dasselbe Muster«, sinnierte Flori. »Lügen und Geheimnisse schwächen. Wer den aufrechten Gang aufgibt, muß halt im Dreck kriechen und ist dann angreif- und verwundbar. Nicht umsonst stolpern doch täglich Promis aus allen Bereichen über an sich harmlose Affären. Politiker, die nicht zu ihrem Schwulsein stehen, Priester, die nicht zugeben dürfen, daß sie eben auch nur Menschen sind, Gewerkschaftsbosse, die ihre allzumenschliche Geldgier mit linker Attitüde kaschieren. Und das geht runter bis zu Otto Normalverbraucher. Eine Gesellschaft von Heimlichtuern.«

Laura merkte plötzlich, daß Franz sich nicht an dem Gespräch beteiligte.

»Was ist dir denn über die Leber gelaufen? Sitzt da wie ein Buddha, während wir den Zustand der Gesellschaft beleuchten.«

»Bin gerade dabei, in den Schoß eben dieser Gesellschaft zurückzukehren.«

In knappen Worten setzte Franz Laura ins Bild. Die nahm's gelassen und brachte einen völlig neuen Aspekt ins Spiel.

»Natürlich mußt du da heute abend hin. Du kannst deinen Vater doch jetzt nicht vor den Kopf stoßen. Oder hast du vergessen, daß du ihm ein größeres Sümmchen aus den Rippen leiern willst? Und überhaupt, so wie du den Schulze beschreibst, find ich's nur prickelnd, bei diesem Platzhirsch mal ein bißchen Mäuschen zu spielen. Ein Blick hinter die Kulissen ist doch immer spannend. Also zier dich nicht so.«

Damit war die Sache entschieden. Laura warf beiden noch eine Kußhand zu und lief zum Wagen.

»Ich ruf heute abend an und höre, was es gegeben hat!«

*

Kaffee schwappte, als die bereits angehobene Tasse mit leichtem Rumms wieder abgesetzt wurde.

»Wie sagten Sie, ist der Name des Psychologen?«

»Kranz, Doktor Karl Kranz. Der Mann ist 'ne Wucht.«

Laura stutzte. Aber die Frau, die heute zum ersten Mal im Café des Frauentreffs war, ließ sie gar nicht zu Wort kommen.

»Der setzt sich wirklich ein. Meinen Jungen hat er richtig ins Herz geschlossen, und der ist weiß Gott nicht einfach zu nehmen.«

Ein Schatten legte sich über das verlebte Gesicht der Mutter bei dem Gedanken an ihren Sohnes.

»Dabei ist das ein ganz weicher, lieber. Aber man kommt eben nur schwer an ihn heran. Und in letzter Zeit kenne selbst ich mich nicht mehr aus. Der Junge ist ganz verändert. Aber der Doktor Kranz läßt nicht locker, der gibt sich wirklich Mühe.«

»Wie sind Sie denn an Doktor Kranz geraten?«

»Über die Schule. Die Klassenlehrerin hat mir geraten, mich wegen meiner Erziehungsschwierigkeiten an den Doktor zu wenden. Der Tip war goldrichtig. Jetzt will er den Jungen sogar mit in Urlaub nehmen, kostenlos, das muß man sich mal vorstellen.«

Laura konnte es nicht fassen.

»Wer fährt denn noch mit?«

»Niemand, das ist es ja gerade. Der Doktor will nur für meinen Jungen da sein.«

Die Frau strahlte. Laura schwieg.

»Aber das wundert mich eigentlich gar nicht mehr. Was der bisher schon alles losgemacht hat. Kinobesuche, Fußball, mehrmals waren die beiden ganze Wochenenden unterwegs. Vertrauensbildende Maßnahmen nennt er das. Der Mann ist ein Heiliger.«

Das stank doch zum Himmel. Völlig unprofessionell so was. Aber ein Blick in das begeisterte Gesicht der Frau stoppte die Warnpredigt, die da raus wollte. Jetzt war nicht der richtige Zeitpunkt. Dem schlichten Gemüt ihr gegenüber würde sich jetzt kein zur Vorsicht mahnender Verdacht einpflanzen lassen. Und in ihrer blinden Autoritätsgläubigkeit würde die Frau bestimmt sofort Karl Kranz informieren. Dann konnte es ungemütlich werden. Denn was hatte Laura schon vorzubringen, um einen so schwerwiegenden Verdacht in die Welt zu setzen. Aber alle Alarmglocken schrillten. Dieser Karl Kranz war nicht astrein. Die Geschichte mit dem Jungen würde sie genauestens im Auge behalten.

*

Franz stand adrett gekleidet wie ein Vertreter in der Kanzlei seines Vaters. Nur der lange Pferdeschwanz paßte nicht ins Bild. Die schikke Sekretärin musterte ihn kühl, knipste aber sofort, als er seinen Namen genannt hatte, ein strahlendes Profilächeln an.

»Sie werden schon erwartet, Herr Huismann. Bitte hier hinein.«

Hinter dem alten, mit Schnitzereien verzierten Schreibtisch, an dem schon sein Großvater das einträgliche Geschäft mit dem Recht ausgeübt hatte, saß sein Vater. Aufrecht wie ein Nachrichtensprecher, korrekt bis unter die Fußnägel. Franz reichte die schweißfeuchte Rechte über den Tisch. Den anschließenden diskreten Griff des Vaters zum Taschentuch registrierte er mit Scham. Das fing ja gut an. Genauso hatte er sich das vorgestellt.

»Ich glaube, ich brauche euch nicht vorzustellen. Franz Rudolf, du kennst Herrn Schulze ja noch von früher.«

Erneut artiges Händeschütteln. Diesmal war es nicht ganz so peinlich, denn des Unternehmers quallige Hand fühlte sich wie ein nasser Tafelschwamm an. Zwei unterschiedlichere Typen konnte man sich nicht vorstellen. Hier der Vater, ein schlanker Asket, Autorität und Unnahbarkeit verströmend. Dort Schulze, der durch seine Leibesfülle und die joviale Art an einen freundlichen Bernhardiner erinnerte. Aber Franz wußte, daß er sich nicht täuschen lassen durfte. Schulze war beinhart, wenn es darauf ankam.

»Nun rühren Sie mal, junger Mann. Sie stehen ja hier schließlich nicht vor Gericht«, witzelte Schulze leutselig und patschte mit der flachen Hand einladend auf den Stuhl neben seinem.

Da bin ich mir noch gar nicht so sicher, dachte Franz und nahm Platz.

»Wie ich dir bereits angedeutet habe, wollen mein Freund Eduard und ich dir noch einmal eine Chance geben, dich zu bewähren.«

Der Vater fixierte ihn über den Rand der Brille. Wie eine Fontäne schoß heiße Wut über den herablassenden Ton in Franz hoch. Er wunderte sich über sich selbst, aber es mußte heraus.

»Ich denke, ich steh nicht vor Gericht. Aber wenn ich Bewährungshilfe brauche, ist das Urteil wohl schon gefällt.«

»Dieser Ton ist hier völlig unangebracht, Franz Rudolf. Ich habe Eduard über dein Vorleben nicht im unklaren gelassen. Verschwenden wir also unsere Zeit nicht mit kindischen Animositäten.«

»Ach, Schwamm drüber«, schaltete sich Schulze beschwichtigend ein, »wir waren früher schließlich alle keine Engel.«

Der Vater lächelte säuerlich. Nur der Schmiß auf der rechten Wange, der den Corps-Studenten verriet, hatte sich etwas tiefer gerötet.

»Gehen wir also in medias res«, nahm er den Faden wieder auf. »Du wirst Eduards Fahrer und privater Sekretär. Wenn du dich bewährst«, wieder der herausfordernde Blick über die Brille, den Franz geschlagen hinnahm, »so hat mir Eduard versichert, kann diese Aushilfstätigkeit in eine feste Stelle in der Geschäftsleitung seiner Firma münden. Du sprichst zwei Fremdsprachen und bist nicht dumm, wenn auch manchmal etwas haltlos. Also reiß dich am Riemen, so eine Chance bekommst du nicht wieder.«

Franz war wie vor den Kopf geschlagen. Das war schon alles ausgemachte Sache. Niemand fragte ihn. Jetzt mußte er etwas sagen. Aber der Moment ging ungenutzt vorüber.

»Also mach dir mal keine Sorgen, mein Junge. Ich darf dich doch wie früher duzen?«

Franz nickte matt.

»Privater Sekretär, das klingt so bombastisch. Es geht darum, mit mir die Baustellen abzufahren. Und da fällt schon mal ein bißchen Papierkram an. Aber für die Büroarbeit hab ich 'nen ganzen Stall voll Hasen, die das erledigen. Was ich vor allem brauche, ist ein zuverlässiger Fahrer, weil mein Lappen weg ist. Und was später kommt, darüber reden wir noch. Wirst sehen, Schulze läßt 'nen zuverlässigen Kerl nicht im Regen stehen.«

»Dann ist ja alles besprochen.« Der Vater hatte sich hinter dem Schreibtisch erhoben. »Du meldest dich am Mittwoch pünktlich um neun bei Eduards Privatadresse.«

Inzwischen standen alle. Plötzlich schlug sich Schulze klatschend auf die breite Stirn.

»Au weia, das Wichtigste hätten wir ja fast vergessen, wie es mit der Bezahlung aussieht. Zwei Riesen auf die Hand. Ist das ein Wort, mein Junge? Müßtest mir aber ab und an auch nach Dienstschluß zur

Verfügung stehen. Na, wir werden uns schon aneinander gewöhnen, wenn auch deine Frisur durchaus gewöhnungsbedürftig ist.«

Schulze wieherte los, als hätte er einen kolossalen Brüller gelandet, und hieb Franz kumpelhaft auf die Schulter.

»Also bis Mittwoch dann, mein Junge. Und sei pünktlich.«

Die ganze Szene hatte keine halbe Stunde gedauert, und Franz kam, als er wieder über die Hohe Straße in Richtung Berliner Tor ging, alles ganz unwirklich vor. Trotzdem fühlte er sich, als hätte man ihm eine Zwangsjacke übergeworfen. Noch war sie nicht festgezurrt, noch konnte er sie abschütteln.

ZWEI

Die wie eine polierte Roßkastanie glänzende Mercedes-Limousine schnurrte zügig über die geschwungene Straße durch den Dämmerwald. Sich seiner moralischen Überlegenheit sicher – ein Undercover-Agent im gegnerischen Lager – genoß Franz das Fahrgefühl mit jungenhafter Technikbegeisterung.

Seit vier Wochen arbeitete er nun für Eduard Schulze. Ein gut bezahlter, lockerer Job, wie sich zu seiner Erleichterung herausgestellt hatte. Trotz unregelmäßiger Arbeitszeiten blieben ihm genügend Freiräume für seine sonstigen Aktivitäten mit Flori. Morgens fuhr er mit dem Unternehmer dessen Baustellen ab, wartete dann im Wagen, wenn der sich über den Stand der Arbeiten informierte. Mittags war meistens schon Schluß. Daß er abends oder am Wochenende zur Verfügung stehen mußte, wenn Schulze seinen gesellschaftlichen oder geselligen Verpflichtungen nachkam, war eher die Ausnahme. Diesmal stand so ein Ausnahmeeinsatz an.

Natürlich gab es trotz idealer Bedingungen auch einen Wermutstropfen. Und dieser Tropf saß den Beifahrersitz platt und sonderte bei jedem Wort Wolken von Weinbranddunst ab. Es war Samstag mittag.

Franz hatte seinen Chef direkt vom Tresen abgeholt. Seit dem Vortag feierten die Schützen ihre alljährliche Sauf- und Ballerorgie. Schulze war einer der Hauptmatadore und schonte sich auch beim Frühschoppen nicht. Das Brauchtum lag ihm am Herzen, wenn auch zu vorgerückter Stunde oft schwer im Magen. Noch war er aber in Form und Redelaune.

Zwischen Franz und Schulze hatte sich ein merkwürdiges Verhältnis entwickelt. Der Unternehmer schien einen Narren an dem wortkargen, stets höflichen jungen Mann gefressen zu haben und begegnete ihm mit vertraulicher Sympathie. Franz, der den Älteren auf der ganzen Linie ablehnte, wunderte sich selbst über dieses Ungleichgewicht. Es nervte ihn kolossal, daß Schulze ständig aus dem

Born seiner unternehmerischen Weisheiten schöpfte und ihn mit väterlichen Monologen zusabbelte.

Schulze tankte Asbach aus seinem lederbezogenen Flachmann nach. Flugbenzin auf einen Mopedmotor. Es war wieder mal soweit.

»Führen heißt dienen, mein Junge, und wir Unternehmer sind die eigentlichen Diener dieser Gesellschaft. Siehst du doch an mir. Oder glaubst du wirklich, einer von den Kontoüberziehern, mit denen ich gerade gebechert habe, wäre bereit, am Samstag noch 'nen Finger zu rühren?«

Franz wußte, daß jetzt irgendeine Reaktion von ihm erwartet wurde, und so gab er einen vielsagenden Grunzer von sich. Mehr wollte Schulze nicht, und er dozierte weiter.

»Den Leuten geht's einfach zu gut. Wer will denn heute noch Verantwortung übernehmen? Ja, gemütlich in der sozialen Hängematte schaukeln und nichts als fressen, ficken, saufen im Kopf. Wir verkommen zu einer total verluderten Gesellschaft. Werteverlust, Anspruchsdenken, und die Jugend dröhnt sich den Kappes mit Drogen zu oder studiert so lange, bis sich auch das letzte bißchen gesunder Menschenverstand verflüchtigt hat.«

Franz stieg die Röte aus dem Hemdkragen. Sein Gesicht verfärbte sich wie eine umschaltende Verkehrsampel. Selbst Schulze konnte das Warnsignal nicht übersehen, und so schaltete er einen Gang zurück.

»Nun mal ruhig, mein Junge. Dich hab ich damit natürlich nicht gemeint. Wir beide, wir sind doch aus demselben Stall. Warst doch auch mal Pfadfinder. ›Allzeit bereit‹, die Losung vergißt man nicht. Habe ich bei dir gleich gemerkt. Du hast zwar 'ne Menge Mist gebaut, aber ich bin sicher, du kriegst die Kurve noch.«

Franz sah die Szene genau vor sich. Der Wagen stoppt abrupt. Er steigt aus, geht wortlos herum zur Beifahrertür, öffnet und zerrt den Sülzbaron auf die Straße. Ohrfeigen links und rechts als Ouvertüre, rechte Gerade zum Solarplexus, Kopfstoß aufs knackende Nasenbein und als Sahnehäubchen noch schnell 'ne Hasenscharte mit dem indianischen Schmuckring am Mittelfinger gezogen.

Der Moment ging vorüber. Ruhig rollte der Wagen über die Landstraße. Schulze räkelte sich behaglich im Sitz. Am Voshövel bogen sie nach rechts in Richtung Drevenack ab. Der Wald öffnete sich zur sonnenbeschienenen Wiesenlandschaft. Ein Bauer wendete Heu, während Kühe im Schatten vereinzelter Bäume ruhten.

Franz war von der Schönheit des friedvollen Bildes ganz erschlagen. Wie konnte der liebe Gott so etwas Schönes schaffen, um dann solche Ekelkreaturen wie Schulze daraufzuspucken? Und so, als sollte er gleich Antwort auf seine stumme Frage erhalten, kam der *Düvelsteen* in Sicht. Ein tonnenschwerer Findling, den der Teufel einst, genervt von den ewig singenden und betenden Mönchen im kleinen Marienthaler Kloster, von den Testerbergen bei Hünxe geschleudert hatte. Aber er hatte nicht genug Kraft gehabt, die frommen Männer zu treffen. So war der monströse Stein, auf dessen Oberfläche Luzifers Fingerspuren noch deutlich zu sehen waren, mitten in den Wiesen bei Drevenack gelandet.

Franz verstand die Botschaft. Es gab keinen Frieden ohne Bedrohung, keine Schönheit ohne ihr häßliches Pendant, keine Gerechtigkeit ohne dieses unfaßbare Unrecht überall. Aber das Böse konnte das Gute letztendlich nicht vernichten. Der Stein war zu kurz geworfen. Und auch die Schulzes dieser Welt würden sich auf Dauer nicht durchsetzen, da war sich Franz sicher.

Er bog in einen unbefestigten Wirtschaftsweg ab. Nach einer Biegung kam ein wunderschöner, lindenumstandener Bauernhof in Sicht. Der »Krähenwinkel«, wie das Gehöft genannt wurde, war Anfang des neunzehnten Jahrhunderts im niederrheinischen T-Hausstil erbaut worden. Vorn im Querhaus hatte der Bauer nebst Gesinde gewohnt, im mittig angesetzten Längsbau waren die Stallungen untergebracht. Alles war wunderbar in Schuß. Thermopenscheiben in Sprossenfenstern aus Teakholz, die Fensterläden frisch gestrichen, Dachrinnen und Fallrohre aus Kupfer, und das geschnitzte Eingangsportal inmitten der Wohnhausfront zierte wertvolle Bleiverglasung. Das ganze Anwesen wirkte so adrett wie ein Puppenhaus. Nur einen Bauern gab es hier nicht mehr. Ein Düsseldorfer Autohändler hatte den Hof gekauft, um hier seine edlen Pferde samt Stallmeister und zweier Pferdepflegerinnen unterzubringen.

Aus der Stätte bodenständigen bäuerlichen Schaffens würde ein Spielplatz für Schickimickis werden, dachte Franz mit Wehmut. Alles Quatsch, hatte Schulze geblafft, als Franz beim letzten Besuch den Fehler begangen hatte, seine Gedanken zu äußern. Das sei gesunder Strukturwandel. Und hätten er und Laura nicht ähnliches, wenn auch auf anderem Niveau, auf Floris Hof vor?

Schulzes Bauunternehmung war neben den Umbauarbeiten am Haus auch mit den Pflasterungen rund ums Gehöft beauftragt worden. Hauptsächlich Natursteinarbeiten, die das Können von Spezialisten erforderten. Schulze hatte für solche Fälle eine Kolonne polnischer Pflasterer an der Hand. Den deutschen Polier hatte er als Subunternehmer beauftragt. Wie der das Arbeitspensum erledigte und mit welchen Leuten war dann ausschließlich dessen Sache.

Franz hatte sofort geblickt, daß es sich der ganzen Sache schlicht um Schwarzarbeit handelte. In einer Wartepause hatte er einmal, während Schulze mit dem Polier ums Gehöft stiefelte, ein paar Worte gebrochenes Deutsch mit einem der Polen gewechselt. Zehn Mark Stundenlohn. Franz hatte sich geschämt und nach Versicherungen erst gar nicht mehr gefragt. Er konnte sich genau vorstellen, wie das Geschäft lief. Schulze hatte die Beziehungen und sahnte richtig ab. Seinem Polier ließ er immer noch gerade soviel vom Kuchen, daß der das geringe Risiko, aufzufliegen, gern allein auf seine Kappe nahm.

»Warte mal ab, mein Junge, jetzt zeig ich dir, wie's gemacht wird. Zuckerbrot und Peitsche. Wenn du auf eine Baustelle kommst, mußt du erst mal irgendeinen vor versammelter Mannschaft so richtig zur Sau machen. Ob zu Recht oder Unrecht, scheißegal. Die andern wissen dann, wo es lang geht und springen wie die Hasen. Siehst du den Langen da drüben? Jetzt paß mal auf.«

Der baumlange Mann stand mit schweißüberströmtem, nacktem Oberkörper neben einer laufenden Rüttelplatte. Ohne abzusetzen ließ er den Inhalt einer Bierflasche in den Hals laufen. Wegen des Maschinenlärms hatte er das nahende Auto nicht bemerkt. Schulze betätigte den elektrischen Fensterheber und grölte los.

»Ey, du Pajukke, hast du noch alten Urlaub, oder was ist hier los? Mach hinne, Freundchen, komm her!«

Der Herkules fuhr erschreckt herum, warf schnell die Bierflasche ins Gras und trabte gehorsam zum Auto. Schulze hielt es nicht für nötig auszusteigen. Der Arbeiter beugte sich untertänig herab.

»Mann, wir sind hier nicht in Polen. Nix dobsche, dobsche trallala. Das hier ist Deutschland, du Pfeife, da wird gearbeitet und nicht gesoffen. Soll ich dir ein paar Stunden abziehen lassen?«

»Bitte nicht, Chef. Ist doch so heiß. Ich nur eben was trinken.«

»Mann, quatsch keine Opern. Noch so 'n Ding, und du kriegst sofort das Ticket in die kalte Heimat. Alles klar?«

Da sprach der Herrenmensch. Am liebsten wäre Franz unter das Armaturenbrett gekrochen, um bloß nicht mit diesem Prototyp des Ausbeuters in einen Topf geworfen zu werden. Schulze feixte breit.

»So, das war die Peitsche. Aber natürlich gibt es auch Zuckerbrot. Im Kofferraum hab ich 'nen ganzen Karton Wodkaflaschen. Wirst sehen, die Jungs werden sich überschlagen, wenn ich damit rauskomme. Muß ihnen nämlich leider noch eine bittere Pille verpassen. Sonntagsarbeit. Wir sind im Verzug.«

Breitbeinig kam der Polier zum Wagen. Auch für ihn erhob sich Schulze nicht vom Sitz.

»Mahlzeit, Chef. Konnten Sie Fristverlängerung erreichen?«

»Nichts zu machen. Mittwoch rückt die Gartenbaufirma an. Dann müßt ihr hier verschwunden sein. Die haben sich auf nichts eingelassen. Ihr müßt also morgen durcharbeiten.«

Der Polier wischte sich mit einem riesigen Taschentuch über die in nachdenkliches Plissee gelegte Stirn.

»Bin mir nicht sicher, ob ich das durchboxen kann. Sie wissen doch, wie katholisch die Polacken sind. Die haben da einen echten Gewissenskonflikt.«

Schulze wurde langsam ungehalten und fummelte seine Brieftasche heraus.

»Scheiß auf Gewissen! Hier, zwanzig Mark extra für jeden, und hinten im Wagen ist Wodka satt. Das wird ihr Gewissen schon beruhigen.«

»Ich werd's versuchen«, brummte der Polier und ging zum Kofferraum. Schulze steckte den Kopf aus dem Fenster.

»Was heißt versuchen? Ich will das so!«

Der Polier, den Wodkakarton unterm Arm, grüßte stumm. Es gab nichts mehr zu sagen.

Franz wendete den Wagen.

»So, das war die Arbeit, jetzt das Vergnügen, mein Junge. Gib Gas, dann komm ich noch rechtzeitig zum Antreten am Schießstand.«

*

Der Junge lief einfach in der Besuchergruppe mit, die den Turm des Doms bestieg. Der Stadtführer erläuterte vollmundig, aber der Junge hörte nicht hin. Neben ihm stieg der Tod Stufe um Stufe seinem Ziel entgegen. Der Junge gab ihm die Hand und lächelte seit langem zum ersten Mal. Es tat gut, einen verläßlichen Freund zur Seite zu haben.

Der Blick über die Stadt war überwältigend. Von hier oben waren der Schmutz in den Straßen und all die anderen unappetitlichen Details des Alltags nicht zu erkennen. Spielzeugstadt im Wunderland. Aber der Junge ließ sich nicht täuschen, nicht mehr. Er wußte, wieviel Schlechtigkeit hinter diesen Fassaden wohnen konnte, und auf Wunder hoffte er nicht mehr.

In seinem kurzen Leben hatte er stets nur dessen dunkle Seite kennengelernt. Man hatte ihn gekauft, benutzt, mißhandelt. Sein Vertrauen darauf, daß neben der Dunkelheit doch auch irgendwo Licht sein mußte, war zerstört. Er war in einem Netz gefangen, das er nicht zerreißen konnte.

Hatte er daran mitgeknüpft? Er fühlte Schuld. Und so konnte er seiner Wut, seinem Haß kein Ventil nach außen geben. Der Druck war unerträglich geworden.

Niemand bemerkte, daß einer aus der Besuchergruppe beim Abstieg fehlte. Der Junge trat hinter dem Pfeiler hervor, beugte sich weit über die Brüstung und sah auf den Marktplatz tief unter ihm. Sein Blick suchte die Fenster, hinter denen sein Peiniger war. Der wartete bereits auf ihn. Umsonst. Er würde nie mehr dorthin zurückgehen. Zum ersten Mal hatte er selbst für sich entschieden. Diese Entscheidung konnte keiner rückgängig machen.

Den Ausschlag hatte der Beschluß seiner Mutter gegeben, ihn allein mit dem vermeintlichen Freund in Urlaub zu schicken. Zwei Wochen in dessen Ferienhaus in der Bretagne. Unmöglich! Er hatte alles versucht, seine Mutter umzustimmen. Aber die hatte ihn nur verständnislos angesehen, erst geschimpft und schließlich geweint. Er konnte ihr doch nicht die Wahrheit sagen. Sie würde sie nicht glauben. Die Wahrheit war ein komisches Ding. Wahr war immer das, was jemand für wahr halten wollte.

Er atmete zwar noch dieselbe Luft wie seine Mutter, konnte sie anschauen, sie berühren und war doch durch das schreckliche Geheimnis für immer von ihr getrennt. Die Erkenntnis, daß er den einzigen Menschen, den er wirklich liebte und der ihn hätte schützen können, für immer verloren hatte, hatte ihn wie ein Keulenschlag getroffen und hierher geführt.

Der Junge weinte leise. Er wischte die Tränen nicht fort. Die Wut, der Haß waren weg. Da war nur noch Traurigkeit, ein Ozean von Traurigkeit. Und dann ließ er auch das hinter sich. Da war die Sehnsucht, die zerrte und zog.

Der Junge richtete seinen Blick nach Norden, folgte mit den Augen dem Strom, der sich wie ein glitzerndes Band durch die grünen Flußauen wand, bis er sich im Dunst verlor. Lag dort Nangijala? Das Jenseitsland, von dem er einmal in einem Kinderbuch gelesen hatte. Das Land, in dem es nur den Schlaf einer Nacht dauerte, bis Liebende wieder vereint waren. Diese Sehnsucht.

Der Junge kletterte über die Brüstung auf einen vorstehenden Wasserspeier. Er hatte Angst, furchtbare Angst. Er blickte sich nach seinem Freund um. Der war gar nicht schrecklich und furchteinflößend, wie man ihn immer hatte glauben machen wollen. Wieder eine der vielen Lügen.

Der Tod nickte ihm aufmunternd zu. Und dann war auch die Angst weg.

Der Junge schloß die Augen, dann flog er los, nach Hause.

*

Am Schießstand der Schützen direkt neben der Niederrheinhalle hatte man einen riesigen Bierpavillon aufgebaut. Dicht gedrängt umlagerten ihn grün Uniformierte und gaben sich ebenso uniformem Tun hin. Schulze wurde mit großem Hallo begrüßt. Ehrerbietig machte man ihm am Tresen Platz.

Franz entdeckte seinen Vater, die Brust voller Theaterorden, im Gespräch mit einem Oberarzt des Marienhospitals. Drüben prosteten sich Bürgermeister und Verwaltungsgrößen zu. Und dort – das war doch nicht möglich! – stand Karl Kranz in vollem Wichs und nippte an einem Möselchen. Ihre Blicke trafen sich kurz, um dann gleich, als hätten sie sich nicht bemerkt, weiterzuschweifen. Alles, was sich selbst zur Weseler Society rechnete, war hier versammelt.

Franz fragte sich, ob die alle freiwillig da waren. Zumindest von seinem Vater wußte er genau, daß ihm der Rummel viel zu plebejisch war. Er tat nur mit, um Kontakte zu halten oder zu knüpfen, Informationen zu erhalten, einfach, um im Gespräch zu bleiben. Ein Pflichttermin. Auch Karl mußten ähnliche Gründe hierhergetrieben haben. Ihm machte diese bierselige Männerbündelei bestimmt kein Vergnügen.

»*Schwarzbraun ist die Haselnuß*« dröhnte es kernig von der Westkurve des Bierpavillons. Ein Mitglied des Jugendtambourcorps kotzte würgend über die Fleißigen Lieschen in einem Blumenkübel. »Horch, was kommt von drinnen raus«, kommentierte Fleischmann, der als unermüdlicher Chronist des heimischen Brauchtums natürlich nicht fehlen durfte, unter dem Gejohle seiner Zechkumpane. Franz fröstelte es.

»Ein Pils für mich und 'ne Cola für den Zivilisten hier«, kommandierte Schulze.

»Oder will das junge Fräulein lieber ein Glas Milch?« witzelte ein neben Franz stehender Speckbulle, ihn am Pferdeschwanz ziehend.

»Nein danke, Mutti, aber du solltest in der Öffentlichkeit wirklich einen BH tragen«, sagte Franz und tätschelte die schwabbelige Männertitte des Witzbolds. Die Umstehenden wieherten los. Der Speckbulle ballte die Faust, aber Franz kam ihm zuvor.

»Ich warte im Wagen.«

Schulze nahm Franz beiseite.

»Brauchst nicht gleich die beleidigte Leberwurst zu spielen. Rauh, aber herzlich. So ist das nun mal unter Männern. Aber du kannst mir einen Gefallen tun, mein Junge. Ich stinke wie ein Puma, bin völlig durchgeschwitzt. Ich brauche ein frisches Hemd und meine Ersatzuniformjacke. Die holst du mir, dann kannst du Schluß machen. Meine Frau ist in Kur, es ist also keiner zu Hause. Die Klamotten hängen rechts im Schlafzimmerschrank, wenn du reinkommst, direkt die erste Tür links.«

Schulze kramte ein dickes Schlüsselbund heraus und nestelte drei Schlüssel vom Ring.

»Der hier ist fürs Gartentor. Keine Angst, Wotan ist im Zwinger. Und der ist fürs Haus. Aber bevor du reingehst, mußt du die Alarmanlage ausschalten. Die Sirene macht so einen Lärm, daß die lieben Nachbarn schon aus Selbstschutz sofort die Polizei rufen.«

Franz sah Schulze verständnislos an.

»Keine Sorge, ist nicht kompliziert. Direkt neben der Tür, von einer Eibe verdeckt, ist ein Kasten. Den klappst du auf und steckst den Schlüssel ins Schloß der Alarmanlage, legst den Schalter um, fertig. Beim Rausgehen dann wieder alles retour.«

*

Zehn Minuten später stand er vor der Villa am Wittenberg. Das Haus lag weit zurück inmitten eines parkähnlichen Grundstücks. Ein hoher Metallzaun gab dem Anwesen einen festungsähnlichen Charakter. Wotan, Schulzes Deutscher Schäferhund, der nachts frei auf dem Gelände lief, begrüßte ihn vom Zwinger mit aggressivem Gebell.

Franz kam sich wie ein Eindringling vor. Aber nachdem er die Villa betreten hatte, konnte er es sich nicht verkneifen, einmal durchs ganze Haus zu spazieren.

Alles atmete Reichtum. Kostbare Teppiche, schwere Eichenmöbel, Ölgemälde mit Jagdszenen an den Wänden. Franz fühlte sich wie in einem Möbelhaus der teuersten Sorte. Erst in Schulzes Jagdsalon flammte sein Interesse auf. Es war weder der Waffenschrank noch die Trophäensammlung, die ihn innehalten ließ. Sein Blick wurde von einem wunderschönen alten Bücherschrank gefesselt. Ob Schulze das alles gelesen hatte? Franz glaubte es nicht.

Er zog einen großen Prachtband mit Holzschnitten von Otto Pankok heraus. Franz begann zu blättern. Ein herrliches Buch. Doch er durfte sich nicht zu lange aufhalten. Er stellte das Buch zurück – und stutzte.

Der Band ragte mindestens fünf Zentimeter aus der Front der Buchrücken heraus. Franz war sich sicher, daß das vorher nicht so gewesen war. Da merkte er, daß er das Buch ein Bord zu tief eingeordnet hatte. Die Rückwand hinter dieser Bücherreihe mußte also gegenüber den anderen vorstehen.

Und dann kapierte er. Er hatte ein Geheimfach entdeckt.

Wie spannend. Haus der Abenteuer. Spontane Fünf-Freunde-Gedächtnis-Begeisterung. Er konnte seine Neugier nicht bezähmen.

Rasch räumte er das ganze Bord ab, darauf achtend, daß er die Reihenfolge der Bücher nicht durcheinanderbrachte. Er tastete die Rückwand ab. Sie ließ sich herausnehmen.

Tatsächlich.

Franz langte in den Hohlraum und holte ein dickes Bündel Banknoten und einen Schnellhefter hervor. Er warf einen Blick hinein. Uninteressant.

Das Geld.

Es mußten viele tausend Mark sein.

Er zählte oberflächlich durch. Das waren mindestens hundert Riesen, wenn nicht mehr, in unterschiedlicher Stückelung. Ein Vermögen.

Bingo!

Er hatte die Lösung seines Problems in der Hand. Er hatte seine gemeinsame Zukunft mit Laura in der Hand. Er hatte das Glück in der Hand.

Jetzt mußte er es nur noch festhalten.

Nicht einen Moment kamen ihm Zweifel an der moralischen Berechtigung seines Tuns. Er war sich ganz sicher, daß es sich um Schwarzgeld handelte, das Schulze für den privaten Verbrauch zu Hause bunkerte.

Schulze hatte einfach kein Recht darauf.

Er kämpfte den Drang, das Geld einfach einzustecken, nieder und legte Bündel und Hefter ins Fach zurück. Aber er tat es im Bewußtsein, daß er da *sein* Geld zurücklegte. Er konnte es nur nicht sofort mitnehmen. Das mußte warten.

Aber er würde wiederkommen.

Franz sah auf die Uhr. Seit er das Haus betreten hatte, waren keine zehn Minuten vergangen. Rasch versetzte er alles wieder in den alten Zustand, jedes Teil, das er berührt hatte, sorgfältig abwischend. Seine Gedanken rasten. Er hatte noch keine genaue Idee, wie er an das Geld kommen könnte, ohne verdächtigt zu werden. Daß er aber Duplikate der beiden Schlüssel brauchte, war ihm klar.

Scheiße, genau da lag das Problem. Ersatzschlüssel für Alarmanlagen ließen sich nicht bei Mister Minit an der Ecke nachmachen. So was war kompliziert und teuer, und ausweisen mußte man sich noch dazu. Seine Euphorie verflüchtigte sich. Aber bevor sie gänzlich der heraufziehenden Depression wich, kam ihm eine Idee: Der Schlüsselkasten neben der Tür.

Er ging zum Eingang. Kurzes Suchen und Vergleichen, dann hielt er Schulzes Ersatzschlüssel für Haus und Alarmanlage in der Hand. Konnte er es wagen, sie einfach mitzunehmen?

Schulzes Frau war in Kur. Sehr gut.

Blieb nur sein Brötchengeber, der stutzig werden könnte. Das Risiko, daß Schulze seine Schlüssel verschusseln und Ersatz brauchen könnte, mußte er eingehen.

Zurück an der Niederrheinhalle traf er seinen Chef an, wie er ihn verlassen hatte: lärmend am Tresen. Daß Franz ein wenig lange ausgeblieben war, schien er gar nicht bemerkt zu haben.

»Na, das hat ja geklappt«, begrüßte der feiernde Schütze ihn fröhlich, als er mit der Ersatzkleidung auftauchte.

»Du kannst den Wagen mit nach Hause nehmen. Wir sehen uns morgen.«

Franz gab die Hausschlüssel zurück. Schulze drückte ihm gönnerhaft einen Fünfzig-Mark-Schein in die Hand.

»Sollst auch nicht leben wie ein Hund!«

Franz registrierte Schulzes Versuche, sich ihm verpflichtet zu machen, mit Amüsement. Da setzte einer aufs falsche Pferd. Im Wagen wickelte er die Ersatzschlüssel in den Geldschein und hielt sie wie ein Amulett in der Faust.

Langsam begann ein Plan zu reifen.

*

Franz half Laura, mit dem verrosteten Zahlenschloß die beiden Fahrräder an ein Verkehrsschild zu ketten. Sie brauchten sich nicht zu beeilen. Die kleine Fähre *Keer tröch*, die Fußgänger und Radler über den Rhein vom Bislicher ans Xantener Ufer setzte, hatte gerade erst abgelegt. Viel Betrieb war noch nicht am Sonntagmorgen. Nur ein mittelaltes Pärchen im Wander-Partnerlook wartete ebenfalls auf die Fährleute vom Heimatverein, die den Bootsbetrieb organisierten.

Laura zog bereits die Inline-Skates an. Ihre Schuhe ließ sie an den zusammengeknoteten Schnürsenkeln über ihre Schulter baumeln. Franz, der sich auf den Dingern immer noch ziemlich unsicher fühlte, hielt das für etwas verfrüht. Er betrachtete das rubbelige Kopfsteinpflaster, das die Anlegestelle hinabführte.

Sie hatte vorgeschlagen, im Xantener Dom zum Hochamt zu gehen und die letzten Kilometer auf Skates zurückzulegen. Er hatte zu beidem keine rechte Lust, aber Laura zuliebe wäre er auf Stelzen zum Papst gewandert. So zwängte er sich ohne zu mucken in die klobigen Rollstiefel und stakelte seiner Freundin im ungelenken Sidestep zur Wasserlinie hinterher.

Laura starrte stumm über den Fluß. Sie hatte bisher überhaupt noch nicht viel gesagt. Franz ließ sie in Ruhe. Er wußte, daß ihr der gestrige Selbstmord des Jungen im Kopf herumging. Fast den ganzen Tag hatte sie dessen Mutter beigestanden, die sie aus dem Café im Frauentreff kannte. Abends war sie selbst völlig fertig gewesen.

Verstohlen betrachtete er ihr Profil, die vollendete Rundung von Stirn und Wangen, geteilt von der frech aufgeworfenen Nase. Als sie in die frühe Sonne blinzelte, löste sich eine einzelne Locke aus dem lässig zurückgenommenen Haar. Mit einer kurzen Bewegung voller Anmut strich sie sie zurück. Er mußte sich abwenden. Glücksgefühl unerträglicher Intensität. Seine Tränendrüse wollte arbeiten. Das Gerumpel über Stein schrappenden Metalls brachte ihn wieder auf den Teppich. *Keer tröch* war tröch.

Laura hatte ihm bereits vergangene Woche von ihrem Verdacht

gegen Karl erzählt. Seit gestern war aus dem Verdacht feste Überzeugung geworden. Und er hatte mit dem, was er aus Karls Vergangenheit berichten konnte, bei Laura auch den letzten Zweifel ausgeräumt.

Das Boot schaukelte beträchtlich, als es die Heckwelle eines großen Schubverbandes schnitt. Laura wurde gegen Franz gedrückt. Für eine Sekunde fühlte er die erregende Weichheit ihrer Brust an seinem Oberarm. Während er Laura zärtlich küßte, dachte er an die goldene Zukunft mit ihr auf Floris Hof.

Auf einmal wußte er, wie er sich das Geld von Schulze holen konnte, ohne daß er selbst in Verdacht kam.

»Karl muß mir ein Alibi verschaffen«, sagte er unvermittelt und ließ Laura los.

»Der miese Päderast braucht selbst ein Alibi!«

Laura wußte worum es ging. Franz hatte ihr gestern abend in aller Ausführlichkeit von der Entdeckung bei Schulze und seinem Vorhaben erzählt. Obwohl sie Diebstahl ablehnte, waren es nicht moralische Skrupel – bei dem unlauteren Schulze hielten die sich in Grenzen –, es war vielmehr die Sorge um Franz, die sie vehement hatte protestieren lassen. Daß er jetzt zu allem Überfluß auch noch Karl, für den sie nur noch Verachtung hatte, bei seinen Plänen ins Kalkül zog, machte sie wütend.

»Statt darüber nachzudenken, wie wir dem Kerl das Handwerk legen könnten, hast du nur Geld, Geld, Geld im Kopf. Pfui Teufel!«

»Vielleicht kann man zwei Fliegen mit einer Klappe schlagen.«

Mit sanftem Ruck dockte die Fähre am anderen Ufer an. Laura sprang, ohne sich nach Franz umzusehen, auf und rauschte auf acht Rollen davon. Franz eierte hinterher. Auf der ebenen Straße machte Laura Tempo. Elegant schwang ihr Körper hin und her, und der wadenlange Glockenrock machte seinem Namen alle Ehre. Ihr Haar hatte sich gelöst und flatterte wie eine Fahne. Eine tolle Frau. Anything goes! Mit Laura, für Laura.

Am Xantener Markt hatte er sie eingeholt. Machtvolles Glockengeläut vom Dom. Wortlos wechselten sie ihr Schuhwerk und schlossen sich den Gottesdienstbesuchern an. Am Eingang verstauten sie diskret ihre Skates, dann ließen sie sich von der stillen Atmosphäre des Gotteshauses gefangennehmen. Franz, der Lauras religiöse Ader achtete, war selber eher ungläubig. Und so schweiften seine Gedanken schnell ins Profane ab. Er sah sich um. Die Kunstentwicklung von der Romanik bis zu Spätgotik und Barock sei hier an Architektur und Plastik abzulesen, hatte Laura ihm erklärt. Soso. Dreihundertvierzig Jahre war an der Pracht gewerkelt worden.

So lange sollte die Renovierung des Perricher Hofs allerdings nicht dauern. Schon war er wieder beim Thema. Als der Schlußchoral erklang, war sein Plan fertig.

*

Sie hatten sich beim Italiener in Plastikstühle gefläzt und genossen den Anblick der Bilderbuchbebauung rings um den Xantener Markt. Spaghetti-Eis und Smalltalk. Franz hielt den Zeitpunkt für gekommen, Tacheles zu reden.

»Was hast du dagegen, daß der widerliche Schulze, wenn auch unfreiwillig, unsere Zukunft sponsert?«

Laura griff nach seiner Hand.

»Ich habe etwas dagegen, dich im Knast besuchen zu müssen. So was ist doch nicht deine Kragenweite. Und selbst wenn man dich nicht auf frischer Tat ertappt, du wirst immer einer der Hauptverdächtigen sein und lange Zeit gar keine Gelegenheit haben, den frisch erworbenen Reichtum auszugeben. Selbst wenn ich oder Freunde dir ein Gefälligkeitsalibi geben würden, im Auge behalten würden sie dich trotzdem.«

Franz nickte.

»Du bringst es auf den Punkt. Ich brauche eben ein wasserdichtes Alibi, um gar nicht erst in Verdacht zu kommen. Eins, das nicht auf Zeugenaussagen beruht, die man anzweifeln kann. Und das wird mir Karl verschaffen.«

Laura verzog ärgerlich das Gesicht.

»Keine Kumpanei mit Karl! Mit dem will ich nichts zu tun haben. Schlimm genug, daß man ihm nichts nachweisen kann. Diese Saubermänner gehen ohne Unrechtsbewußtsein zur Tagesordnung über und machen immer weiter. Es ist zum Heulen.«

Franz beugte sich weit über den Tisch.

»Um Karl mach dir mal keine Sorgen, den mach ich fertig. Und wenn die Justiz nicht in der Lage ist, für Gerechtigkeit zu sorgen, dann presse ich ihm höchstpersönlich das Kainsmal des Päderasten auf die Stirn. Manchmal reicht es schon, einfach zu sagen, was ist, ohne spitzfindige Rechtsverdreherei. In Wesel faßt der dann keine Kinder mehr an, verlaß dich drauf.«

»Also Rufmord«, sagte Laura.

»Soll er sich doch wehren. Kann er aber nicht, weil es sich um die verdammte Wahrheit handelt. Rufmord! Der einzige Mörder weit und breit ist Karl! Der hat letztendlich den Jungen auf dem Gewissen!«

Laura gefiel das alles nicht. Das war nicht ihr Stil. Aber Karl Kranz mußte einfach das Handwerk gelegt werden. Übertriebene Zimperlichkeit war nicht angebracht. Ihr Blick fiel auf die Steintafel am Turm der evangelischen Kirche. »Gott ist unsere Zuversicht und Stärke«. Ob der solche Mittel heiligte?

Franz war nicht mehr zu bremsen, doch die vorbeieilende Kellnerin veranlaßte ihn, die Stimme wenigstens ein wenig zu senken.

»Mit dem, was ich weiß, habe ich Karl in der Hand. Vor seiner öffentlichen Hinrichtung wird er mir noch einen Gefallen tun. Die Hildegard-Apotheke in Schermbeck. Ein Einbruchsversuch, von ihm fingiert. Die Tatzeit wird man genau bestimmen können, dafür sorge ich, und auch dafür, daß man mich später anhand der Fingerabdrükke auf irgendeinem Werkzeug, das Karl liegen lassen wird, für die Sache verantwortlich macht. Zur selben Zeit, in der Karl in Schermbeck tätig ist, stiefele ich mit dem Ersatzschlüssel bei Schulze rein, hol mir das Geld, laß alles ein bißchen nach Einbruch aussehen und ab durch die Mitte. Schulze geht jeden Abend exakt zur gleichen Zeit mit dem Köter Gassi. Und genau dann laufen beide Dinger. Alles kapiert?«

Laura war wider Willen fasziniert. So einfach, so gut. Gambit. Ein Bauernopfer. Ja, nicht mal das. Franz setzte praktisch gar nichts ein. Sie war überzeugt, daß der Richter einen ehemaligen Junkie, der jahrelang clean geblieben war, wegen eines einmaligen Rückfalls mit einer ambulanten Therapie statt Strafe davonkommen lassen würde. Zumal es sich ja bloß um einen Einbruchsversuch handeln würde. Im Klartext hieß das, daß er sich eine Weile einmal in der Woche bei der Weseler Drogenberatungsstelle mit einem Sozialarbeiter unterhalten mußte. Für Hunderttausend oder noch mehr tat er das sicher gerne.

Franz merkte, daß sich Laura für seine Idee zu erwärmen begann.

»Laura, Liebste, drei auf einen Streich. Erstens habe ich mit Karl noch eine Rechnung zu begleichen. Zweitens sorgen wir für gerechte Umverteilung bei einem ausbeuterischen Fiesling und können unsere Pläne verwirklichen. Und drittens legen wir danach einem Kinderschänder das Handwerk. Was willst du mehr?«

Er war aufgestanden und hatte beschwörend die Arme ausgebreitet wie der heilige Norbert drüben auf dem Brunnen. Wie sie diesen Mann liebte. Die große Nase, die wachen Augen und der volle, stets zum Lachen bereite Mund. Ein bißchen Depardieu, eine Prise Til Schweiger und ganz viel von der naiven Liebenswürdigkeit des jungen Heinz Rühmann. Das war einer, der noch nicht stehengeblieben war, voller Power. Ein Spinner und Träumer? Bestimmt ein bißchen. Aber keiner, mit dem es ihr je langweilig werden würde. Sie lachte befreit auf.

»Ich bin dabei. Bonnie und Clyde am Niederrhein. Total verrückt!«

*

»Hat dich die Sehnsucht hergetrieben?«

Der Kellner mit dem martialischen Schnurrbart, zur Zeit Deryas Lieblings-Lover, zog vertraulich einen Stuhl heran. »Muß aber noch bis zwölf Uhr arbeiten. Volle Schicht heute.«

Haifischgrinsen und Dackelblick. Deryas Drüsen begannen, Östrogene auszuschütten. Aber Dienst ist Dienst und Schnaps ist Schnaps.

»Nun hau mal nicht so auf den Putz, Schätzchen. Gibt auch noch andere Männer als dich.«

Mit einer Bewegung, als wische sie ein lästiges Insekt vom Ärmel, schubste sie Khalids Hand weg. Diese sensible Hand mit den süßen Haarbüscheln auf den dritten Fingergliedern.

Statt Dackel jetzt Dobermann. Alarmstufe rot.

»Du hast 'nen anderen? Bist du hier, um mir das zu stecken? Wer ist der Kerl?«

Knackarsch vom Stuhl gelupft, Fäuste geballt, Kontraktionen der Unterarm- und Wangenmuskulatur. Göttlich.

»Hüh, ruhig, Brauner!«

Sie tätschelte beruhigend Khalids Wange, wie einem durchgehenden Hengst den Hals. »Ich bin sozusagen dienstlich hier, du weißt doch, multikultureller Freundeskreis, die Ausstellung. Ich hab mich mit Ferdi Fleischmann vom Niederrhein-Boten verabredet, um die ganze Aktion bereits im Vorfeld pressemäßig breit rüberzubringen.«

»Der Dickmops mit Glatze und dem unsäglichen Outfit?«

»Genau der.«

Allgemeine Entspannung. Dobermann im Zwinger. Waldi wedelte wieder freundlich mit dem Schwanz.

»Wie bist du denn an den geraten? Der ist doch sonst nur für Vereinsmeierei, Kungelei und die Schützenpiffel zuständig. Mann, der ist mal bei uns im Boxclub aufgelaufen. Große Reportage, am Tag nach Maske und so, Gesülz auf der ganzen Linie. Wir haben uns abgeeiert.«

»Nun laß mal. Schreiben kann der. Uns hat er mit einigen guten Artikeln jedenfalls ganz schön Publicity verschafft. Und was viel wichtiger ist, ich glaube, der steht auf mich.«

»Na, dann viel Spaß mit der schreibenden Fleischwurst. Laß dich bloß nicht abschleppen. 'ne Nacht mit dem, und du fühlst dich nicht nur wie 'ne Zeitung frisch aus der Druckerpresse, du siehst wahrscheinlich auch so aus.«

»Es pubertiert ja mal wieder aufs Heftigste. Vermassel mir bloß nicht die Tour. Solange ich mit dem Typen hier bin, kennen wir uns nicht, klar? Statt deiner ewigen Macholachnummer führst du dem Mann mal den freundlichen, aufgeschlossenen Türken vor. Der soll sich hier schließlich wohlfühlen.«

Khalids Vater war zwar vor dreißig Jahren aus Tunesien eingewandert, und er selbst war gebürtiger Weseler, aber mit seinem südländischen Aussehen ging er gut als Türke durch. Deshalb hatte er auch den Job in dem Spezialitätenrestaurant bekommen. Was er von der Türkei wußte, beschränkte sich auf den Inhalt der Speisekarte.

»Darf ich berühmtes, deutsches Journalist bringen noch eine köstlich türkisch Tee?« brabbelte er mit untertänig gesenktem Kopf.

Derya prustete los. »Du bist einfach unmöglich. Mann, hau ab!«

Zu spät. Die Tür ging auf, und Fleischmann walzte herein. Khalid zu Derya gebeugt, die Hand vertraulich in ihrem Nacken.

Fleischmann war sofort alles klar. So sind sie, diese Muselmänner. Eine Frau ohne Begleitung: Freiwild.

Gestern abend erst hatte er sich noch einmal bei Betty Mahmoudy schlau gemacht. »Nicht ohne meine Tochter« – ein Schlüsselroman für den weltoffenen Journalisten des Niederrhein-Boten. Diese armen islamischen Frauen, unter den Schleier gezwungen, ihrer Freiheit beraubt, rechtlos der Willkürherrschaft des Mannes ausgeliefert. Finsterstes Mittelalter.

Jetzt gab's da einige, die hier in Wesel das jahrhundertealte Joch abwerfen, die mit einer Ausstellung im Foyer des Bühnenhauses mutig die Mißstände anprangern wollten, und prompt wurde ihre Sprecherin von einem öligen Fiesling aufs Übelste angebaggert. Aber nicht mit ihm!

Mit wehendem Mantel und weit ausholenden Bewegungen strebte er dem Tisch zu, die spiegelnde Glatze angriffslustig gesenkt. Harre aus, du Rose vom Bosporus, der Retter naht!

Hatte er diesen Kerl nicht neulich im Boxclub getroffen? Ziemlich harter Bursche. Schmerzlich wurde er sich plötzlich seiner Körperlichkeit bewußt. Die Schritte gerieten schon etwas trippelnd.

Überhaupt, er war schließlich wer. Ein stadtbekannter Journalist konnte schließlich keinen Skandal machen. Wirtshausschlägerei, wo gab's denn so was? Na, der hatte noch mal Glück gehabt. Aber er mußte schließlich Rücksichten nehmen.

Fleischmann hatte sich dermaßen aufgepumpt, daß die paar Meter bis zum Tisch nicht reichten, um auf Normalmaß abzuschwellen. So blieb denn noch ein Restchen heiße Luft, um herrisch »Was geht hier vor?« zu schnarren.

Khalid schlug die Hacken zusammen. »Ich erklären junges Dame Spezialitäten von Haus.«

»Mensch, sehen Sie nicht, daß Sie hier eine Landsfrau vor sich haben? Die ist des Türkischen durchaus mächtig.«

Derya kicherte dümmlich, nickte aber instinktiv. Sie sprach kaum türkisch. Ihr Vater war bei einem Autounfall ums Leben gekommen, als sie acht war, und ihre deutsche Mutter pflegte in Weselaner Platt zu parlieren.

Fleischmann kriegte nichts mit. Er klopfte sich innerlich immer noch auf die Schulter. Wie geschickt er die Klippe mit der »Landsmännin« umschifft hatte. Diese feministische Ader hatte er an sich noch gar nicht entdeckt. Wieder ein Pluspunkt. Er kam voran.

Etwas milder gestimmt wandte er sich an den Kellner:

»Bringen Sie bitte noch eine Karte und ein großes Pils.«

Aber so leicht gab Khalid nicht auf.

»Hier nix Bier«, dichtete er in einem Anflug lyrischer Emphase und wies auf die von goldenem Plastik umschnörkelte Koransure über der Tür. »Aber vielleicht ich darf bringen leckere türkische Tee?«

Derya kämpfte und verlor. Brüllend geierte sie los.

Dieses glockenhelle Lachen, träumte Fleischmann, das ist die islamische Frau. Eben noch bedrängt, gleich wieder bereit zu Heiterkeit und Frohsinn. Nichts von dieser biestigen Verkniffenheit, wie er sie an vielen ach so emanzipierten deutschen Frauen konstatierte. Das hier war etwas ganz anderes. Gleich beim ersten Pressegespräch nach Gründung des multikulturellen Freundeskreises war sie ihm aufgefallen. Wie sie ihn angeschaut hatte. Da schwang Bewunderung mit. Er würde sie auf Händen tragen und sie ihn achten und ehren, wie es sich gehörte. Aber so weit waren sie noch nicht.

»Kopftuch, Schleier, Körpertuch. So heißt doch der Titel Ihrer geplanten Ausstellung. Sie wollen damit die strukturelle Gewalt gegen die islamische Frau beleuchten. Sie arme, arme Frau. Schwingt da auch Biographisches mit?«

Derya starrte Fleischmann irritiert an. Sie hatte bisher nur ein Kopftuch getragen, wenn sie in ihrem Cabrio über Land fuhr, die Sonnenbrille keck auf die Stirn geschoben.

»Zum Teil, lieber Herr Fleischmann, nur zum Teil. Uns geht es vor allem darum, die Akzeptanz der verschleierten Frau im Straßenbild zu erhöhen. Bildet der Schleier nicht auch einen Schutz für die Frau vor dem sexistischen Blick des Mannes?«

Fleischmann, der gerade in Vorstellungen über die Hügellandschaft unter Deryas enganliegendem Pulli schwelgte, zuckte zusammen. Akzeptanz erhöhen? Ja, war er denn im falschen Film?

»Wie wahr, wie wahr«, brachte er unsicher heraus und war dankbar, daß Khalid mit der »großen Vorspeisenplatte«, die er für sich geordert hatte, nahte. Marinierte Bohnen, gefüllte Weinblätter, Schafskäse in Blätterteig, diverse Rohkost, alles reichlich mit der typischen Joghurt-Knoblauchsauce übergossen.

Joghurtsauce!

Fleischmann stockte der Atem. Bereits als Kind mit Abmagerungskuren gequält, haßte er Sauermilchprodukte, die man ihm aus Diät-Gründen bis zum Überdruß hineingenudelt hatte, in jeder Form.

Was tun? Alles unberührt zurückgehen lassen und sich damit als kulinarischer Ausländerfeind disqualifizieren?

Unmöglich!

Joghurtsauce durfte nicht als trennender Strom zwischen ihm und dieser Klassefrau fließen.

Fleischmann ballte die Faust um die Gabel, konzentrierte sich kurz, dann griff er an. Schaufeln, schlingen, würgen und bloß nicht atmen.

Khalid schob sich am Tisch vorbei.

»Na, schmeckt's?«

Fleischmann glaubte Schadenfreude herauszuhören. Ihm brach der Schweiß aus.

»Ist Ihnen nicht gut?« hauchte Derya, besorgt die glasigen Augen des schwitzenden Mannes fixierend.

»Doch, doch. Nur mein nervöser Magen. Der Streßjob, Sie verstehen.«

Fleischmann erkannte seine Chance und nutzte sie. »Köstlich, köstlich, die Küche Ihres Landes. Aber vielleicht sollte ich doch ... «

Er schob den Teller weg.

»Man soll immer dann aufhören, wenn's am besten schmeckt. Uralte Weight Watcher-Weisheit. Sie entschuldigen mich einen Moment.«

Fleischmann wankte zur Toilette, schaffte es gerade noch, die Tür zur ersten Kabine aufzustoßen, dann goutierte er das eben Genossene noch einmal in umgekehrter Richtung.

Zurück am Tisch war er wieder in Form.

Jetzt oder nie. Wenn du scharf bist, mußt du rangehen. Er grapschte nach Deryas zarter Hand und tätschelte sie freundschaftlich.

»Um noch einmal auf unser Thema zurückzukommen ... «

Derya zuckte vor der Berührung der schweißfeuchten Extremität zurück.

Ach, das scheue Reh, dachte Fleischmann wohlwollend.

Da erschien Khalid mit einem weiteren Glas »gutes türkische Tee«. Später hätte er selbst nicht mehr sagen können, ob es kühle Berechnung oder blanker Affekt war, was ihn das Tablett um ein paar Zentimeter nach vorn neigen ließ. Das Glas mit dem brühheißen Tee folgte jedenfalls dem Gesetz der schiefen Ebene und landete in Fleischmanns Schritt.

Es folgte ein als klassisch zu bezeichnender Dialog zwischen den Kulturen. Multikulti in schönster Form.

Fleischmann, wie ein Stier brüllend: »Verdammter Bimbo, anatolischer Eseltreiber! Willst du mich entmannen?«

Khalid, unwillkürlich in heimatlicher Zunge: »Wat? Bimbo? Gleich krisse en Watsch, datte denks, du has Schüttelfrost!«

Sekunden später war Khalid seinen Job und Fleischmann eine Jacketkrone los.

Wie er vor die Tür gekommen war, Fleischmann wußte es nicht. Von Derya begreiflicherweise keine Spur. Wieder mal kurz vorm Klo in die Hose. Er haßte sich selbst. Was er jetzt brauchte, war Bier, viel Bier. Er winkte einem sich nähernden Taxi. Der Fahrer verlangsamte die Fahrt, kurbelte die Scheibe herunter, fixierte Fleischmanns Hose, den feuchten Fleck an pikanter Stelle.

»Pisser!«

Mittelfinger präsentieren und Gas geben war eins.

Fleischmann war den Tränen nah.

*

Einen Einkaufswagen vor sich herschiebend betrat Karl Kranz den riesigen Supermarkt vor der Stadt. Leise herabrieselnde Musik lullte ihn ein. Eigentlich wollte er nur ein paar Flaschen Wein kaufen, um sich abends ein wenig zu betäuben. Aber dann begann er planlos durch die Gänge zu streichen.

Er mußte sich ablenken. Die kurze Zeitungsmeldung vom Selbstmord des Jungen am Samstag hatte ihn ziemlich aus der Fassung gebracht. Warum hatte der das bloß getan? Er kapierte es nicht. Er hatte den Jungen wirklich gern gemocht und gefördert, wo es nur ging. Mit ihm als Mentor hätte aus dem Kleinen trotz der problematischen familiären Situation richtig was werden können. Schade drum. Der Junge war so hübsch und intelligent gewesen.

Aber mehr als die Enttäuschung über den Verlust quälte ihn die Frage, ob die dumme Geschichte ihm selbst gefährlich werden konnte. Sie lebten schließlich nicht mehr im alten Griechenland. Damals hätte niemand die Beziehung zwischen Mentor und Schüler argwöhnisch beäugt, das Recht der Jungen auf ihre eigene Sexualität, die sich natürlich zuerst auf den väterlichen Freund richten mußte, in Frage gestellt. Heute mußte er sich für seine Neigung verstecken. Es war absurd.

Hatte der Junge mit irgend jemandem über ihre Beziehung gesprochen? Er glaubte es nicht. Nachdrücklich hatte er ihm die Folgen vor Augen gehalten. Und beweisen würde man sowieso nichts können. Trotzdem, das aufkeimende Unbehagen blieb. Jetzt konnte er nur abwarten und das Beste hoffen. Er versuchte, seinen Gedanken eine andere Richtung zu geben.

Das Spiel von Bedürfnisweckung und -befriedigung, das um ihn ablief, begann ihn zu faszinieren. Anhand des Inhalts der Einkaufswagen versuchte er, etwas über die Situation der Menschen und ihre Absichten herauszufinden.

Die Frau am Zeitschriftenregal sprang ihm ins Auge. *Zeit*, *Brigitte* und *Schöner Wohnen* lagen schon neben Landliebe-Joghurts – die kleinen Gläser – in der Karre. Alleinstehende Lehrerin Mitte vierzig, tippte Karl. Irgendwie kam sie ihm bekannt vor. Dieser Aufzug. ›Sommerliche Outdoor-Fashion in sportiver Optik‹ hätte die Frau das wahrscheinlich genannt. Karl, der den Anblick von Radlerhosen ab Größe zweiundvierzig nicht ertragen konnte, wollte sich schon abwenden, da senkte die Frau die neueste Ausgabe von *Psychologie heute*. Ihre Blicke trafen sich. Wechselseitiges Erkennen. Vera von der Mark, eine entfernte Bekannte seiner Frau. Dazu hatte er jetzt nicht die Kraft.

»Herr Doktor ... !«

Nichts da. Kick down und ab in den nächsten Gang. Entronnen. Erst etliche Meter weiter erlaubte er es sich, von Trab wieder in Schlenderschritt zu fallen.

Dann sah er sie. Die Mutter des toten Jungen. Zum Umkehren war es zu spät. Er war bereits in den Gang mit den Schnapsflaschen eingebogen. Auch die Frau hatte ihn entdeckt, die Weinbrandflasche wie ein ertappter Dieb in der Hand. Karl gab sich einen Ruck und ging mit trauerumflortem Blick auf sie zu.

»Mein tief empfundenes Beileid. Ich hatte so gehofft, daß Sie sich nach dem entsetzlichen, tragischen Ereignis bei mir melden. Ich war doch immer für Sie da.«

Die Frau hörte den leisen Vorwurf wohl und beeilte sich, Entschuldigendes vorzubringen.

»Das war einfach alles zuviel für mich. Ich hatte einen totalen Zusammenbruch. Na, Sie sehen ja selbst«, sie stellte entschlossen die Flasche in ihren Wagen, »ohne meinen kleinen Freund hier komme ich im Moment jedenfalls nicht aus.«

Sie starrte einen Moment blicklos vor sich hin.

»Wo mich mein einziges Glück, der Junge, verlassen hat. Warum hat er das bloß gemacht? Ich hätte doch alles für ihn getan!«

Sie begann zu weinen. »Aber ist ja auch egal, hat ja eh alles keinen Sinn mehr.«

Karl, den die Gefühlsausbrüche von Frauen ankotzten und der mit Weinenden schon gar nichts anfangen konnte, überwand sich und legte tröstend den Arm um die Frau.

»Ich kann Sie verstehen, Sie durchwandern jetzt ein tiefes Tal. Da müssen Sie durch. Notwendige Trauerarbeit nennen wir Psychologen das.«

Die Frau hörte auf zu weinen und sah Karl dankbar aus ihren Kuhaugen an. Der registrierte kalt seine Wirkung und steigerte sich noch.

»Und daß Sie nur einen Freund haben, das stimmt ja einfach nicht. Ich bin schließlich auch noch da. Ich werde Ihnen helfen, wo ich kann. Die Beerdigungsformalitäten, der ganze Papierkram mit den Ämtern, damit kommen Sie mal ruhig zu mir. Kommen Sie, ich lade Sie zu einer Tasse Kaffee hier in der Cafeteria ein, dann können Sie sich mal so richtig aussprechen.«

Die Frau willigte dankbar ein. Von Karl fiel eine Last ab. Ein Blick in das ahnungslose Gesicht der Frau hatte genügt, um ihm zu zeigen, daß er sich ganz sicher fühlen konnte.

Nachdem sie die Kassenreihe passiert hatten, lotste er die Frau nach rechts ins Kaufhausrestaurant. Aus dem verqualmten Raum schlug ihnen das Flair eines Bahnhofwartesaals gepaart mit dem fettigen Charme einer drittklassigen Pommesbude entgegen. Gleich vornean, da, wo die Spielautomaten hingen, saßen ein paar Penner und einige, die es bald sein würden.

Karl registrierte alles mit dem Interesse eines Expeditionsleiters, der zum ersten Mal auf einen ihm unbekannten Indianerstamm am hinteren Amazonas trifft. Buntgestrickte Kunstfaserpullover auf nackter Haut, Zahnruinenlandschaften, für die niemand mehr Aufbauhilfe leisten wollte, in verwüsteten Gesichtern, hornige Fingernägel, die der Qualm tausender Selbstgedrehter giftiggelb eingefärbt hatte.

Eine friedvolle Atmosphäre. Der frühe Alkohol wogte freundlich ans Gestade des sonst feindlichen Lebens. Sanftes Dümpeln auf umschmeichelnden Wellen. Später würde die Brandung mit jedem Schluck rauher werden, und eines Tages würden sie alle darin umkommen. Karl war sich sicher, daß sich hier niemand mehr Illusionen machte. Aber auf den Gesichtern lag die Ruhe stoischer Gelassenheit.

Warten auf das große Nichts. Plötzlich war Karl sich nicht mehr sicher, ob er glücklicher dran war als diese Verstoßenen. Was nutzten ihm materieller Erfolg und Sozialprestige? Die hier hatten allen überflüssigen Ballast längst abgeworfen, reisten mit leichtem Gepäck.

Und er? Ein Narr mit müßigem Geltungsdrang. Seine angebliche Überlegenheit lächerliche Hybris angesichts der Absurdität des Lebens.

Besorgt stellte er fest, daß er seit dem Tod des Jungen eine Neigung zur Depression hatte. Er mußte sich vorsehen. Schließlich gehörte er doch nicht zu der knieweichen Fraktion seines Berufsstandes, die sich ständig in schwiemeliger Nabelschau selbst in Frage stellte. Er war ein Kerl, ein harter Bursche, der es früh gelernt hatte, sich in der Kälte einzurichten. Er war der Chef im Ring und sonst keiner.

Die Frau setzte sich wie selbstverständlich zu den Alkis. Karl ging zum Selbstbedienungsbuffet und kaufte Kaffee und Asbach. Die Frau kippte dankbar den Schnaps. Karl schob ihr wortlos seinen unberührten Schwenker hin. Sie dankte kurz mit einem Kopfnicken und leerte das Glas in ihren Kaffee.

»Man hat eine Tüte mit Klebstoffresten bei ihm gefunden. Die Polizei meint, daß er ein Schnüffler war. Ich habe davon nie was bemerkt. Er ist wohl im Rausch gesprungen. Warum? Ich versteh's einfach nicht. Ich mache mir solche Vorwürfe!«

Die Frau begann wieder zu schluchzen. Karl tätschelte ihr beruhigend den Arm, hätte dem versoffenen Frauenzimmer ob ihrer erneuten Tränen aber am liebsten den faltigen Hals verdreht.

»Das bringt doch jetzt nichts. Er hat nicht leiden müssen, soviel steht fest. Da, wo er jetzt ist, ist er im Glück, und das wissen Sie ja auch.«

Karl fand sich selbst zum Schießen, aber die Frau blickte ihn ergeben an, als wäre er der Herr Pastor persönlich.

»Sie müssen jetzt an sich selber denken. Sie haben doch Probleme genug. Es muß doch weitergehen. Sie dürfen sich nicht aufgeben.«

Die Frau nickte und lächelte schon wieder. Die Tränen hatten die dick aufgetragene Wimperntusche aufgelöst und in zwei schwarzen Bahnen gen Kinn gespült. Karl fragte sich, wie es jemand rein physisch fertiggebracht haben konnte, dieser Frau ein Kind zu zeugen.

»Laura hat genau dasselbe gesagt. Die ist fast den ganzen Tag bei mir geblieben, wie 'ne echte Freundin. Nach der schrecklichen Nachricht wäre ich allein durchgedreht. Die Frau setzt sich genauso ein wie Sie.«

Karl war sofort alarmiert.

»Wer ist Laura?«

»Das ist die Beratungsfrau im Frauentreff am Kaiserring. Kennen Sie sich nicht? Die ist doch so was wie eine Berufskollegin von Ihnen. Ich gehe da seit einiger Zeit hin. Die haben interessante Angebote, und im Café trifft man immer wen, mit dem man mal reden kann. Über Sie haben wir übrigens auch gesprochen.«

Karl schaffte es, sich so etwas wie ein Lächeln ins Gesicht zu knautschen. Laura Meister. Das war ein Schlag in den Karton. Er mußte an das Gespräch im Café Fehr denken. Hatte die erst mal Witterung aufgenommen, würde sie wie ein Trüffelschwein alles um ihn herum durchpflügen und einen nicht wiedergutzumachenden Flurschaden anrichten.

»So, was haben Sie Frau Meister denn erzählt?«

»Na, alles halt. Wie Sie sich so rührend um uns gekümmert haben. Daß es da eben nicht bei der üblichen Erziehungsberatung geblieben ist. Daß Sie sich aufopferungsvoll auch nach Dienstschluß um den Jungen gekümmert haben. Die Wochenendausflüge und die vielen Geschenke. Laura war von Ihrem persönlichen Einsatz sichtlich beeindruckt.«

Karl stand abrupt auf und ging zum Buffet. Jetzt brauchte er einen Schnaps. Wenn die Meister nur einen Funken Sachverstand hatte – und er war von ihrer Kompetenz überzeugt –, dann war ein Verdacht da. Sie würde sich anfangs noch diskret über ihn erkundigen. Zuerst natürlich bei Franz. Ihm fielen die Kinderfreizeiten ein.

Aschfahl kehrte er an den Tisch zurück.

Es würde geredet werden. Natürlich immer unter vorgehaltener Hand. Und dann würde eines zum anderen kommen, man würde sich einiges zusammenreimen. Nachweisen würde man ihm nichts können, da war er sich ziemlich sicher. Aber er wußte genau, daß das auch gar nicht nötig war, um ihn gesellschaftlich fertigzumachen. Und es gab in Wesel eine Menge Leute, die nur darauf warteten, ihm etwas am Zeug zu flicken.

Karl Kranz begann zu schwitzen.

*

Das Schützenfest wogte unaufhaltsam seinem Höhepunkt, dem Krönungsball am Montagabend entgegen. Schon seit Mittag rangen die wackeren Schützen am Schießstand um die Königswürde. Zepter, Reichsapfel, Flügel, alle Preise waren schon gefallen, nur der Vogel widerstand zäh der andauernden Ballerei. Unbarmherzig knallte die

Sonne auf die Festwiese an der Niederrheinhalle. Im Schatten der alten Kastanien harrte das Schützenvolk schwitzend der Entscheidung.

Fröhliche Kurzweil, wie unter alkoholisierten Männern üblich, bestimmte das Bild. Ein drahtiger Jungschütze leerte das fünfte Pils im Kopfstand, und Frau Wirtin feierte in schlüpfrigen Versen fröhliche Urständ. Hinter dem Toilettenwagen fand eine Faust ihr Ziel im Gesicht eines Fanfaristen, dem es künftig am nötigen Ansatz mangeln würde. Im angrenzenden Gebüsch wurden die Voraussetzungen für die Geburt eines Weseler Neubürgers gelegt.

Ordnung, Einigkeit, Frohsinn. Kurz, es war alles so, wie man es von einem gelungenen Schützenfest erwarten durfte. Die Blasmusik gab ihr Letztes. Der wirkliche Star aber war Schulze, der, die Arme fest auf den Tresen des Bierstandes gestützt, das Paukenecho von »Schützenliesel, dreimal hat's gekracht – buff buff buff« mit wakkelndem Hintern rhythmisch sauber mitfurzte. Wieder hatte die Fraktion, die ihm eine erneute solistische Wiederholung nicht zugetraut hatte, eine Runde verloren.

Franz stand abseits an einen Baum gelehnt und wartete. Er fühlte sich wie ein Christ in Mekka. Unablässig strichen seine Blicke über das Gewusel der Grünröcke.

Endlich! Da war er. Auf dem Parkplatz vor dem Schießstand entstieg Karl Karl Kranz einem Taxi.

Wirkte die alberne Kostümierung bei allen anderen grotesk, Karl trug sie mit selbstverständlicher Nonchalance. Ein Herr. Zielstrebig ging er auf den etwas kurz geratenen Stadtdirektor zu, der umringt von einer Gruppe Honoratioren Hof hielt. Schulterklopfen hier, grüßendes Winken da, Karl gehörte dazu.

Franz registrierte es ohne Neid. So war das also, wenn man den Pfad bürgerlicher Tugend nicht verlassen hatte. Allgemeine Akzeptanz. Franz sah in die geröteten, freundlich-fröhlichen Gesichter. Ein Leben bar jeden Selbstzweifels. Er versuchte sich auszumalen, was gewesen wäre, wenn er die in ihn gesetzten Erwartungen erfüllt hätte. Dann stände er jetzt dort und nicht hier am Rand, im gesellschaftlichen Off.

Aber nein, das hätte er niemals gewollt. Er war doch gerade stolz darauf, sich sein Stückchen Freiheit und Unkonventionalität bewahrt zu haben. Aber sofort begann der Zweifel heftig zu nagen, ob seine überhebliche Haltung nicht pure Schutzreaktion vor der Erkenntnis eines total schief gelaufenen Lebens war. Sollte da nicht schlichtes Versagen selbstbetrügend in Erfolg umgedeutet werden?

Aber Franz schaffte es wie immer schnell, die masochistische Selbstzerfleischung zu beenden.

Er zwang sich, an das gewaltige Geldbündel im Geheimfach seines Chefs zu denken. Sofort sah er die eigene Zukunft wieder verklärt vor sich. Und dort drüben stand der Mann, der ihm den Weg dahin ebnen würde. Doktor Karl Kranz, der gerade sein untadeliges Gebiß im Verein mit den anderen anläßlich Schulzes Teutonenhumor zur Schau stellte.

»Die Nummern 180 bis 185 bitte zum Schießstand!«

Plärrend hallte die blecherne Lautsprecherstimme über die Gemeinde. Karl stellte sein Weinglas auf den Tresen und entschuldigte sich. Er mußte seiner Schützenpflicht genügen. Franz folgte ihm diskret zu dem auf ein Gestell montierten Kleinkalibergewehr.

Karl schob mit großer Geste den Hut in den Nacken, zielte lange und schoß dann meilenweit daneben. Alles johlte los. Niemand hatte es anders erwartet, niemand nahm es ihm übel. Karl entschuldigte sich mit jungenhaftem Charme für sein Mißgeschick und lud die Umstehenden zu einer Runde ein. Als sich das allgemeine Interesse wieder den anderen Aspiranten auf die Königswürde zugewandt hatte, trat Franz zu Karl.

»Das war ja ein ziemlicher Schuß in den Ofen, alter Kumpel. Bist doch im Leben sonst so zielsicher.«

Karl war nicht überrascht. Er hatte Franz längst bemerkt. Kein Wunder, als Zivilist fiel er unter den uniformierten Freizeitsoldaten auf wie Claudia Schiffer in einer Herrensauna.

»Tja, mein lieber Franz, man muß sich einfach über seine wirklichen Ziele im klaren sein, dann darf man auch mal vorbeischießen. Um im Bild zu bleiben, im Vorbeischießen scheinst du es ja zu einer gewissen Meisterschaft gebracht zu haben, mich würde nur mal interessieren, was sind eigentlich deine wirklichen Ziele?«

»Ganz schön scharfzüngig heute, immer die Fäuste oben, muß wohl an der martialischen Aufmachung liegen. Aber geschenkt. Genau darüber, über meine Ziele, wollte ich mit dir reden. Leih mir mal 'ne Viertelstunde dein Ohr.«

»Tut mir leid, Franz. Ich hab heute wirklich keine Lust auf alte Kamellen. Außerdem habe ich hier Verpflichtungen. Und bestimmt braucht dein Herr und Meister dich gleich.«

Kurzes Kopfwippen Karls in Richtung des ständig Getöse verbreitenden Schulze. »Du bist doch schließlich im Dienst. Ein anderes Mal vielleicht.«

Karl lächelte gönnerhaft und wandte sich ab. Franz steckte den Affront gelassen weg. Volle drei Sekunden kostete er die Vorfreude auf den kommenden Treffer aus, dann ließ er die Mine hochgehen.

»Ich habe übrigens mit Laura über den Jungen gesprochen, der sich vorgestern vom Dom gestürzt hat. Den kanntest du doch auch, glaube ich.«

Karl blieb so abrupt stehen, als hätte ihm jemand den Stecker rausgezogen. Dann drehte er sich langsam um und kehrte zu Franz zurück. Vielleicht war die Tönung im sonnenbankgebräunten Gesicht um eine Nuance zurückgegangen, sonst aber verriet nichts, daß er angeschlagen war. Sekundenlang ruhte der Blick des Psychologen nachdenklich forschend in den Augen des Gegners. Franz verzog das Gesicht zu einer komisch schmerzverzerrten Grimasse und pochte mit dem ausgetreckten Zeigefinger auf Karls Brustbein.

»Bingo!«

Karl wehrte den wie eine Waffe zustoßenden Finger herrisch ab.

»Laß das! Du willst reden?

»Nicht ich will reden, Karl, *wir* müssen reden.«

»Also reden wir.« Unvermittelt drehte Karl Kranz sich um, bahnte sich einen Weg durch das Gedränge und strebte dem Schützengarten jenseits der Paradewiese zu. Franz mußte sich beeilen zu folgen. Irgendwie hatte er sich das Aufeinandertreffen mit Karl anders vorgestellt.

»Was soll das hier werden? Ein Hundertmeterlauf?«

Karl sah ihn ärgerlich an.

»Meinst du, ich setze mich coram publico deinem dummem Geschwätz aus? Dahinten können wir reden, ohne daß die halbe Stadt mithört.«

Inzwischen hatten sie die etwas verwilderte Anlage, die gerade deshalb einen ganz eigenen, verwunschenen Charme ausstrahlte, erreicht. Schweigend spazierten sie über gewundene, mit rotem Split bestreute Wege. Karl wartete ab, aber jetzt ließ Franz ihn schmoren. Endlich brach Karl das Schweigen.

»Ich hab nicht ewig Zeit!«

Franz ignorierte den arroganten Ton, wohlwissend, daß er im Moment das Heft in der Hand hielt.

»Die solltest du dir aber nehmen, Karl, wirklich, das solltest du. Ist besser für dich.«

Karl Kranz blieb stehen und blickte Franz kalt an.

»Was besser für mich ist, braucht mir kein verkrachter Suchtbolzen zu sagen! Laß deinen Spruch los und bleib mir dann vom Leib!«

Über soviel Chuzpe war Franz einen Moment sprachlos. Aber schon schoß der Zorn in ihm hoch.

»Halt endlich die Fresse! Schluß mit lustig, kapiert? Du bist eine miese pädophile Schwuchtel, wissen wir beide, warst es immer! Du hattest den Jungen dazwischen, das steht fest. Wenn ich aus der Schule plaudere, bist du dran. Den cleanen Tausendsassa kauft dir dann keiner mehr ab.«

Plötzlich Böllerschüße, die Drohung eindrucksvoll unterstreichend. Die beiden Männer riß es herum.

Wie von einem Magneten gezogen strebten Uniformierte dem Schießstand zu. Die Blasmusik trötete hektisch. Ein neuer König war gefunden. Da tauchte er auch schon begleitet vom Hochrufe grölenden Schützenvolk auf. Schulze thronte strahlend in einem auf zwei Stangen montierten hölzernen Sessel, den vier Vereinskameraden schwer auf ihren Schultern trugen. Da ging ein Lebenstraum in Erfüllung.

Dann passierte es: Fleischmann, der vorne rechts tragen durfte, trat voll in einen Haufen, den ein Vierbeiner hinter sich gelassen hatte, knickte juchzend ein und stürzte den neuen Häuptling gleich wieder vom Schild. Der kugelte seine drei Zentner gekonnt wie ein Judoka über den Rasen, rappelte sich behende auf und trat dem erschütterten Fleischmann voll Inbrunst ins ausladende Gesäß. Marx Brothers in action. Die Umstehenden jubelten. Fleischmann trat verbittert den Rückzug zum Bierstand an, in Gedanken schon an einem scharf formulierten Artikel über das Unwesen der Hundehalter feilend.

Die beiden Männer, die die kurze Slapstick-Nummer aus der Ferne mitbekommen hatten, nahmen ihren Rundgang wieder auf. Karl tat seinem Gegner nicht den Gefallen, Wirkung zu zeigen.

»Du willst mich also erpressen.«

Franz hätte Karl am liebsten ins Gesicht gespuckt, tröstete sich dann aber mit dem Gedanken, daß er das Schwein ja bald ans Messer liefern würde.

»Dein Geld brauch ich nicht. Es geht lediglich um einen kleinen

Gefallen. Ich will allerdings vermeiden, daß du mich wie damals hängen läßt. Ein bißchen Druck wird dich bei der Stange halten. Im Klartext: Ziehst du nicht mit, mach ich dich fertig.«

»Nimmst du den Mund nicht ein bißchen voll? Hast du Beweise für deine ungeheuerlichen Behauptungen?«

»Hör endlich mit der Mir-kann-keiner-was-Tour auf! Du hattest was mit dem Jungen und wahrscheinlich nicht nur mit dem. Das steht fest. Noch wissen nur Laura und ich Bescheid. Das kann sich aber sehr schnell ändern. Oder muß ich dir als Psychologen erklären, wie so etwas läuft? Es geht überhaupt nicht um überführen, um beweisen. Ich weiß eine Menge Merkwürdigkeiten über dich. Hier ein paar Fakten geschickt lanciert, da ein paar Andeutungen zu den richtigen Leuten, und die ganze Sache läuft nach dem Schneeballprinzip von selbst. Wenn erst Piggy zu wühlen anfängt, kriegst du in Wesel kein Bein mehr auf den Boden.«

In knappen Worten erklärte Franz, was er von Karl verlangte.

Karl blieb abrupt stehen und faßte Franz wütend am Kragen. Sein nur mühsam unterdrückter Zorn brach durch.

»Du spinnst wohl! Glaubst du wirklich, ich breche für dich in eine Apotheke ein? Du überreizt dein Blatt, Freundchen! Mit mir nicht! Such dir einen anderen, den du zum Esel machen kannst!«

Franz reagierte wie ein Angler mit einem starken Hecht an der Rute. Jetzt mußte er Leine geben.

»Nun mach mal halblang, Herr Doktor. Niemand erwartet von dir einen Einbruch. Wärst du doch glatt mit überfordert. Also scheiß dir nicht ins Hemd.«

Karl gab mit einem verächtlichen Schubser die Jacke frei. Sie setzten sich auf eine Bank. Franz blieb am Ball.

»Du brauchst lediglich an der Apothekentür ein bißchen Krach zu machen, bis oben drüber das Licht angeht und der Besitzer gemerkt hat, was Sache ist. Dann läßt du ein Brecheisen, das du noch von mir kriegst, liegen, damit es auch wirklich nach Einbruchsversuch aussieht. Finito. Null Risiko. Nie wird jemand den untadeligen Doktor Kranz mit so einer Tat in Verbindung bringen.«

Karl sah mit gerunzelter Stirn forschend in das Gesicht des Ex-Freundes.

»Was soll das alles? Was versprichst du dir von der Aktion?«

»Nimm's einfach als Ulk, 'ne kleine Verarsche. Mehr braucht dich nicht zu interessieren.«

Der Sommertag ging zu Ende. Die Dämmerung kam so rasch, als drehte jemand einen Dimmer runter. Aus der Ferne brandete der Lärm des Rummelplatzes heran. Nicht wirklich störend, eher wie Kinderlärm, unschuldig und unwirklich angesichts des sich zwischen den beiden Männern abspielenden Machtkampfes.

»Du mußt mir eine Garantie geben, daß danach Schluß ist, daß du mich nicht mein Leben lang erpreßt.«

Franz war ehrlich überrascht. Eine Garantie, die er geben sollte. Darüber hatte er nicht nachgedacht. Für einen Moment sah er sich mit Karls Augen: als Erpresser, und das gefiel ihm gar nicht. Schnell wechselte er wieder die Perspektive. Das, was er hier machte, hatte einen Sinn, und Karl brauchte da gar nicht durchzublicken.

»Du bist nicht in der Position, irgend etwas zu verlangen. Ziehst du mit, hast du nichts zu befürchten. In ein paar Monaten ist sowieso Gras über die Sache mit dem Jungen gewachsen. Kein Mensch interessiert sich dann mehr dafür. Es liegt nur an dir. Wenn du in Zukunft die Finger von den Kindern läßt, hast du nichts zu befürchten.«

DREI

Karl lehnte sein schickes Alu-Rad an den bunt bemalten VW-Bus, der neben etlichen mehr oder weniger zerlegten Wagen auf dem kiesbestreuten Hof abgestellt war. Franz hatte ihn bereits kommen sehen und war vors Haus getreten. Mit verschränkten Armen stand er auf der obersten Stufe der kurzen Steintreppe und sah auf den anderen herab. Sie grüßten sich nicht.

»Die Karre ist auf, der Schlüssel steckt.«

Wortlos drehte sich Karl um, schob die Seitentür des Bullis auf und verstaute sein Rad im Wagen. Dann setzte er sich hinters Steuer und wendete. Vor der Haustür stoppte er, ohne den Motor auszumachen. Er kurbelte das Fenster herunter.

»Wo ist Flori?«

»Unterwegs.«

»Kein Wort zu ihm. Wie abgemacht.«

»Der kriegt nichts mit. Wenn du heute nacht den Wagen zurückbringst, kannst du ihn ja unten an der Straße stehen lassen. Dann brauchst du nicht auf den Hof zu knattern. Ich ruf dich morgen an.«

»Das laß lieber sein. Wenn die alberne Geschichte vorbei ist, will ich nie wieder etwas von dir hören. Sollten wir uns noch einmal begegnen, dann nur vor Gericht. Das verspreche ich dir.«

Franz wandte sich mit einer verächtlichen Handbewegung ab und ging ins Haus. Der Esel hatte seine Schuldigkeit so gut wie getan. Sollte er ruhig noch einmal kräftig iahen, bevor es ihm an den Kragen ging.

*

Der Mond klebte gelb und rund wie ein Zitronendrops am glitzernd gesprenkelten Himmel über Floris Hof. Laue Luft, dezent mit einer Ahnung von Lindenblüte, frischem Heu und Dieselduft parfümiert, wehte heran. Gedämpfte Nachtgeräusche. Heimeliges Hundebellen vom Nachbargehöft und das leise An- und Abschwellen von Motorenbrummen, wenn vereinzelte Wagen auf der fernen B 58 passierten. Friede auf Erden.

Portos strich von irgendwo heran und rieb seinen Kopf zärtlich an Franz' Bein, der leise vor die Tür getreten war. Stumm nahm Franz das Heimatfilmidyll in sich auf. Weißt du, wieviel Sternlein stehen? Hier wohnte das Glück. Es wohnte hier, weil er hier wohnte. Weil das Glück in der eigenen Seele wächst. Hans oder besser Franz im Glück.

Breitbeinig stand er da und sah wie der Protagonist eines Hollywood-Westerns voll Stolz auf das Fleckchen Erde, das er im Begriff war, zusammen mit Laura zur Heimat zu machen.

Den Widerspruch, daß der Märchen-Hans auf- und abgeben konnte, weil er erfüllt war und sein Glück keiner äußeren Voraussetzungen bedurfte, er dagegen auf dem Weg war, sich einen Goldklumpen als Voraussetzung für sein privates Glück zu verschaffen, drängte er in den gedanklichen Hintergrund. Für Spitzfindigkeiten war die Nacht einfach zu überwältigend.

Irgend etwas Nachtaktives raschelte im Röhricht am Weiher, und um das Maß voll zu machen, begann auch noch ein Käuzchen klagend zu rufen. Nicht lange. Flori hatte den Weg zur Stereoanlage gefunden. *I can get no satisfaction*. Wütend brüllten die Stones die ewige Menschheitsklage in die Nacht. Das Käuzchen hielt beeindruckt den Schnabel.

Er stakste hinüber zum Schuppen. *Ein Mann muß tun, was ein Mann eben tun muß*. Ganz genau. Hans im Glück konnte ihn am Arsch lecken. Da hielt er es lieber mit John Wayne. Sein Glück brauchte eben gewisse Rahmenbedingungen. Skrupel? Ein Gedanke an den fetten Widerling Schulze genügte, um seine schwankende Moral wieder fest zu gründen. Einen Dieb kann man nicht bestehlen.

Franz sah auf die Uhr. Er hatte noch Zeit. Schulze würde erst gegen dreiundzwanzig Uhr das Haus verlassen, um wie jeden Abend ein Stündchen mit Wotan durch den Aaper Busch zu streifen. Auf eines konnte er sich bei seinem Chef verlassen, war der auch sonst in seinen Stimmungsschwankungen unberechenbar wie ein Skorpion. Was seine Gewohnheiten anging, funktionierte er mit der Präzision eines Schweizer Uhrwerks.

Franz schnappte sich das betagte Hollandfahrrad und fluchte vor sich hin. Flori hatte mindestens vier Autos in der Mache, aber der Drahtesel war das einzig fahrbereite Fortbewegungsmittel.

Karl hatte es schlankweg abgelehnt, mit seiner auffälligen Oberklassenschleuder zu der Apotheke in Schermbeck zu fahren. Franz hatte sofort eingesehen, daß er recht hatte. Es paßte ja auch viel besser ins Konzept, wenn Karl mit der bunt bemalten Karre vorfuhr, an die sich später bestimmt irgendein Zeuge erinnern würde.

Er trat ins Pedal. Auf der einsamen Straße durch Wiesen und Gemüsefelder fühlte er sich auf einmal um Jahrzehnte zurückversetzt. Das gleiche aufregende Prickeln wie damals, wenn er sich unbemerkt aus dem schlafenden Elternhaus geschlichen hatte, um mit Freunden Verbotenes zu tun, Baustellen unsicher zu machen, aus der schwankenden, schwindelerregenden Perspektive eines Kranführerhäuschens auf die beleuchtete Modelleisenbahnstadt zu sehen.

Die Nacht roch wunderbar nach Kindheit, nach Abenteuer. Ein Karnickel schoß aus dem Graben, als er übermütig in die Stille jubelte. Die Finger tasteten nach dem Schlüsselpaar in der Hosentasche. Energie pur schoß durch seinen Körper.

*

Der plötzliche Schrei ließ den Mann im Nachtschatten des Transformatorhäuschens zusammenzucken. Er duckte sich tief hinter das kleine Gebäude und hielt den Atem an. Das rhythmische Klacken der Pedale am verbeulten Kettenkasten kam ungebremst näher. Jetzt waren sie auf gleicher Höhe. Der Mann schloß die Augen. Das Klakken entfernte sich ohne Unterbrechung. Nach ein paar Sekunden stieß er den Atem aus und sah dem Radler hinterher. Er wartete noch einen Moment, dann sprang er auf, zerrte ein Fahrrad aus dem Straßengraben und folgte dem bereits in beträchtlicher Entfernung irrlichternden Rückstrahler.

*

Schulze ließ sich den letzten Rest aus seiner Bierflasche in den Hals gluckern und rülpste orgelnd. Dann kullerte er die leere Flasche, ohne vom Sofa aufzustehen, zum restlichen Leergut unterm Couchtisch. Mit der Fernbedienung schnitt er der Ansagerin das Wort ab. Fünf nach elf. Zeit für den allabendlichen Rundgang mit Wotan.

Für einen Moment erwog er, das gewohnte Ritual heute ausfallen zu lassen. Zu gemütlich war es zwischen den Sofakissen. Einfach nicht aufstehen, noch ein paar Flaschen Bier und dann wegratzen. Verlockend.

Aber dann wischte er entschlossen die Chipskrümel vom barock angefressenen Bauch auf den edlen pflanzengefärbten Gabbeh-Teppich. Befriedigt betrachtete er das Schlachtfeld ringsum. Seine putzgeile Frau hätte bei diesem Anblick sofort Pickel bekommen. Aber Schulze fühlte sich sauwohl. Sonst durfte er im eigenen Wohnzimmer nur quasi unter OP-Bedingungen fernsehen. Griff er die zweite Flasche Bier an, dann schlug diese Mischung aus Mutter Beimer und Lady Macbeth ihm unerbittlich ihr enzyklopädisches, durch jahrelanges intensives Studium von Frauenillustrierten erworbenes medizinisches Wissen um die Ohren. Vom Hodenkrebs durch Nitrosamine im Bier bis hin zu Alzheimer durch Doppelkorn. Schulze haßte seine Frau herzlich gerne.

Proportional entgegengesetzt verhielt es sich mit seinen Gefühlen gegenüber Wotan, seinem besten Freund. Überhaupt teilte Schulze die Meinung jedes gestandenen Misantropen, daß der Hund der bessere Mensch sei. Und so band er sich ächzend die Schuhe zu und nahm die Hundeleine vom Mantelstock. Um zehn nach elf trat er vor die Tür.

*

Das Augenpaar im Dunkel registrierte jede Bewegung des Bezopften, der sich äußerst merkwürdig verhielt. Gerade verschwand er mit seinem Rad im Gebüsch gegenüber einer Villen-Einfahrt. Minutenlang tat sich nichts. Im ganzen Viertel die vornehme Ruhe diskreter Zurückgezogenheit. Nur die Bäume des nahen Aaper Busch rauschten sacht.

Gegenüber ging die Haustür auf. Vor dem hell erleuchteten Hintergrund erschien die Michelin-Silhouette eines Mannes. Kurze Zeit später trat der Dicke mit einem Schäferhund auf die Straße. Das angeleinte Tier witterte unruhig in Richtung des gegenüberliegenden Gebüsches. Herrchen fummelte am Gartentor und kriegte nichts mit. Gemächlich entfernten sich die beiden. Das Dunkel des nahen Waldes verschluckte sie rasch.

Eine Gestalt huschte über die Straße. Schlüssel klirrten leise. Plötzlich flammte gleißendes Scheinwerferlicht auf. Bewegungsmelder. Der Bezopfte benahm sich, als wäre er zu Hause. Schon fiel die Haustür hinter ihm ins Schloß. Die Scheinwerfer erloschen.

*

Franz nahm den Geruch des fremden Hauses in sich auf. Was er da machte, war ihm unangenehm. Er haßte es, wenn andere ihm zu nahe traten. Jetzt drang er selbst unerlaubt in die Intimsphäre eines anderen ein. Tabuverletzung.

Er rief sich zur Ordnung und in Erinnerung, wo er war. Bei Schulze. Das genügte. Er streifte die Aids-Handschuhe über und ließ kurz die Taschenlampe aufblitzen, um sich zu orientieren. Das Glasauge eines ausgestopften Wildschweinkopfes blitzte ihn böse von der Wand an.

Durch die Klippen der nur schemenhaft auszumachenden altdeutschen Möbelstücke steuerte er Schulzes Arbeitszimmer an. Es roch nach Macht und Möbelpolitur. Mit dem Knie stieß er gegen einen Teewagen. Flaschen klirrten sacht. Für Franz die Trompeten von Jericho. Adrenalin-Flash. Mit äußerster Strenge verbot er seiner Rechten, den griffigen Vierkant einer Whiskyflasche anzusetzen. Nur ein Tröpfchen Öl auf die Wogen seines aufgepeitschten Gefühlshaushaltes. Nichts da. Der Tag geht, Franz Huismann kommt. Also weiter.

Und dann stand er vor dem Bücherschrank. Er konnte es kaum glauben. Wie einfach das ging.

Um den Eindruck eines Profis auf der Suche nach einem verborgenen Safe zu hinterlassen, nahm er erst mal alle Bilder von den Wänden. Dann zog er eine Schreibtischschublade nach der anderen heraus und kippte den Inhalt auf den Teppich. Genauso verfuhr er mit dem Sideboard, rückte es sogar von der Wand in den Raum. Erst dann machte er sich an das Bücherregal.

Oben beginnend warf er wie im Fieber die Bücher zu Boden. Dann war er am Ziel. Franz erkannte das ersehnte Paket Scheine, blätterte es leichtfingrig durch und gab ein zufriedenes Grunzen von sich. Hundert Riesen oder mehr, bestimmt. Die Zukunft war gesichert. Er hielt die mitgebrachte Aktentasche aufgeklappt ans Regalbrett und wischte Geldbündel und Schnellhefter hinein. Blitzartig erschloß sich ihm die semantische Schönheit des Wörtchens »einstreichen«. Dann hatte er es eilig.

Die gewundene Treppe in den Keller war steil und glatt, aber Franz nahm sie mit schlafwandlerischer Sicherheit. Vorbei an Sauna und Schwimmbad. Rechts der Heizungskeller, links ein Vorratsraum. Mit Volldampf geradeaus in die Kellerbar. Hektisches Schlagen der Saloon-Schwingtüren. Rauf auf eine schön verzierte Kirchenbank, die jetzt Zechern als Meditationsmöbel diente. Er öffnete das Kellerfenster. Aus der Aktentasche holte er einen Bolzenschneider und klappte die Holme aus. Dann zwängte er sich so weit hinaus, bis er am Rost des Fensterschachtes die Sicherungskette durchkneifen konnte. Sekunden später stand er auf dem Rasen hinter dem Haus.

Wozu noch den restlichen Heckmeck? Tasche untern Arm und ab durch die Mitte. Kurzes Durchatmen, dann siegte die Vernunft.

Bäuchlings über dem Fensterschacht hängend klebte er Folie auf die Scheibe. Ein kräftiger Hieb mit dem Bolzenschneider, und die an der Folie klebenden Splitter ließen sich herausnehmen. Schulze würde denken, daß hier der Dieb eingestiegen sein mußte.

Franz sah auf die Uhr und erschrak. Es eilt die Zeit im Sauseschritt. In nahem Hundegebell glaubte er Wotans Organ zu erkennen. Er spurtete los. Noch im Laufen fummelte er die Spraydose mit Montageschaum aus der Innentasche seiner Jeansjacke. Halt. Er brauchte die Leiter aus dem Gartenhäuschen, um an die Sirene der Alarmanlage zu kommen. Er machte auf dem Absatz kehrt.

*

Die halb gerauchte Zigarette fiel zu zwei anderen Stummeln auf die Gehwegplatte. Hastig wurde die Glut ausgetreten.

Im Vorgarten gegenüber kam der Bezopfte mit geschulterter Leiter um die Hausecke. Diesmal kein Scheinwerferlicht. Auf der Leiter stehend, preßte er einen zylindrischen Gegenstand gegen den Sirenenkasten der Alarmanlage. Etwas quoll sämig aus den Lamellen. Kurzes Fummeln an dem neben der Haustür montierten Kästchen. Zögern, dann entschlossene Drehbewegung der Rechten, gleichzeitiges Kopfrucken in Richtung Sirene. Nichts. Sekundenbruchteile blinkte die In-Betrieb-Leuchte der Sicherungsanlage grün in die Nacht, bevor der Kästchendeckel zuklappte.

Erneut verschwand der Bezopfte wie selbstverständlich im Haus. Gleich darauf stand er wieder draußen. Die Tür fiel ins Schloß. Kurzer Spurt, dann hektische Pedale gegen metallenen Kettenkasten. Ungewohnter Sound in dem stillen Nobelviertel.

*

Schulze war fast am Schluß seines immer gleichen Rundgangs angelangt. Bei Gut Aap öffnete sich der Wald. Zur Linken die ausgedehnten Lippewiesen. Der Fluß war tief in seinem Bett nicht auszumachen. Aber vereinzelte Geräusche am Ufer ließen seinen Weg erahnen. Vor ihm ein Weizenfeld, wie aus dem Bilderbuch.

Schulze lehnte sich gegen den Zaun eines bohlenumfriedeten Reitplatzes und genoß das Bild der heimatlichen Scholle. *Wie ist die Welt so stille, und in der Dämmrung Hülle, so traulich und so hold.* Schulzes Vollmondgesicht strahlte wie das Pendant am Himmel. Säufersonne. Er griff zum lederbezogenen Flachmann und ließ den letzten Schluck Cognac den Weg alles Irdischen gehen. Ja, das machte Herz und Gedanken frei. *Die Luft ging durch die Felder, die Ähren wogten sacht.* Kathartisches Erleben.

Der geduldige, aber weniger sentimentale Wotan begann nun doch an der Leine zu zerren. Schulze schlackerte die letzten Tröpfchen aus der Taschenflasche gen Boden, als wolle er Demeter huldigen, und verstaute dann den leeren Herzschrittmacher sorgfältig im Jackett. Leicht schwankend, aber seelig machte er sich auf die letzten paar hundert Meter nach Hause.

Er hatte das Gartentörchen kaum aufgestoßen und Wotan von der Leine gelassen, da jagte der wie von der Sehne geschnellt aufs Haus zu und verbellte eine an die Wand gelehnte Leiter. Schulze blickte ängstlich zu den Fenstern seiner Nachbarn. Mein Gott, dieser Hund. Da hatte der Gärtner vergessen, die Leiter wegzuräumen, wahrscheinlich nachdem er verhindert hatte, daß der Efeu die Dachtraufe überwucherte, und Wotan führte sich auf, als stünde der Iwan ante portas.

»Kommst du wohl her, Wotan, du Hund!«

Wer liebt, der schlägt, oder so ähnlich. In der Richtung stand doch was in der Bibel. Weise, weise. Er hatte sich immer daran gehalten. Auch bei seinem Sohn Georg. Aber das war verlorene Liebesmüh gewesen. Die Flasche hatte einfach nichts von seinen Genen. Ob seine Frau da mal fremd– ...? Blitzlichtartig erschien das Bild seiner Angetrauten vor seinem geistigen Auge. Unmöglich. Niemand. Niemals.

Die Leine sauste klatschend auf den Hund herab. Schluß mit Bellen, leises Winseln. Schulze ließ ab. Wotan trollte sich unverstanden zu seinem nächtlichen Dienst, freilaufend auf dem Grundstück Haus und Hof zu bewachen. In dieser Nacht würde er sich allerdings nicht einmal mehr melden, wenn der Iwan auf dem englischen Rasen biwakieren und Balalaika spielen würde.

Schulze wankte zum Haus, vergaß, die Alarmanlage zu entschärfen und wurde durch kein Sirenengeheul daran erinnert. Da war doch noch irgendwo ein kaltes Kotelett. Im Kühlschrank mußte auch noch Bier sein. Auf dem Sofa zappte er mit der Fernbedienung noch kurze Zeit durch die Programme, dann sank er ins Koma. Vom Chaos im Arbeitszimmer nebenan bemerkte er nichts.

*

Er mußte sich beeilen, um den Vorsprung des Einbrechers nicht zu groß werden zu lassen. An der Kreuzung bei Bäcker Winkelmann hatte er ihn aus den Augen verloren. Rechts, links, geradeaus? Ohne lang zu überlegen bog er nach links in Richtung Stadt ab und trat kräftig in die Pedale. Und richtig, am Ende der Bagelstraße nahm er den roten Lichtpunkt eines einsamen Fahrradrücklichtes wahr.

Die Wackenbrucherstraße runter bis zur Friedenstraße. Beim Fußgängertunnel am Bahnhof wartete er hinter der Holzbaracke eines aufgegebenen Kiosks, bis er seinen Mann auf der anderen Seite der Gleise wieder auftauchen sah. Ein paar Jugendliche traten lärmend aus der Kneipe gegenüber, die zu allem Überfluß auch noch *Quo vadis* hieß. Scheiße! Er konnte nicht warten, sonst war er endgültig abgehängt. Quo vadis? Das war hier die Frage. So trat er denn, die spöttischen Bemerkungen der Jugendlichen ignorierend, ins Licht der Straßenlaterne, fummelte verschämt an seiner Hose herum, als hätte er gerade einem dringenden Bedürfnis nachgegeben, schwang sich aufs Rad und stieß wie ein Stuka in den Tunnel.

Quer über den Bahnhofsvorplatz. Am Kaiserhof sah er das Objekt seines Interesses auf den Ring abbiegen. Dann ging es durch den Heubergpark. Endstation Poppelbaumstraße.

Der Bezopfte lehnte sein Fahrrad gegen eine Hauswand, zerrte die Aktentasche vom Gepäckträger und verschwand im Eingang neben dem Bethaus der islamischen Gemeinde. Nach einer Weile wurde hinter einem Fenster im zweiten Stock Licht eingeschaltet.

Er ging zur Haustür und studierte im Licht einer Feuerzeugflamme die Namensschilder neben den Klingeln. Er begann, sich auf eine längere Wartezeit einzurichten. Er sah auf die Uhr, dann schwang er sich entschlossen auf sein Rad und fuhr davon.

Zehn Minuten später rollte ein Kleintransporter über die Poppelbaumstraße. Hinter einem Lastzug fand er einen Parkplatz. Im zweiten Stock brannte immer noch Licht. Das Fahrrad lehnte an der Hauswand.

Im Außenspiegel der Beifahrerseite hatte er den Bürgersteig samt Eingang im Blick. Er zog die Zigarettenpackung aus der Brusttasche und starrte in den Spiegel wie in einen Fernseher.

*

Franz lief wie auf Wolken die Treppen zu Lauras Wohnung hinauf. Es hatte tatsächlich geklappt. *Here comes the sun, little darling.* Was war er doch für ein ausgebuffter Kerl. Er hatte Laura nicht erzählt, daß die ganze Aktion schon in dieser Nacht über die Bühne gehen würde. Es reichte schließlich, daß seine Nerven strapaziert worden waren. Aber jetzt freute er sich darauf, ihr die frohe Botschaft zu überbringen. Mit breitem Lausbubengrienen betrat er das kleine Appartement.

»Franz, bist du's?«

Im Bad plätscherte es vernehmlich.

»Nein, Norman Bates. Genieß noch ein wenig die heiße Dusche, Schätzchen. Ich muß nur noch rasch was aus der Messerschublade holen.«

»Iih, Norman, ich sag's deiner Mami. Übrigens hab ich meinen Ladyshave blank gezogen. Komm nur rein.«

Franz zog den Schreibtischstuhl zum Kleiderschrank und versuchte, auf die sich hin und her drehende Sitzfläche zu steigen. Slapstick. Mit beiden Händen mußte er sich am Schrankdach festhalten, um nicht das Gleichgewicht zu verlieren.

»Verdammte Scheiße!«

Blut tropfte aus dem linken Handballen. Franz hatte voll in die Schneide des Fuchsschwanzes gegriffen, der seit seinem Versuch, für Laura ein Bücherregal zu zimmern, vergessen auf dem Schrank lag.

»Ist was passiert?«

»Ist schon gut. Hab mich bloß geschnitten.«

»Schlimm? Komm ins Badezimmer. Im Medizinschrank hab ich Pflaster.«

Er wischte sich die blutende Hand an der Jeans ab und wickelte sein Taschentuch darum. Dann wuchtete er die Aktentasche auf den Schrank. Die dicke Staubschicht verriet, daß das Schrankdach absolut sicheres Niemandsland in Lauras Wohnung war. Trotzdem schob er sie ganz nach hinten an die Wand und vergewisserte sich, daß man von unten auch wirklich nichts entdecken konnte.

Es war ja nicht für lange. Aber das Risiko, daß die Bullen sie bei ihm finden könnten, wollte er nicht eingehen. Die würden sich, Durchsuchungsbefehl hin oder her, mit Sicherheit gründlich umsehen, wenn sie ihn bei Flori abholten, um ihm den versuchten Apothekeneinbruch nachzuweisen.

»Was mauschelst du denn da so lange herum?«

»Bin gleich bei dir, Laura. Ich eile!«

Rasch schob er den Drehstuhl zum Schreibtisch zurück. Dann sichtete er kurz Lauras Plattensammlung. Sekunden später ließ Leonard Cohen seinem Weltschmerz mit Grabesstimme freien Lauf. Im Kühlschrank fand er eine Flasche Sekt. Der Korken knallte wie ein Projektil gegen die standhaltende Fensterscheibe. Sektschaum sprühte auf den Teppichboden. Er stülpte die Lippen über den Flaschenhals. Erhöhter Wellengang in der Badewanne nebenan.

»Bereitest du da eine Überraschungsparty vor oder was ist los?«

Franz konnte nicht antworten. Der aufmüpfige Mousseux war ihm von hinten in die Nase gedrungen. Er prustete. Die Flasche mit dem Zeigefinger schließend betrat er, das breite Siegergrinsen noch immer nicht abgelegt, die Badestube.

»Aphrodite, die Schaumgeborene«, stellte er beim Anblick der sich in der Wanne aalenden Laura inflamiert fest. In Ermangelung von Tafelobst reichte er, so wie Paris es mit seinem Apfel gehandhabt hätte, der Schönsten die Schampusflasche.

»Was ist denn mit dir los?«

Laura starrte den Strahlemann so verdutzt an, als wäre Barnie Geröllheimer zur Tür herein geschneit. »Gesichtslähmung oder völlig zugekifft. Muß ich mir Sorgen machen?«

»Sorgen? Mitnichten! Der Sorgen sind wir ledig, Liebste. Es gibt was zu feiern. *This day is the first day of the rest of your life.*«

Franz hatte begonnen, sich auszuziehen. Die Röhrenjeans gewährten den Größe-sechsundvierzig-Füßen wie immer nur nach zähem Ringen Durchlaß. Er torkelte. Am Rattan des Schmutzwäschekorbes riß er sich die verletzte Hand wieder auf. Blut tropfte auf die Fliesen. Er kümmerte sich nicht drum.

»Es kann losgehen, Laura. Ich hab eben dem fetten Eddi einen Besuch abgestattet. Unser Startkapital liegt in 'ner Aktentasche auf deinem Schrank. Ein sattes Bündel Scheine. Sag dem Karnickelstall hier schon mal ade.«

Ungläubiges Schweigen, vorwurfsvoller Blick.

»Ohne mir was zu sagen.«

Doch dann Jubel.

»Die Bausparkasse hat also ausgezahlt! Herr Kaiser, nun nehmen Sie doch endlich Platz!«

Laura zog die Knie an, und Franz stieg zu ihr ins duftende Schaumgebirge. Die Sektflasche wechselte unter Giggeln hin und her.

»Warum bist du denn so zögerlich? Laß mich den Zaster doch wenigstens mal ansehen.«

»Am besten, du läßt die Finger ganz davon, weißt von nichts. Sollte, was völlig unmöglich ist, doch irgendwas schieflaufen, hängst du nicht mit drin.«

Cohen grämelte sonor in moll. Laura tippte sich an die Stirn.

»Franz, der Ritter ohne Furcht und Tadel. Du spinnst wohl. Die Sache ziehen wir bis zum Schluß gemeinsam durch.«

Laura hatte ihr Haar zu dicken Zöpfen geflochten und auf dem Kopf festgesteckt. Fasziniert folgte er der Linie ihres Schwanenhalses bis hinab zur Sommersprossenmilchstraße im Schaumdekollete. Zwei vollreife Himbeeren, die durch den sahnigen Badezusatz lünkerten, ließen sein Blut verstärkt pulsieren.

»Hoch den Mast, setzt alle Segel«, rief er unternehmungslustig und richtete sich auf.

»Mein Gott, Riebesehl, kannst du nicht mal baden, ohne –«

Aber dann schwappte schon das Wasser rhythmisch über den Wannenrand.

*

Die letzte Zigarette.

Er konnte warten. Aber ohne Tabak würde es jetzt hart werden. Er schirmte die Glut mit der hohlen Hand ab. Ein Jäger auf dem Ansitz. Stoisch behielt er den immer gleichen, menschenverlassenen Bürgersteig im Blick.

Bei *Rick* schräg gegenüber war noch etwas los. Ab und an, wenn ein Männerpärchen die Schwulen-Bar verließ, wehten für Sekunden Musikfetzen in die Nacht. Ein ganz in Schwarz gekleideter Lederboy stakste zu seiner Harley, tauschte die Uniformmütze mit einem Sturzhelm und knatterte davon.

In der Bar gingen die Lichter aus. Ein Streifenwagen rollte langsam vorbei. Die Beamten gähnten. Wesel bei Nacht war ein eher ruhiges Pflaster. Für etwas Abwechslung sorgte ein Betrunkener, der im Seemannsgang heranschlingerte. Ausgerechnet den Wagen des

Beobachters suchte er sich aus, um sein Wasser breit daran abzuschlagen. Dann wurde das Warten belohnt. Der Bezopfte trat aus dem Haus, schwang sich aufs Rad und fuhr in entgegengesetzter Richtung davon. Ohne Tasche.

Er wartete noch ein paar Minuten, dann ließ er den Motor an und stieß aus dem Schatten des vor ihm parkenden Lkw. Er wendete auf der Straße und fuhr hundert Meter zurück, um dann in zweiter Reihe vor dem Hauseingang zu parken. Die Scheinwerfer erloschen.

Vom Beifahrersitz nahm er einen alten Overall und wurschtelte sich hinein. Ohne Hast stieg er aus und ging auf den Eingang zu. Ein Streichholz flammte kurz auf, dann hatte er die Klingel zur Wohnung im zweiten Stock gefunden. Er drückte zweimal lässig auf den Knopf. Es dauerte fast eine Minute, dann summte der Türöffner. Im Treppenhaus begann er nicht eben laut, aber doch vernehmlich vor sich hin zu pfeifen.

Die Wohnungstür im zweiten Stock war halb geöffnet und warf ein breites Lichtband auf den Treppenabsatz. Er hielt sich im Dunkel und lauschte. Aus der Wohnung war das Düsen eines Föns zu hören. Wasser gurgelte in einen Abfluß. Feuchte Füße hatten eine dunkle Fußspur auf dem Teppichboden hinterlassen.

»Hast du was vergessen, Franz?«

Die Stimme kam aus dem Badezimmer. Er schob sich mit rattenhafter Behendigkeit in das Appartement. Leise schloß sich die Tür.

*

Franz radelte bis zum Kaufhof quer durch die Fußgängerzone. Unterwegs kam er an der Kanzlei seines Vaters vorbei. Der Alte war fast siebzig. Nicht mehr lange, dann würde das elegante Messingschild abgeschraubt werden, und ein Makler oder vielleicht eine Versicherung würde die Praxisräume übernehmen. Ein paar Wochen später und kein Mensch würde mehr ein Wort über die altehrwürdige Kanzlei verlieren.

Genauso war es der Metzger-Dynastie ein paar Häuser weiter ergangen. Generationen hatten dort erfolgreich gewurstelt, bis der jüngste Sproß sein Lebensziel nicht mehr in Borstenvieh und Schweinespeck sah und anderweitig Karriere machte. Jetzt wurden dort Billig-Klamotten aus Fernost verramscht. Traditionslokale mutierten zu neonbeleuchteten Eisdielen, Fachgeschäfte zu gesichtslosen Filialen bundesweit operierender Discounter.

Auch der überall ähnliche Betonquader der Kaufhauskette fehlte nicht. Architekt und Ratsmehrheit mußten damals unter akuter mentaler Regression gelitten haben, als sie diese architektonische Beleidigung mitten in Wesels Herz geklotzt hatten. Tante Emma – Gott hab sie selig.

Franz wurde sich plötzlich seiner onkeligen Empfindungen bewußt. Er mußte über sich selber lachen. Daß er mal die Früher-war-alles-schöner-Arie mitsingen würde, fand er schon erstaunlich.

Times, they are changing. Gottlob. Business as usual. Paßte auch viel besser zu einer Stadt, die zu den im Krieg am meisten zerstörten Städte gehörte und am Reißbrett fast völlig neu geplant worden war. Er mochte Wesel, die alte Tante. Zigmal geliftet und an manchen Stellen peinlich aufgedonnert, aber voller Charme und schlichter Schönheit.

Schon war der gefühlige Moment vorüber. Sein Ziel lag jenseits des Stroms. Ein bißchen Abstand war nie verkehrt. Er ließ die Stadt hinter sich. Auf zu neuen Ufern. Mit dem gelungenen Ding heute nacht konnten ihn sein Vater, Schulze, überhaupt die ganze Bürger-Mischpoke mit ihren anmaßenden Erwartungen und Bewertungen am Arsch lecken. Was hatten die ihm schon zu bieten? Es war absurd. Er war es doch, der alle Trümpfe für ein glückliches Leben in der Hand hielt.

Er hatte die Lippemündung erreicht. Trotz der frühen Morgenstunde ging es in der *Lindenwirtin* hoch her. Punk-Rock dröhnte. Neben dem Haus stand ein wüst beschmierter Ford Transit. Franz kannte den Wagen. Offensichtlich waren die *Arschgeigen*, eine der führenden Hamminkelner Bands, aus dem Nachbardorf eingeflogen, um mit den *Apokalyptischen Reiterinnen* eine Jam-Session durchzuziehen. Es zuckte im Fahrradlenker. Nur mal kurz reinschauen, so viel Zeit mußte sein.

Er lehnte sein Rad direkt unter den großen, schwarzen Anarcho-Stern, der freihändig an die Wand gemalt worden war. Die Lindenwirtin, die fast 90jährig vor ein paar Jahren den Tresen verlassen und von Bord gegangen war, hätte sich sicher im Grabe umgedreht, hätte sie das heutige Ambiente rund um ihr vormals so schnuckeliges Gasthaus gesehen.

Zwei schwarze Hunde begannen sich um die Knochen in einer fettigen Brathähnchen-Tüte zu balgen, die eben aus einem Fenster im oberen Stockwerk geflogen war. Vorsorglich machte Franz einen großen Bogen um die Unberechenbaren und steuerte den Eingang an. Etliche geklaute Einkaufswagen, randvoll mit leeren Flaschen, harrten neben der Haustür ihrer Entsorgung.

Flaschen-Recycling. Das war's genau, was die Stadt im Sinn gehabt haben mußte, als sie das Projekt für gestrandete Jungerwachsene hier angesiedelt hatte, dachte Franz bitter. Recycling fand vor den Toren statt und durfte nicht viel kosten. So hatte man, als die ABM-Stelle der Sozialarbeiterin ausgelaufen war, schlicht auf weitere Betreuung verzichtet. Helft euch selbst, dann hilft euch Gott.

Allen Beteiligten war natürlich klar, daß Randgruppenarbeit mit einer zum Teil süchtigen Klientel so nicht funktionieren konnte. Das Ergebnis war vorprogrammiert. Das so hoffnungsvoll begonnene Projekt war in Siff und Dreck, in Frust und Gewalt versunken. Statt Aufbruch die große Abhänge.

So sinnierte Franz, als er über zugedröhnte Gestalten in Schlafsäcken hinwegstieg und in den total verqualmten ehemaligen Gastraum vorstieß. Der Lärm war ohrenbetäubend, Gespräche unmöglich. Er sah sich suchend um, konnte aber keinen Bekannten entdekken. Überhaupt war er für die ganze Veranstaltung gut fünfzehn Jahre zu alt. Lediglich den Front-Mann der *Arschgeigen*, der gerade schweißüberströmt und guttural ein Gefasel über Jesus, den Marx ohne Bart, ins Mikro schrie, kannte er von früher. Ein lustiger Vogel, der alles schon mal gewesen war. KBW-Aktivist, Öko-Socke, Krishna-Jünger, Red-Skin und jetzt eben Punk. Scheißegal, Hauptsache Fun.

Franz ließ sich auf einem freien Fleckchen nieder und nahm einen tiefen Zug aus einem rumgereichten Joint. Offenbar Eigenproduktion, die da angeboten wurde. Mieseste Qualität, törnte wie ein Glas Fachinger und schmeckte nach durchgefurzter Matratze. Einen weiteren Durchgang lehnte er dankend ab. Statt dessen handelte er gegen eine Schachtel Zigaretten bei einem höchstens 16jährigen mit grünem Iro eine Dose Hansa-Pils und drei Schlucke aus der Schnapsflasche ein. Der Junge zählte am Adamsapfel genau mit und riß ihm dann punktgenau die Flasche vom Mund. Franz unterdrückte den Wunsch, den kniepigen Geschäftsmann am Nasenring zu ziehen.

Auf der gegenüberliegenden Seite des Raumes erkannte er eine der *Apokalyptischen Reiterinnen*. Er wollte schon aufstehen und sich zu ihr gesellen, da hängte sie ihre Gitarre um und reihte sich mit ihren beiden Kumpaninnen bei den *Arschgeigen* ein. Der Lärm erreichte die jetzt Schmerzgrenze. Franz sank wie von einer Faust getroffen zurück.

Das Fortschrittliche an dieser Musikrichtung war, daß keine Zeit mit dem Stimmen von Instrumenten vertan werden mußte, da man sich um so bürgerlichen Scheiß wie Harmonielehre programmatisch nicht kümmerte. Jetzt ging die Post erst richtig ab. Die Folter dauerte etwa sechzig Minuten am Stück. Dann brauchten auch die hartgesottenen Krawalleure eine Pause. Die Ober-*Arschgeige*, naßgeschwitzt, schüttelte Körper und zottiges Haupt wie ein aus dem Wasser gezogener Hund und versprühte segnend Schweißtropfen auf die jubelnde Gemeinde. Franz wollte nur noch nach Hause.

*

Er warf die Aktentasche auf den Beifahrersitz.

Sekunden später rollte der Wagen mit mäßigem Tempo davon, hielt kurz an der nächsten Kreuzung und bog dann rechts in die Gantesweiler Straße ab. Ein paar hundert Meter weiter hielt der Wagen auf einem freien Parkplatz vor der Post am Berliner Tor.

Motor und Scheinwerfer erloschen. Der Fahrer wandte sich der Aktentasche zu. Flüchtig zählte er den Packen Geld und pfiff durch die Zähne. Dann nahm er den Hefter. Das Licht einer nicht weit entfernten Straßenlaterne reichte gerade aus, um die Schrift zu entziffern. Er begann mit wachsendem Interesse zu lesen. Ab und an hielt er beim Durchblättern inne, blätterte zurück und wieder vor, studierte eine Seite eingehender. Nach zehn Minuten ließ er sich in den Sitz zurückfallen und atmete schwer aus. Nachdenklich starrte er in die Nacht. Es arbeitete in ihm. Dann sprang er aus dem Wagen und ging entschlossen auf eine der Telefonzellen vor der Post zu.

Kurz suchte er im Telefonbuch. Die Verbindung kam zustande. Sekunden lauschte der Mann unwillig. Dann fuhr seine flache Hand mit herrischer Geste abschneidend durch die Luft. Konzentriert und energisch hielt er einen kurzen Monolog. Grußlos hängte er ein.

*

Franz frohlockte. Sein Bulli stand kurz vor der Hofeinfahrt friedlich am Straßenrand. Er stieg ab und untersuchte den Wagen. Die Schlüssel steckten. Vielleicht hatte Karl ja eine Nachricht hinterlassen. Nichts. Wahrscheinlich ein gutes Zeichen. Er hatte sich ein wenig gesorgt, daß das promovierte Weichei sich an der Apotheke so blöd anstellte, daß die Bullen ihn gleich hopp nehmen würden. Die Sorge war er los. Es lief alles wie am Schnürchen.

Mit Karacho bog er in die Hofeinfahrt, daß der Kies nur so wegstob. Rasch sprang er vom Rad und setzte seinen Weg zu Fuß fort. Er wollte weder schlafende Hunde noch schlafende Freunde wecken. Aber Portos ließ sich nicht blicken, und auch im Haus rührte sich nichts.

Franz schlich zur Werkstatt hinüber. Ein Flügel des hölzernen Tores stand offen. Er war sich sicher, daß er es, als er vor Stunden das Fahrrad herausgeholt hatte, verschlossen hatte. Vorsichtig lehnte er das Rad an die Wand und lauschte. Nichts. Doch er spürte fast körperlich, daß da jemand im Dunkel war. Angst und Neugierde hielten sich für einen Moment die Waage. *Fight or flight.* Er mußte etwas tun. Widerstrebend senkte sich die Waagschale langsam in Richtung *fight*.

Einfach reingehen und nachsehen, was los war? Unmöglich. In der offenen Werkstattür wäre er mondbeschienen für jeden Angreifer aus dem Dunkel zum sicheren Ziel geworden. Jedes Geräusch vermeidend, schlich er zur Rückseite des Gebäudes, das vor der Nutzung als Autowerkstatt ein kleiner Schweinestall gewesen war. Unterwegs bewaffnete er sich mit einem herumliegenden Eisenrohr. In die Rückwand waren einige niedrige, mit Holztüren versehene Öffnungen eingelassen, die den Schweinen einst als Ausgang auf die Weide gedient hatten.

Eines der morschen Türchen war schon vor langer Zeit aus den Scharnieren gebrochen. Die dahinterliegende Öffnung gähnte schwarz und unheilschwanger. Franz ließ sich zu Boden gleiten und robbte, obwohl ungedient, mit beachtlichem Geschick heran.

Da atmete jemand, kein Zweifel. Franz faßte das Eisenrohr fester. Leise sträubte sich ihm das Nackenhaar. Trotzdem weiter. Die Nase pflügte fast den kotigen Grund, dann war er drin. Im Zeitlupentempo richtete er sich auf. Blackbox. Nur das Viereck der offenen Schuppentür zeichnete sich exakt ab. Ein scharfer, irgendwie bekannter, aber nicht hierhergehörender Geruch stieg ihm in die Nase. Fusel?

Die Nähe des anderen wurde zur unerträglichen Gewißheit. Franz machte einen Schritt nach vorn, stolperte und quiekte panisch los wie die einstigen Bewohner des Gebäudes, wenn der Metzger sie besuchen kam.

Sein Fuß war nur flüchtig gegen etwas gestoßen, aber die Konsistenz dieses Etwas löste sofort blankes Entsetzen aus. Irgendwie weich, aber nicht amorph. Ein Körper, ganz klar. Ein großes Tier, ein Monster oder eine Leiche? Aber er hörte es atmen. Irgend etwas Lebendiges. Scheußlich.

Franz unterdrückte den Reflex, planlos auf das Etwas einzuschlagen. Das Eisen fiel klirrend zu Boden. Sekunden später hatte er den Lichtschalter erreicht.

Kaltes Neonlicht flackerte auf. Er kicherte hysterisch los. Im Schweinekoben, sanft in Stroh gebettet, lag Flori, alkoholanästhesiert, die leere Flasche zwischen den schlaffen Beinen. Hinter seinem linken Ohr hatte sich das Haar rot verfärbt. Blut. Er mußte gestürzt sein.

Franz kniete nieder und betastete die Wunde. Ein aufgeplatzter, inzwischen verkrusteter, golfballgroßer Buckel. Der Freund atmete flach, die Gesichtsfarbe aschfahl. Möglicherweise Gehirnerschütterung. Franz begann, sich Sorgen zu machen. Sachte versuchte er, ihn mit Klapsen auf die Wange ins Bewußtsein zurückzuholen.

Übergangslos schlug Flori die Augen auf und glotzte desorientiert.

»Was ist passiert? Wo bin ich?«

»Alles in Ordnung, Alter. In der Werkstatt. Bist ein wenig koppheister gegangen.«

Franz deutete auf die Wodkaflasche mit dem sinnigen Markennamen »Gorbatschow«.

»Blackout statt Glasnost.«

Flori grinste schief und stöhnte.

»Mann, ist mir schlecht!«

Er versuchte, auf die Beine zu kommen, sackte aber wieder in sich zusammen.

»Sachte, sachte. Hast ein ganz schönes Ei hinterm Ohr. Laß erst mal den Kreislauf wieder ins Rotieren kommen.«

Franz zerrte einen schweren Plastikmüllsack heran und bettete den Freund halb sitzend dagegen. Mit dem Taschentuch wischte er ihm einen Speichelfaden vom Kinn. Dann fühlte er nach dem schlappen Puls.

»Junge, Junge. Die Sauferei bringt dich noch um. Aber dir kann's wohl nicht schnell genug gehen. Statt wie all die andern Alkis zu warten, bis die Leber in Rente geht, haust du lieber gleich den Kappes an den Grund. Ist wohl besser, ich telefoniere mal nach 'nem Arzt.«

Flori griff nach Franz' Unterarm und zog ihn zurück.

»Warte mal, es geht schon. Das ist alles nicht so, wie du denkst. Ich bin überfallen worden.«

Na klar, Rollkommando von der Schnapsbrenner-Innung, dachte Franz.

»Ich sitz so ganz gemütlich in der Küche über der *taz* und«, Flori deutete mit dem Kopf in Richtung Wodkaflasche, »zugegeben, ich hab ein bißchen dran genippt. Da fängt plötzlich Portos an zu bellen und kriegt sich nicht mehr ein. Ich raus, gucken, was läuft. Die Buddel prophylaktisch unterm Arm, so als Waffe oder, falls nötig, als Ersatz für weiße Fahne. Hab natürlich gleich an Skins gedacht. In Büderich ist Schützenfest. Wär ja immerhin möglich gewesen, daß sich da ein paar von denen zusammenrotten, um hier Stunk zu machen. Mich haben die sowieso auf dem Kieker. Auf einmal Ruhe. Kein Mucks mehr von Portos. Wo ist der Köter überhaupt?«

»Keine Ahnung. Scheint sich irgendwo in der Nachbarschaft mit 'ner Artgenossin zu amüsieren.«

»Na, ist ja jetzt auch egal. Jedenfalls auf dem Hof alles ruhig. Nur die Werkstattür stand auf. Und da war mir alles klar. Von wegen Skins. Da wollte einer Werkzeug klauen.«

»Da bist du ja dem Nazi-Terror grad noch mal entronnen.«

»Du nimmst mich nicht ernst. Aber hör zu Ende. Ich rein, und eh ich noch den Schalter gefunden hab, bums, knipst mir einer das Licht aus. Der Kerl muß direkt an der Tür gestanden haben.«

Franz machte sich auf die Geschichte seinen eigenen Reim. Er sah sich in der peinlich aufgeräumten Werkstatt um. Alles war an seinem Platz, nichts fehlte. Nur der Platz, wo normalerwiese der Fuchsschwanz hing, den er sich ausgeliehen hatte, war leer. Der gute Flori sprach in letzter Zeit ziemlich dem Wodka zu. Wahrscheinlich war er, aus welchem Grund auch immer, im Dunkeln hier hereingestöffelt, hatte sich den besoffenenen Kopf am Beton des Schweinekobens angeschlagen und war der Einfachheit halber gleich liegen geblieben. Aber jetzt hatte es keinen Zweck, die Erzähl-mir-doch-keinen-Scheiß-Tour durchzuziehen. Flori würde die spannende Story so lange hin- und herventilieren, bis er selbst daran glaubte. Jeder bastelt sich seine Wirklichkeit schließlich selbst. Kein Grund zur Aufregung.

Er hievte den Freund in die Vertikale und brachte den Schwankenden mit beiden Armen stützend zum Haus.

Den schlaffen Hundekörper, der auf der Ladefläche des Dodge-Pickup lag, bemerkte er nicht.

*

Sonntagmorgen. Wesels Kirchen läuteten um die Wette.

Derya parkte ihren Wagen auf dem oberen Deck des Parkhauses direkt vor dem Bühnenhaus. Sie wollte nicht allzu lange Wege in der ungewohnten Kleidung machen. Trotz der sommerlichen Temperaturen steckte sie vom Hals bis zu den Knöcheln in einem leichten, dunklen Tschador.

Ihre üppige Haarpracht war unter einem riesigen Kopftuch verschwunden. Eine Muslima, wie sie im Buche stand. Nicht ganz. Auf Lippenstift, Eyeliner und Wimperntusche hatte sie dann doch nicht verzichten wollen. Aber schließlich war Wesel auch nicht Teheran.

Heute war der große Tag. Eröffnung der Ausstellung »Kopftuch, Schleier, Körpertuch« im Foyer des Bühnenhauses. Sie hatte noch gestern kontrolliert, ob alles an seinem Platz war. Aber eine Sorge blieb. Würden auch genügend Leute kommen? Es wäre traurig, wenn sich nach all der Mühe nur das Häuflein derer einfinden würde, die eh am Thema dran waren. Inständig hoffte sie, daß wenigstens ein paar Stadtoffizielle das Ereignis würdigten. Sie hatten schließlich ordentlich die Werbetrommel gerührt.

Der Bürgermeister, der sie mit seinem Knebelbart und der Elbsegler-Mütze immer frappant an Lenin erinnerte, hatte ihr jedenfalls in die Hand versprochen zu kommen. Aber vielleicht war Lenin ja gerade heute ausgebucht, mußte seine Qualitäten als lokaler Volkstribun bei den Taubenzüchtern oder der Philatelistenjugend unter Beweis stellen. Was zählte da das Anliegen ausländischer Frauen?

Ihre Sorge war unbegründet. Schon von weitem sah sie, daß der obligatorische Freßstand mit türkischen Spezialitäten, den die weiblichen Aktivistinnen des Multikulturellen Freundeskreises vor dem Portal aufgebaut hatten, bereits dicht umlagert war. Lenin, herzhaft in eine türkische Pizza beißend, bekleckerte sich gerade mit öliger Rohkost, die üppig aus dem zusammengerollten Fladen quoll. Auch die Tanzgruppe des Internationalen Mädchentreffs, die sich unschwer an ihrer bunten Kostümierung ausmachen ließ, war einsatzbereit.

Eigentlich hing es ihr zum Hals heraus, daß die Darstellung türkischen Lebens in Wesel seit Jahren immer nur auf Kebap, Tee und folkloristische Darbietungen junger Mädchen reduziert wurde. Ob Stadtfest, Jugendjahrmarkt oder Woche des ausländischen Mitbürgers. Wo man hinkam, immer nur Kalorienbomben und Tanzerei.

Nett, aber irgendwann ganz schön ausgelutscht. Das hatte mit der türkischen Identität soviel zu tun wie Eisbein, Bier und Schuhplattler mit der deutschen Wirklichkeit. Aber da war jetzt die Ausstellung. Vielleicht ein Anfang, in dieser Hinsicht neue Wege zu beschreiten. Im Grunde ihres Herzens war sie dankbar, daß die Tanz- und Küchenriege eine möglicherweise furztrockene, steife Ausstellungseröffnung auflockerte.

Grüppchenweise strebten überwiegend ausländische Mitbürger dem Bühnenhaus zu. Die wenigen Deutschen entstammten fast ausschließlich der Betroffenheitsfraktion von Verbänden, Politik und Verwaltung. Nach Hünxe und den Ereignissen in einigen Nachbardörfern, die keine bundesweiten Schlagzeilen produziert hatten, war die Teilnahme an einer solchen Veranstaltung ein absolutes Muß. So hatten denn auch alle Ratsparteien ein paar Leute zum Sichsehenlassen beim Multi-Kulti-Rummel verdonnert. Internationalisten vor. Es galt schließlich einen Ruf zu wahren.

Derya schloß sich an. Sie fühlte sich in ihrer Kostümierung wie unter einer Tarnkappe. Und sie genoß es. Plötzlich eine kurze Schrecksekunde. Fleischmann! Er hüpfte förmlich aus seinem Silber-Metallic-BMW. Ein monströser Flummi. Junggeblieben, dynamisch, erfolgreich. Ganz so, wie es das Zielgruppenimage seiner Automarke vorschrieb. Trench, Stenoblock in der Hand, lässig und doch eilig. Da zählten nur Fakten, Fakten, Fakten.

Die Blicke des Journalistendarstellers und der Undercover-Feministin kreuzten sich für einen Moment. Fleischmann schnallte wie immer nichts. Die Wirklichkeit als Sonderfall des Möglichen? Papperlapapp! Fleischmann war nicht Dürrenmatt. Die Wirklichkeit umzudenken, um so zum Möglichen vorzustoßen, überforderte seine intellektuelle Potenz. Sein Weltbild war roh, aber fest gezimmert – mit der Axt. Filigranere Gedanken hatten darin keinen Platz. Was nicht so war, wie er es sich vorstellte, das nahm er nicht zur Kenntnis. Und so ließ der blinde Fisch nur sonor ein pathetisches »Salam« erschallen und eilte mit langen Schritten auf zu kurzen Beinen an der Unerkannten im Tschador vorbei.

Salam, wie das ohne groß nachzudenken rausgeflutscht war. Karl May, *Durch die Wüste*. Bildung zahlte sich eben aus, Belesene waren mit der Welt per du. Fleischmann straffte sich.

»Hallo, Hallöchen!«

Kumpelhafter Schulterklopfer beim Kulturdezernenten, der gerade mit einem Papiertaschentuch Lenins Revers wienerte.

»Immer noch keine Zusage von Pavarotti für die neue Spielzeit? Har, Har Har! Na, wir warten eben alle immer auf Godot.«

Und weiter ging's.

Was war bloß heute mit ihm los? Witz und Geist sprudelten nur so aus ihm heraus. Dabei hatte er noch nicht mal was gesoffen. Horrido! Jetzt mußte ihm nur noch Derya über den Weg laufen. Da galt's, seit dem unseligen Treffen im *Saray-Grill*, Boden gut zu machen. Deshalb und nur deshalb war er hier. Die Story über die Ausstellung hatte er in der Redaktion bereits kalt runtergerissen, die Worthülsen, die landauf-landab zum Thema produziert wurden, waren ihm sattsam bekannt. Was sonst noch lief, war doch bloß kalter Kaffee.

*

Justus Meier hätte in Susannes Abwesenheit eigentlich Akten aufarbeiten sollen. Requisitensicher hatte er auch etliches auf dem Schreibtisch drapiert, doch sein Interesse galt dem Buch in der aufgezogenen Schublade vor seinem Bauch. Er las. Lyrik. Sein Steckenpferd. *Die Blätter fallen, fallen wie von fern* – Rilke. Göttlich.

Sein Blick schweifte wehmütig ins satte Grün der Aue vor dem Fenster. Vor seinem geistigen Auge entstand allerdings eine melancholische Herbstlandschaft. Da lief Susanne zwischen den Bäumen, lief auf ihn zu. Ihre schmalen Füße wirbelten das goldene Laub, der knöchellange graue Rock wogte dezent, die Rüschen ihrer schneeweißen Bluse flatterten. Mit der einen Hand hielt sie den Strohhut, unter dem ihre Haarpracht hervorquoll, die andere hatte sie nach ihm ausgestreckt. Dann trafen sie aufeinander. Er umfaßte ihre Taille, wirbelte sie herum. Sie bot ihm die glutroten Lippen zum Kuß.

Das Telefon dudelte. Mentaler Interruptus. Fast hätte er sich mit Meier drei gemeldet.

»Meier, Kripo Wesel, was kann ich für Sie tun?«

»Guten Tag, Herr Wachtmeister. Also, da stimmt was nicht. Diese Schweine! Richtige Tierquäler!«

Die Stimme am anderen Ende klang merkwürdig heiser und gedämpft, als spräche der Anrufer durch ein Taschentuch. Aber so was gab's wohl nur im Kino. Meier drei zügelte seine Phantasie. Vage erinnerte er sich an das Rhetorik-Seminar im letzten Jahr. Achtung, Wärme, Rücksichtnahme. Kein Bittsteller, sondern Kunde. Mit der Linken schaltete er das Aufzeichnungsgerät an.

»Nun beruhigen Sie sich erst mal. Hier sind Sie an der richtigen Adresse. Erzählen Sie mal ganz genau. Was ist denn passiert?«

»Ich komme gerade von einer Radtour zurück. Raus aus der Stadt. Muß ja auch mal sein.«

»Das kann ich gut verstehen«, warf Meier drei säuselnd ein, dem jetzt die Grundlagen vertrauensbildender Gesprächsführung wieder voll präsent waren.

»Na sehen Sie. Ich wollte mit Rex so ein bißchen am Rhein lang.«

»Rex ist sicher Ihr Hund«, warf Meier drei scharfsinnig ein. Er war eben Kriminaler.

»Genau, Rauhhaardackel. Muß ja seinen Auslauf haben.«

»Sehr richtig. Prima Rasse übrigens. Intelligent und treu«, schaltete sich Meier drei wieder ein, nicht mehr ganz sicher, ob er es nicht doch ein wenig übertrieb. Aber das Band lief, und er wollte zeigen, was er gelernt hatte.

»Das spielt doch jetzt wirklich keine Rolle. Bleiben Sie mal bei der Sache«, fuhr der Anrufer dem perplexen Beamten über den Mund. »Plötzlich haut Rex ab. Ich natürlich gleich hinterher. Auf so einem heruntergekommenen Hof hatte ich ihn dann wieder. Perrich, Treidelstege 2. Notieren Sie sich das mal genau, ist wichtig.«

»Ich weiß schon, was ich zu tun habe«, blaffte Meier drei pampig, der schon immer gewußt hatte, daß der Polizeipsychologe ein Idiot war.

»So, so. Also, ich habe dann gleich gesehen, was Rex aus dem Häuschen gebracht hat. Auf der Ladefläche eines amerikanischen Lieferwagens lag ein toter Hund. Fürchterlich zugerichtet. Kein Unfall. Tierquälerei. Totgeprügelt wie einen …, na wie einen Hund eben. Ich sage Ihnen, das sind keine Menschen, die so was machen.«

Meier drei, nun ganz kühl überlegene Sachlichkeit.

»Haben Sie mit den Hausbewohnern gesprochen?«

»Wohl verrückt geworden. Das ist doch wohl Ihr Job. Tierquäler. Da soll ich auch noch klingeln. Solche Leute schrecken doch vor nichts zurück.«

»Ich muß doch sehr bitten. Jetzt sagen Sie mir erst mal Ihren Namen und Ihre genaue Adresse.«

»Pustekuchen. Ich habe meine Pflicht getan. Jetzt seid ihr dran.«

Meier drei hörte nur noch das Pockern in der toten Leitung.

*

Derya hatte inzwischen unerkannt und unbehelligt die Sektbar, die vor den Garderoben aufgebaut war, erreicht. Aber Susanne, die sich bereits das zweite Glas *Mumm* antrank, erkannte sie sofort. Durch die Zähne pfeifend, musterte sie die Freundin von Kopf bis Fuß.

»Echt schrill, Derya. Also diese neue Kollektion aus dem Hause Khomeini, gewagt und trotzdem für jede tragbar.«

Sie umrundete die junge Frau, den sackähnlichen Fummel betastend.

»Diese schlichte, rustikale Linie, genial. Endlich Schluß mit der dekadenten Überbetonung sekundärer Geschlechtsmerkmale bei gleichzeitigem Verweis auf innere Werte. Das nenne ich demokratische Couture. Eleganz durch Understatement. Wo kriegt man das?«

»Beim Zeltverleih, Herzchen«, giftete Derya und sah sich suchend um. »Hast du Laura schon gesehen? Ich versuche sie pausenlos zu erreichen. Die wird uns doch nicht gerade heute hängenlassen.«

»Ich hab's auch schon probiert. Echt merkwürdig. Aber die kommt bestimmt noch. Laura geht doch ein so wichtiger Termin nicht einfach durch.«

»Hoffentlich hast du recht. Ohne ihr Referat kommt doch nur Stuß rüber. Hast du dir mal die Rednerliste angesehen? Welcher Idiot hat denn den Bolkendorf von den Katholen da draufgehievt?«

Ehe Susanne antworten konnte, begann eine Schülerin der Musik- und Kunstschule, auf ihrem Cello zu sägen, als wolle sie Kaminholz für den Winter machen. »Du Frau im Schleier, sag Nein«, deklamierte ein Primaner, Youngster der lokalen Literaturgruppe *Kopfweide*, feurig dazu. »Du Frau am hies'gen Weiher, sag Nein!«

Wolfgang Borchert ließ grüßen. Da er aber jung verschieden war, würde er sich gegen diesen plagiatorischen Wortmüll nicht mehr zur Wehr setzen können.

»Du Frau, sag zu dem Schreier Nein!«

Derya biß in ihren Handballen, griff zur Schampusbuddel, goß ein und ließ laufen. Oh Schmerz, laß nach. Ein Punker verhütete Schlimmeres, indem er fröhlich und lautstark mitknüttelte.

»Und werf ich ein paar Eier, sag Nein!«

Derya prustete los und spie Sekt über Susannes Handtasche. Niemand bemerkte in dem folgenden kurzen Tumult ihren Fauxpas. Der Punker wurde flugs abgedrängt, während die Sägerin gekonnt ein kurzes Intermezzo improvisierte. Kratz, Kratz, Kratz. Dann war's vollbracht. Erleichterter Beifall.

Der hellsichtige Bürgermeister faßte sich in der Erkenntnis, daß nach diesem Kunstgenuß kaum noch eine Steigerung möglich war, kurz. Den Vorbeter der islamischen Gemeinde hatte man vergessen einzuladen. Daraufhin okkupierte Dechant Bolkendorf das Rednerpult, der, zwar kahlköpfig, aber trotzdem ganz in der Tradition des lockigen Nazareners, munter segensreiche Worte wie Weihwasser versprühte.

»Und wer den ersten Molli wirft, sollte sich trotz aller Physik nicht darauf verlassen, daß sein Glashaus kein Feuer fängt!«

Möglicherweise etwas apokryph formuliert, aber inhaltlich nah am Text. Vorsichtiger Applaus der ratlos an Bolkendorfs sprachlichen Laubsägearbeiten Herumknabbernden.

Wo blieb Laura? Die ganze Sache drohte ja völlig den Bach runter zu gehen. Derya und Susanne hatten allerdings nicht lange Zeit, sich Sorgen zu machen. Fleischmann, der auf dem Weg war, Alkoholika nachzufassen, erkannte nun doch seine getarnte Herzensdame und pflügte unaufhaltsam heran.

Kurz erwog Derya, sich zwischen die Mäntel in der Garderobe zu flüchten, mit einer Hand oben an der Stange, Kopf und Füße eingezogen, quasi zum Kleiderbügel zu mutieren. Aber da war er schon. Raumfüllende Präsenz.

»Hallo, Hallöchen! Teuerste, daß ich Sie nicht gleich erkannt habe, unverzeihlich. Einfach hinreißend, Ihre heimatliche Tracht. Ein Schmetterling im Kokon, wenn Sie mir erlauben, mich so blumig auszudrücken.«

Und du eine Made im Speck, wollte es heraus. Aber Derya schloß schnell den Mund, des zoologischen Vergleichens müde.

»Wie wäre es mit einem Glas guten türkischen Tees?« fragte sie statt dessen anzüglich.

Die Spitze rundete sich, von Fleischmann nicht einmal bemerkt, an seinem dicken Fell.

»Ach, lassen Sie es uns heute nicht übertreiben. Wie ich sehe, sind Sie auch schon zu Prickelndem übergegangen. Darf ich Sie zu einer

Flasche Champagner einladen? Dann redet es sich doch gleich viel leichter.«

Dazu kam es gottlob nicht mehr. Die Theaterglocke läutete. Die Besucher, die sich eben noch höflich oder tatsächlich interessiert an den ausgestellten Fotografien vorbeigeschoben hatten, strebten nun, Spannenderes erwartend, in den Zuschauerraum.

Derya nutzte die Theaterglocke wie einen Startschuß.

»Tut mir leid, ich muß«, knallte sie dem Verdutzten vor den Bug und startete durch wie Mutter Teresa beim Papstbesuch, daß die Kutte nur so rauschte.

Fleischmanns Verblüffung währte nur ein paar Sekunden. Dann trabte er wie am Band gezogen hinterher. Da, vor dem Bühneneingang, da war sie. Oder doch nicht? Irgend etwas sollte da wohl aufgeführt werden. Derya war jedenfalls in einer Gruppe verschleierter Frauen untergetaucht, die sich hinter die Bühne drängte. Daß er einmal Uniformierung verfluchen würde, hätte er sich nicht träumen lassen. Intensiv dachte er über die konsequente Durchsetzung des Vermummungsverbots nach. Religiöse Toleranz hin oder her. Ja, wo leben wir denn?

Dunkelheit umfing Fleischmann in den Kulissen. Herabhängende Seiltentakel, Chiffon wie Spinnweben, scharfkantige Requisiten. Mit Getöse fiel etwas Undefinierbares, gegen das er schmerzhaft mit dem Schienbein gestoßen war, auf die Bretter, die die Welt bedeuten.

Wie dieser alte Sack weiland im Fisch, dachte Fleischmann. Aus dem Bauch der Hölle schreie ich ›Herr, zu dir‹. Aber ein vielstimmiges »Pscht« aus dem Off ließ ihn den befreienden Schmerzensschrei verschlucken.

»Und so gebe ich die Bühne frei für ein paar launige Szenen aus dem entgegen aller westlichen Vorstellung gar nicht so trübsinnig grauen Alltag der islamischen Frau«, tönte der Bürgermeister.

Fleischmann hörte es nur mit halbem Ohr. Wo war Derya? Was machte er hier eigentlich?

»Dargestellt durch die Laienspielschar der ...«

Plötzlich ging hinter der Bühne ein Spot an. Eine Frau löste sich aus den Kulissen. Fleischmann war sich ganz sicher.

»Derya, so warten Sie doch!«

Er eilte los. Der Vorhang ging auf. Applaus. Fleischmann, blind für alles um ihn, war nicht mehr zu bremsen.

»Derya, so hören Sie doch, ich muß mit Ihnen reden!«

Mit dem Fuß verhedderte er sich in dem bodenlangen Gewand. Ein scharfer Riß, ein spitzer Schrei. Dann hagelte es Ohrfeigen. Welkes Fleisch statt jugendlicher Rundung. Das war nicht Derya.

Scheiß Wundertüten, war sein letzter Gedanke, bevor er unter den Faustschlägen der aus den Kulissen stürzenden Vermummten zusammenbrach.

Der Vorhang fiel. Tobender Applaus.

Lenin lehnte sich beeindruckt im Sessel zurück. Also diesen Fleischmann hatte er unterschätzt. Daß der bei so etwas mitmachte. Und mit welchem Talent. Wahrhaftig, eine gelungene Allegorie auf den Zusammenprall zweier Kulturen. Bravo. Ein Mann mit Herz und Verstand. Den würde er im Auge behalten.

*

Mist. Meier drei schaltete das Aufnahmegerät ab. Am liebsten hätte er das Band gleich wieder gelöscht. Was gingen ihn tote Hunde auf der anderen Rheinseite an? Aber da rauschte schon seine Vorgesetzte, vom Sekt ein wenig beschwingt, quirlig herein.

»Na, mein treuer Vasall, hat es besondere Vorfälle gegeben?«

Meier drei konnte dieser Frau einfach nicht widerstehen. Sie anlügen? Gar nicht dran zu denken.

»Eigentlich nicht. Alles ruhig. Bis auf den Anruf hier vor zwei Minuten.«

Ergeben drückte er die Wiedergabe-Taste. Susanne Straaten lauschte, dann prustete sie los.

»Treu und intelligent!« kicherte sie. »Genau wie du, Meierchen. Na, dann greif dir mal 'nen Kollegen von der Funkstreife und schau nach, was da los ist. Mußt doch schließlich auch deinen Auslauf haben, mein Rauhhaardackel.«

Lässig wischte sie über den mit den Jahren weit nach hinten gewanderten Stoppelschnitt des jüngeren Kollegen. Meier drei würde die flüchtige Berührung ihrer kühlen Hand auf seinem Haupt noch Stunden später spüren. Er war selig. An Widerspruch war gar nicht zu denken. Verträumt fingerte er die Sonnenbrille aus der Brusttasche des kurzärmligen Sporthemdes und warf aus der Deckung der dunklen Gläser noch einen langen, wohlgefälligen Blick auf die Frau, die ihn eben glücklich gemacht hatte.

»Also dann, bis nachher«, sprach's und war schon aus der Tür.

*

Zwanzig Minuten später rollte der Streifenwagen auf den wie verlassen daliegenden Hof. Friedliche Stille. Ein paar Grillen zirpten. Die Sonne stand hoch am sonntäglichen Himmel. High noon.

Meier drei ging sofort auf den Dodge zu, während der Hundeführer noch damit beschäftigt war, Harras aus dem Kofferraum des Kombis zu lassen.

Der Anrufer hatte nicht übertrieben. Der auf der Ladefläche liegende Hund war schrecklich zugerichtet worden. Hirnmasse war aus dem gespaltenen Schädel getreten. Meier drei wehrte sich mit wedelnder Hand gegen den Schwarm Fliegen, der von dem Kadaver aufgestiegen war, als sein Schatten darüber fiel. Das war kein Unfall gewesen.

Meier drei, eingefleischter Vegetarier, was er tunlichst vor seinen Kollegen verbarg, wandte sich betroffen ab. So durfte niemand mit einem Mit-Geschöpf umgehen. Empörung stieg in ihm hoch.

»Nun schauen Sie sich das bloß mal an.«

Der Hundeführer war inzwischen an den Wagen getreten. »Verdammte Sauerei«, faßte er seine Empfindungen prägnant zusammen. Auch Harras, beide Vorderläufe auf der Bracke, fiepte seine Trauer über den gewesenen Artgenossen heraus, bis sein Rudelführer an der Leine ruckte.

»Schauen Sie mal da. Damit muß es passiert sein.« Der Schupo wollte nach einem in der Ecke liegenden Brecheisen greifen.

»Stop, nicht anfassen«, zischte Meier drei erregt, wild entschlossen, diesen Fall mit allen zur Verfügung stehenden kriminalistischen Mitteln aufzuklären. »Schauen wir uns mal ein wenig um. Hier stimmt doch was nicht.«

Harras wurde von der Leine gelassen. Der Hund schnürte sofort auf die offene Schuppentür zu und verschwand. Die beiden Beamten folgten schnellen Schrittes.

Trotz hochgeschobener Sonnenbrille fühlte sich Meier drei, aus dem hellen Sonnenlicht in das Dunkel des Schuppens tretend, als hätte man ihn in einen Sack gesteckt. Nur langsam gewöhnten sich die Augen an die diffusen Lichtverhältnisse. Eine Werkstatt. Ganz klar. Im Gegensatz zum restlichen Anwesen peinlich aufgeräumt. Plötzlich bellte Harras kurz und scharf.

»Kommen Sie doch mal hier rüber«, rief der Hundeführer aus dem hinteren Teil des Schuppens. »Ich glaube, ich habe etwas gefunden.«

Durch eine niedrige Öffnung in der Rückwand des Gebäudes fiel Licht in einen betonumfriedeten Schweinekoben. Harras hechelte aufgeregt vor einem Müllsack. Kurz entschlossen löste Meier drei die Verknotung. Sofort stieg ihm ein eigentümlicher Geruch in die Nase, den er nichts ihm Bekanntem zuordnen konnte. Doch instinktiv wußte er, daß ihn der Tod anhauchte. Gänsehaut breitete sich an den Unterarmen beginnend über den Oberkörper aus. Erschreckt ließ er den Sack los.

»Nun machen Sie doch endlich Licht! Ich kann ja nichts erkennen!« herrschte er, die aufkommende Panik überspielend, den Kollegen an. Der polterte endlos durch die Werkstatt, dann wurde es taghell.

Meier drei gab sich einen Ruck und starrte in den geöffneten Sack. Eine Schaufensterpuppe. Dort, wo der Kopf hätte sein sollen, ein großer, ausgefranster, dunkelroter Kragen über den Schultern, am Hals schwärzlich verkrustet. Neugier überlagerte den Schauder. Mit dem Fuß stieß er den Sack um und legte, an der Unterseite zerrend, den Inhalt gänzlich frei.

Mit der Faszination, die der absolute Horror auslöst, nahm er alles mit fotografischer Exaktheit wahr. Das war keine Schaufensterpuppe. In Puppen floß kein Blut. Und Blut war hier reichlich geflossen. Der Torso vor ihm war mal eine lebendige Frau gewesen. Unterarme und -schenkel waren abgetrennt. Gesplitterte Knochen lugten durch ausgeblutete Stümpfe. Die Momentaufnahme einer Fleischtheke beim Schlachter blitzte im Hirn des Vegetariers auf. Es würgte ihn. Und dann kam der Schrecken. In namenlosem Entsetzen taumelte er auf den an der Tür wartenden Kollegen zu.

»Eine Leiche. In dem Sack ist eine Frauenleiche. Bloß raus hier! Wir brauchen Verstärkung!«

*

Franz schlug die Augen auf und glitt, traumgebremst, langsam in die Wirklichkeit. Sein Blick fokussierte am Nistkasten in der Kastanie vor dem Fenster. Die Sonne hatte den Zenit bereits überschritten. Wie spät war es?

Nach den Ereignissen der letzten Nacht hatte er wie ein Stein geschlafen. Aber irgend etwas hatte ihn geweckt. Er lauschte. Franz schwang die Beine aus dem Bett und glitt zum Fenster. Im Hof parkten mehrere Streifenwagen und ein Zivilfahrzeug. Der Tragödie zweiter Teil, dachte Franz in gespannter, aber durchaus froher Erwartung. Ein bißchen übertrieben viel Aufwand für einen versuchten Apothekeneinbruch, aber was sollte es. Die Dinge nahmen ihren erwartungsgemäßen Lauf.

Ungeduldiges Schellen an der Haustür.

»Ist offen«, brüllte Franz und angelte nach Jeans und Flanellhemd. Da wurde schon die Zimmertür geöffnet. Er starrte in das operative Ende einer Sig/Sauer P6. Dahinter ein Zwei-Meter-Recke mit Bauch. Hochgekrempelte Hemdsärmel, Schulterhalfter und Schweißflecken unter den Achseln. Ein Typ, der in jedem amerikanischen Polizeistreifen die Rolle des fiesen, brutalen irischen Cops hätte übernehmen können. So was gab's wirklich.

»Kripo! Wer ist noch im Haus?«

»Sind Sie verrückt? Was soll dieser Auftritt? Was wollen Sie?«

»Schnauze! Beantworten Sie meine Frage!«

Franz verkniff sich ein Schmunzeln. Obermeister Wichtig in Aktion, und das alles wegen eines versuchten Einbruchs.

»Der Hausbesitzer ist noch hier. Er schläft nebenan.«

Herkules nickte zwei Schutzpolizisten, die auf dem Flur warteten, zu. Sekunden später brach nebenan eine Schimpfkanonade los. Der Kripomann zuckte nicht mit der Wimper.

»Ziehen Sie sich an, wir müssen mit Ihnen reden.«

»Nun stecken Sie doch das alberne Ding weg, ich bin nicht Hannibal Lecter.«

»Das wird sich noch herausstellen. Machen Sie schon.«

Wenigstens die Waffe verschwand im Halfter. Unten an der Treppe wartete ein älterer Herr. Grau-korrekter Straßenanzug, Keinen-Pfennig-dazu-bezahlt-Brille. Kontrolleur von der GEZ, assoziierte Franz. Doch der ältere Herr stellte sich als Hauptkommissar Greven vor. Der schweißige Riese war Oberkommissar Scholten. Opa Bräsig und sein Kettenhund.

Susanne Straaten betrat das Haus. Sie erkannten sich sofort.

»Was machen Sie denn hier?«

»Ich wohne hier«, erklärte Franz schlicht, aber schon hakte Scholten bei Susanne nach.

»Du kennst den Typ?«

»Franz Huismann. Der Lebensgefährte einer Freundin von mir. Sie hat uns mal vorgestellt. Aber daß er hier wohnt, war mir nicht bekannt.«

Franz haßte es, wenn über seinen Kopf hinweggeredet wurde.

»Mir paßt der Ton nicht, der hier angeschlagen wird. Sagen Sie endlich, was Sie von mir wollen.«

Hauptkommissar Greven berührte ihn sachte am Arm. Franz sah in zwei durchdringende und doch freundlich wissende Augen.

»Wir möchten wissen, was mit dem Plastiksack drüben in der Werkstatt los ist. Kommen Sie bitte.«

Der sanfte Ton beeindruckte Franz mehr als die Kommando-Tonlage des Hünen. Er kapierte überhaupt nichts. Kein Wort von dem Apothekeneinbruch in Schermbeck. Er war im falschen Film.

Der Eindruck verstärkte sich, als sie auf den Hof traten.

Inzwischen war noch ein Kastenwagen mit Duisburger Kennzeichen vorgefahren. Die mobile Spurensicherung. Ein Mann in weißem Overall lief mit einem Alu-Koffer auf den Schuppen zu. Drinnen flackerte immer wieder ein Blitzlicht auf.

»Können wir mal einen Blick drauf werfen? Keine Sorge, wir halten Abstand. Greven mein Name. K 11, Kreispolizeibehörde Wesel.«

Der Mann mit dem Alu-Koffer grinste.

»Der Niederrhein-Maigret. Schön, Sie mal kennenzulernen. Gehen Sie nur rein. Hoffentlich haben Sie gut gefrühstückt.«

Drei auf Stative montierte Scheinwerfer leuchteten jeden Winkel der Werkstatt aus. Die kleine Gruppe trat an die Mauer des Schweinekobens. Franz fuhr entsetzt zurück, mußte aber wie zwanghaft immer wieder hinsehen.

Ein Blick in die Hölle.

VIER

Ferdi Fleischmann brütete dumpf in der Redaktion des Niederrhein-Boten vor sich hin und leckte seine Wunden. Seine sonst so unverwüstliche Frohnatur krebste seit Stunden im tiefen Tal des Selbstzweifels. Wenn Männer zu sehr lieben. Er seufzte schwer bei dem Gedanken an das Fiasko im Bühnenhaus. Warum ging bei ihm in Liebesdingen immer alles schief? Amor verschoß zwar Pfeile satt. Aber Derya verfehlten sie ständig, und ihn trafen sie stets nur in den Hintern. Was hatten die anderen, das er nicht hatte? Ein unerklärliches Rätsel.

Fleischmann wuchtete die Füße auf den Schreibtisch seines Chefs. Den Sonntagsdienst versahen sie im Wechsel. Heute hatte er das alleinige Sagen. Er sah sich um. Das hier war doch eigentlich *sein* Büro. Dieser studierte Usurpator von auswärts hielt es nur wegen einer unverständlichen Fehlentscheidung der Verlagsleitung temporär besetzt. Wie lange noch?

Sonst heiterte ihn die Vorstellung, wie er hier in Bälde Einzug halten würde, auf. Heute stürzte ihn die dunkle Ahnung, daß vorher vielleicht der Rentenfall eintreten könnte, noch tiefer in die Depression.

Mißmutig starrte er durch die Glaswand, die das einzige separate Büro vom Großraum der Restredaktion abtrennte. Sein Blick fiel auf den jungen Volontär, der seit über einer Stunde an einem Dreißigzeiler über ein Pfarrfest schriftstellerte. Das war auch so einer. Fleischmann blickte angewidert auf den messerscharf ausrasierten Nacken des Jungen und die darüber einsetzende Merkwürdig-Frisur. Ein Kopf wie 'ne Klobürste, aber die schärfsten Bräute. Neulich hatte der seine Freundin mit in die Redaktion gebracht. Ein Sahnebonbon. Fleischmann hatte alle Register gezogen und den gewieften Nachrichtenmann gespielt. Aber das Mädel hatte nur Augen für den nickelbebrillten Jungen gehabt, als hätte der gerade den Pulitzerpreis abgeräumt. Dafür gab's jetzt Saures.

Fleischmann schlich sich von hinten an und blickte dem Volontär einen Moment über die Schulter. Dann riß er den Sinnierenden aus seinen journalistischen Blütenträumen.

»Machen wir uns erst mal einen Vierjahresplan, oder was ist hier los? Wann kommen Sie denn endlich zu Potte? Wir geben eine Tageszeitung heraus, keine Jahresschrift.«

Der Junge fuhr zusammen, als wäre der Bildschirm vor ihm implodiert. Aber für Rechtfertigungen ließ ihm Fleischmann keine Zeit.

»Stehen Sie mal auf. Mit Ihnen muß ich ganz von vorne anfangen.«

Schwer ließ er sich auf den Drehstuhl vor dem Bildschirm fallen, nahm die Einladung der Kirchengemeinde und begann zu hacken.

»Die sechs journalistischen W's. Schon mal von gehört? Wer, was, wann, wo, wie, warum.«

Nach fünfminütigem Stakkato war Fleischmann fertig.

»So wird's gemacht. Und nicht anders. Sie müssen noch viel lernen, junger Mann.«

»Es waren aber nicht über zweihundert, sondern höchstens fünfzig Leute da, und der Basar war auch nicht reichbestückt, sondern ein einziger Flop«, wagte der Junge einzuwenden, der auf dem Monitor mitgelesen hatte. Fleischmann explodierte.

»Wollen Sie mich belehren, Freundchen? Ich bin hier seit über zehn Jahren das Frontschwein der lokalen Berichterstattung. Ich weiß, was erwartet wird. Hier geht's nicht darum, was war, sondern darum, wie's hätte sein sollen. Oder glauben Sie im Ernst, die paar Gemeindefuzzis, die dabei waren, wollen morgen lesen, daß ihr Pfarrfest eine Pleite war?«

Fleischmann klatschte sich rhythmisch mit der flachen Hand auf die Stirn. »Journalistisches Feingefühl, kapiert? Sonst werden Sie hier nie was. Auf die Füße treten kann jeder. Wir sind hier schließlich nicht beim *Spiegel*.«

Der Junge hatte dies, obwohl Fleischmann, was die Leibesfülle anging, eine gewisse Affinität zu Erich Böhme aufwies, nie angenommen. Trotzdem war er von dem Crash-Kurs in Sachen Lokaljournalismus sichtlich beeindruckt. Intensiv versuchte er sich daran zu erinnern, ob der Berufsberater beim Arbeitsamt auch am Montag Sprechstunde hatte.

Fleischmann hätte gern noch weiterdoziert, aber das Klingeln des Telefons lenkte ihn ab. Ein Schützenkamerad und Schutzpolizist.

Sehr nützlicher Kontakt. Konzentriert lauschte er in die Muschel. Sofort hatte er seinen Schmerz vergessen. Freudiges Grinsen im Pfannkuchengesicht. Leichenfund in Perrich! Kein Unfall oder Selbstmord, ein richtiger Mord! Die Sensation für Seite eins. Er wieselte zum Schreibtisch und nahm seinen Fotoapparat. Den unvermeidlichen Trench warf er nur lose über die Schultern. Der rasende Reporter hatte Witterung aufgenommen.

»Bin in spätestens zwei Stunden zurück. In Perrich ist was los. Sie halten hier die Stellung. Jetzt können Sie sich bewähren.«

*

Sie waren aus der dämmrigen Werkstatt auf den Hof getreten. Ein freundlicher Sonntagmittag. Aber Franz nahm die vertraute Umgebung völlig neu wahr. Eine trügerisch-freundliche Oberfläche, die jederzeit aufreißen konnte, um den Blick auf den absoluten Horror freizugeben.

»Wer ist die Tote? Wie kommt sie in den Stall?«

Franz starrte den hünenhaften Oberkommissar fassungslos an.

»Wieso fragen Sie mich das? Ich hab keine Ahnung. Gestern nacht um zwei war sie jedenfalls noch nicht da.«

»Sie waren also gestern nacht in der Werkstatt?«

»Ja, kurz. Irgend jemand hatte meinen Freund da drinnen niedergeschlagen.«

Franz hörte die eigene Stimme in ungewohnt hoher Tonlage. Ungläubiges Erstaunen in den Gesichtern der Kripoleute.

»Warum haben Sie nicht die Polizei verständigt?«

»Weil ich nicht an einen Überfall geglaubt habe.«

»Ihr Freund ist also nicht niedergeschlagen worden?«

»Doch! Nein. Ich vermute, er ist mit besoffenem Kopf gestürzt.«

»Ja, was denn nun?«

Franz merkte, daß er dabei war, gefährlichen Unsinn zu reden. Er mußte sich erst sammeln, Ordnung in das Chaos seiner Gedanken bringen. Auszeit.

»Ich sag jetzt erst mal nichts mehr.«

*

Fleischmann prügelte seinen BMW durch die Stadt, als wäre er in Hockenheim. Tempo dreißig? Von wegen! Journalist im Einsatz. Da galten andere Gesetze. Sonntag mittags waren eh nur ein paar Frühschoppen-Heimkehrer unterwegs, und die Suppsäcke sollten sich gefälligst vorsehen. Auf der Rheinbrücke kamen ihm ein Mannschaftswagen, zwei Funkstreifen und ein Leichenwagen entgegen. Scheiße, da fuhr sie hin, seine Leiche. Er mußte sich beeilen, sonst war der Film ohne ihn gelaufen. Fleischmann trat durch. Minuten später hatte er die angegebene Adresse erreicht.

Lediglich ein Streifenwagen parkte noch auf dem Hof. Aber die Leute von der Spurensicherung arbeiteten noch. Emsig herumwuselnde Figuren in weißen Overalls, das machte sich gut in der Zeitung. Fleischmann registrierte alles mit einem Blick und begann sofort, wie ein Japaner in Florenz zu knipsen. Viel Spektakuläres gab es nicht. Ein bißchen versiegelte Haustür, ein mit Flatterband abgesperrter Schuppen, zu dem ihm ein energischer Schutzpolizist den Zutritt verweigerte.

»Hallo, Herr Fleischmann! Na, wieder an Deck? Ging ja ziemlich rauh zu vorhin im Bühnenhaus.«

Erschreckt fuhr Fleischmann herum. Das war doch Deryas Freundin. Au Backe, ihm blieb heute auch nichts erspart. Was machte die denn hier?

Susanne, die manchmal Gedanken lesen konnte, half ihm auf die Sprünge.

»Straaten mein Name, bin beruflich hier, Kripo Wesel. Wie haben Sie denn so schnell von der Sache hier erfahren?«

Fleischmann sah sofort die Chance, die Scharte von vorhin ein wenig auszuwetzen, und zog die Investigativ-Journalismus-Nummer voll durch.

»Erstklassige Quellen, und natürlich« – er zerrte am knolligen Zinken – »immer den richtigen Riecher. Tja, schnell, schneller Fleischmann.«

Das mit den Quellen war ja interessant. Susanne würde jeden Kollegen, der heute Dienst gehabt hatte, zum Gespräch bitten. Wäre doch gelacht, wenn das Leck nicht zu schließen wäre.

»Leichenfund in Perrich. Tolle Sache. Wer ist denn die Tote? War's ein Sexgangster? Hat er sie hier auf dem Hof hingemacht?«

Susanne winkte ab.

»Wenden Sie sich an die Pressestelle, Herr Fleischmann. Oder noch besser an Ihre so reichhaltig sprudelnde Quelle in der Polizeibehörde. Aber beeilen Sie sich, die wird nämlich bald verstopft sein, dafür werde ich höchstpersönlich sorgen.«

Fleischmann wollte noch etwas sagen, kam aber nicht mehr dazu. Die Kommissarin hatte sich schon hinter das Steuer ihres Dienstwagens gesetzt und die Autotür zugeschlagen. Daß sie dabei den Trench des Lokalreporters eingeklemmt hatte, registrierte sie nicht. Aber der fühlte ein Rucken und Zerren, das ihn in Bewegung brachte. So spurtete der dicke Zeitungsmann gezwungenermaßen neben dem abfahrenden Wagen her, als wolle er dringend noch letzte Fragen loswerden.

»Chefin, der überholt uns gleich«, meldete Meier drei.

Jetzt erst bemerkte auch die Kommissarin den korpulenten Läufer, der, die Stimme im Falsett, panisch gegen die Scheibe bummerte. Sie bremste abrupt. Ein häßliches, reißendes Geräusch, und Fleischmann wurde klar, daß er sich nach einem neuen Trench umsehen mußte.

Susanne Straaten ließ die Scheibe heruntersirren.

»Also eines muß man Ihnen lassen, Herr Fleischmann, wenn Sie einmal an einer Sache dran sind, bleiben Sie dran.«

Meier drei gluckste, Susanne gab Gas.

Fleischmann starrte ihnen fassungslos hinterher, das abgerissene Mantelstück wie weiland St. Martin in der Hand. Irgendwie hatte er sich mal wieder vergaloppiert.

*

Montagmorgen, acht Uhr. Kriminalhauptkommissar Arthur Greven drückte auf den Knopf der Sprechanlage. »Besorgen Sie uns bitte Kaffee und ein paar belegte Brötchen. Gleich beginnt die MK-Besprechung«, bat er die Sekretärin im Vorraum. Greven hatte noch in der Nacht die Mordkommission zusammengestellt. Alles Kollegen aus dem eigenen Haus, alles Kenner der Stadt.

Greven war der Chef des K 11, eine Abteilung des Ressorts »Zentrale Kriminalitäts-Bekämpfung« bei der Weseler Kreispolizeibehörde, die sich unter anderem mit Kapitalverbrechen beschäftigte. Er hatte schnell gehandelt, damit ihm die Duisburger Kollegen nicht ins Handwerk pfuschen konnten. Wenn die arroganten Wichtigtuer mit ihrer großen Mordkommission sich erst mal den Fall schnappten und ihre gewaltige Fahndungsmaschinerie anwarfen, waren die Kollegen aus der Weseler Provinz nur noch Statisten. Zwar durften die Ortskundigen noch die entscheidenden Hinweise geben. Aber das Sagen hatten nur die Superhirne aus der Großstadt. Da traf es sich gut, daß die Duisburger selbst mit einem komplizierten Mordfall beschäftigt waren. Greven hatte die Chance genutzt und dem Staatsanwalt noch in der Nacht klar gemacht, daß er sich auf das K 11 verlassen könne. Die mobile Spurensicherung aus Duisburg hatte er zwar angefordert, die hatte einfach mehr Möglichkeiten. Das war's aber auch schon. Nun konnte der Hauptkommissar mit seiner eigenen Mordkommission schalten und walten, wie er wollte.

Sieben Kollegen drängelten sich im Büro des Chefs zur MK-Besprechung. Susanne Straaten beobachtete Scholten, der an der Querseite des Schreibtisches lümmelte. Auf eine Zusammenarbeit mit dem war sie nicht gerade erpicht. Sie konnte diesen Parademacho nicht ausstehen. Hauptkommissar Greven lenkte sie ab.

»Der vorläufige Obduktionsbericht. Die Jungs in Duisburg sind wirklich auf Zack.«

Greven wedelte einen Moment triumphierend mit einem Hefter. Dann rückte er die Hornbrille zurecht und begann zu referieren.

»Die Unbekannte ist in der Nacht auf Sonntag zwischen null und ein Uhr getötet worden, wahrscheinlich durch Erwürgen. Kopf und Extremitäten wurden dann ziemlich unfachmännisch vom Rumpf getrennt. Dabei muß erhebliches Spurenmaterial sowohl am Täter wie am Tatort entstanden sein. Der Körper weist etliche Hämatome auf, möglicherweise Kampfspuren.«

Kollege Scholten stemmte den Fuß gegen die Tischkante. Susannes Blick blieb an dem ungepflegten Schuh hängen. Die ehemals weiße Tennissocke darin war rosa eingefärbt. Mußte was Rotes mit in die Wäsche gekommen sein. Sicher Junggeselle. Kein Wunder bei dem Typ.

»Den Flores können wir wohl als Täter ausschließen«, meldete sich Scholten und kippelte mit seinem Stuhl. »Der hat gestern bis kurz nach ein Uhr in der Gaststätte ›van Gelder‹ in Büderich am Tresen gesessen. Das habe ich gestern noch nachgeprüft. Danach ist er mit dem Rad nach Hause gefahren und hat weitergesoffen. Gegen zwei Uhr ist er dann nach eigenen Angaben in der Werkstatt niedergeschlagen worden. Wahrscheinlich von demjenigen, den er beim Verstecken der Leiche gestört hat.«

Schaudernd betrachtete Susanne die drei Zentimeter kalkweiße, stachelige Wade, die Scholtens hochgerutschtes Cordhosenbein zur Beschau freigab.

»Der Arzt hat für den in Frage kommenden Zeitraum einen Blutalkoholgehalt von über zwei Promille bei Flores errechnet«, legte sich Scholten weiter ins Zeug, »Außerdem hält der Arzt die Überfallgeschichte anhand der festgestellten Verletzung für wahrscheinlich. Stumpfer Gegenstand kräftig hinters Ohr. Schwer vorzustellen, daß sich jemand in diesem Zustand als Metzger betätigt.«

Hauptkommissar Greven nickte bedächtig. »Ich bin ganz Ihrer Meinung. Den Flores können wir zumindest als Täter ausschließen. Was er sonst noch mit der Sache zu tun hat, wird sich zeigen.«

»Dann wären da noch die fehlenden Fingerabdrücke«, schaltete sich Scholten wieder ein.

»Nichts von Flores auf dem Sack, in dem die Leiche steckte, aber die Abdrücke von Huismann. Überhaupt, das Transportproblem. Trotz der ganzen Autos auf dem Hof war nur Huismanns VW-Bus fahrbereit. Mit dem war sein Freund selbst unterwegs, sagt Flores. Auf dem Fahrradgepäckträger hat Flores die Leiche bestimmt nicht zu sich nach Hause transportiert.«

Susanne konnte den Blick nicht von Scholten wenden. Wenn Altkleidersammlung war, sollte er sich in seinen Siebziger-Jahre-Gedächtnisklamotten lieber von der Straße fernhalten.

»Es könnte sich doch um eine Affekttat im Vollrausch handeln. Vielleicht ist die Frau freiwillig auf den Hof gekommen oder war bereits da.«

Susanne ging es gegen den Strich, daß Flores so schnell aus dem Blickfeld des Interesses rücken sollte und damit das Hauptaugenmerk auf Franz, den Partner ihrer Freundin, fiel. Aber Scholten hakte sofort sarkastisch ein.

»Die abgetrennten Leichenteile hat dann wohl der tote Hund gefressen, und das ganze Blut, das beim Tranchieren der Leiche geflossen sein muß, hat Meister Proper, der gerade zufällig des Weges kam, beseitigt, bevor er dann unseren Freund mit der Plastikflasche ausgeknockt hat, was? Nee, nee, liebes Fräulein, den Flores können wir vergessen. Unser Mann heißt Huismann.«

Susanne war sofort auf hundertachtzig. Was bildete dieser Neandertaler sich eigentlich ein? Sofort Zähne zeigen.

»Damit wir uns gleich richtig verstehen, werter Herr Schlauschlau, Fräulein bin ich noch nie gewesen, und das mit dem ›lieb‹ würde ich auch nicht überstrapazieren, sonst ist schnell Schluß mit lustig!«

Kommissar Greven blieb unbeeindruckt.

»Schön, wenn man mit Kollegen arbeiten kann, die sich gut verstehen. Schaun wir mal, was wir sonst noch haben.«

Greven wandte sich wieder seinen Unterlagen zu.

»Fundort und Tatort sind nicht identisch. Davon können wir nach erster Sichtung der Spuren ausgehen. Ich muß dem Kollegen Scholten in dieser Hinsicht Recht geben, wenn ich auch ansonsten seinen Humor nicht teile.«

Susanne grinste. Scholten brummelte. Greven sah auf die Uhr.

»Huismann wird gleich hochgebracht. Er müßte jeden Moment eintreffen. Ich bin auch der Ansicht, daß wir uns auf ihn konzentrieren sollten. Übrigens sind in der Leiche frische Spermaspuren festgestellt worden. Es handelt sich also mit großer Wahrscheinlichkeit um ein Sexualverbrechen. Das Abtrennen der Extremitäten hat möglicherweise nicht nur den Grund, die Identifikation der Toten zu erschweren. Es könnte sich hier auch um einen echten Psychopathen handeln, die Schiene Ritualmord und so weiter.«

Scholten fing den Ball auf und spielte ihn weiter.

»Huismann war übrigens jahrelang auf Tour de Trance, hat bereits gesessen und war in Therapie. Bei diesen Drogen-Willis weiß man ja nie. Die sind manchmal völlig durchgeknallt, ohne daß man es sofort merkt. Was das beste ist, er hat kein Alibi.«

Greven rückte an seiner Brille und blickte in die Runde.

»Ich hab's so im Gefühl, daß wir dem Staatsanwalt bald mit einer frohen Botschaft kommen können. Ich möchte fast darauf wetten, daß bis Ende der Woche die Leiche identifiziert und der Täter überführt ist.«

Er teilte drei Zweier-Teams ein, die sich sofort an die Arbeit machten. Ein Kollege wurde zum Aktenführen verdonnert. Er mußte die neuesten Informationen dokumentieren und den Überblick bewahren. Susanne sollte sich gemeinsam mit Scholten Huismann vornehmen. Sie war begeistert.

*

Franz erwachte schwitzend aus unruhigem Schlaf. Die Geräusche des Polizeireviers an der Reeser Landstraße drangen nur gedämpft an sein Ohr. Trotzdem wußte er, noch bevor er die Augen aufgeschlagen hatte, sofort wieder, wo er sich befand. Der Geruch, unverwechselbar. Knastgeruch – nach Ordnung und Diziplin, nach Angst und Freiheitsberaubung.

Eine andere Erinnerung stieg in ihm hoch. Genauso hatte die Penne am Herzogenring gleich um die Ecke gerochen, in die er neun lange Jahre lang allmorgendlich eingefahren war. Dort residierte sinnigerweise jetzt das Amtsgericht. Unterrichtsräume waren zu Gerichtssälen zusammengelegt worden. Nach wie vor wurden dort Urteile gesprochen, die ganze Leben beeinflußten. Auch er würde bald dort vor dem Richter stehen. Aber das hatte er ja so gewollt.

Regungslos blieb er mit geschlossenen Augen liegen und horchte in sich hinein. Er hatte geträumt. Ein Angsttraum, schon fast nicht mehr wahr. Dichte Nebel waren bereits aufgezogen. Einzig das Gefühl elementarer Bedrohung blieb. Die Metallscheibe außen vor dem Spion in der Tür der kahlen und nur mit einer Pritsche ausgestatteten Verwahrzelle fiel mit leisem Klicken zurück. Schlüssel rasselten. Dann schwang die Eisentür auf. Der Beamte brachte ein Tablett herein.

»Frühstück.«

Schon war er wieder allein. Tiefe Depression. Franz spürte, daß er sich vorsehen mußte. Knastkoller war das letzte, was er jetzt gebrauchen konnte. Glattes Metall, leicht abwaschbare Fliesen und kalter Beton, die vorherrschenden Materialien ringsum, wie um dem Menschen die eigene Verletzlichkeit noch deutlicher zu machen. Wenigstens der Becher war aus Hartplastik und der Kaffee wider Erwarten stark, heiß und gut.

Franz schüttelte sich. Jetzt war er wieder voll da. Was sollte das? Knapp zwölf Stunden in der Kiste, und schon ging ihm die Düse. Lachnummer. Er hatte doch schließlich alles bewußt geplant und so vorausgesehen.

Die Leiche.

Deswegen saß er hier. Sofort schnürte wieder die Angst Herz und Verstand. Die brachten ihn mit der Toten in Verbindung. Von Apothekeneinbruch war gestern nicht die Rede gewesen. Die Kommissarin, die er auch noch als Lauras Freundin kannte, hatte ihn lediglich immer wieder gefragt, wie er sich das erkläre, wo er in der Nacht auf Sonntag gewesen sei. Aber er konnte ihr und sich nichts erklären. Eine Leiche auf Floris friedvollem Hof wirkte auf ihn ebenso absurd, als fände man einen Vibrator in der Handtasche von Rita Süssmuth. Trotzdem, die Leiche war dagewesen.

Aber Flori ein Frauenmörder? Nein, nein, nein. Niemals. Unmöglich.

Doch die Leiche war dagewesen. Blieb der große Unbekannte. Unbefriedigend. Vielleicht einer, der im Affekt getötet und in Panik versucht hatte, die Leiche irgendwo auf dem Land loszuwerden. Aber was hatte der Mörder in der Werkstatt zu suchen, in der Flori ihn offensichtlich überrascht hatte? Hatte er nach einer Schaufel oder ähnlichem gesucht, um die Leiche zu verscharren?

Sein Blick fiel auf seine noch immer schwarz eingefärbten Fingerkuppen, die sich um den Kaffeebecher schlossen. Gestern war er erkennungsdienstlich behandelt worden. Heute, spätestens morgen würden die Bullen seine Fingerabdrücke auf dem Brecheisen, das sie vor der Apotheke in Schermbeck gefunden haben mußten, identifizieren. Dann war er aus dem Schneider. Man würde ihm glasklar nachweisen, daß er samstags kurz nach dreiundzwanzig Uhr einen Einbruchsversuch unternommen hatte. Bis gegen halb eins war er bei Laura gewesen, danach bis mindestens zwei in der *Lindenwirtin*. Auch dafür gab's Zeugen.

Vielleicht kam er doch unbeschadet aus der Sache raus. Dann würde er sogar seinen Plan noch im Windschatten der Mordgeschichte durchziehen. Dann hätte er freie Hand.

Bei dem Gedanken, daß Schulze inzwischen Meldung gemacht haben mußte, ging es ihm noch ein wenig besser. Er saß hier unter Mordverdacht, den die Bullen selbst wieder von ihm nehmen würden, wenn sie ihn des versuchten Einbruchs überführten. Mit dem Ding bei Schulze konnte ihn nun wirklich niemand mehr in Verbindung bringen. Lief doch alles prima.

Prima? Nichts war prima. Schon hatte er wieder den schrecklichen Torso vor Augen. Das Bild, das er sich von seiner goldenen Zukunft mit Laura und Flori machte, hatte einen häßlichen Riß bekommen.

Unerwartet flog die Zellentür auf. Franz fuhr erschreckt hoch und zwang sich, nicht die Hände an die Hosennaht zu nehmen.

»Kommen Sie mit, Huismann.«

Franz hatte einen dicken Kloß im Hals.

*

In Handschellen, flankiert von zwei Beamten, deren angestrengte Aufpassermienen kundtaten, daß sie nicht alle Tage die Verantwortung für einen so kapitalen Fang hatten, wurde Franz zum Verhör gebracht. Die Geschichte in Perrich schien im Präsidium bereits die

Runde gemacht zu haben. Auf ihrem Weg durch die langen Flure begegneten sie auffällig vielen Leuten. Spannung lag in der Luft. Franz glaubte zu wissen, was hinter den Stirnen vor sich ging. Das gesunde Volksempfinden sandte intensive Schwingungen aus: Frauenmörder, perverses Schwein. In was war er da bloß reingeraten?

Franz schlug den Blick nieder. Unter den Polizisten hatte er alte Bekannte entdeckt, die sich bereits mit achtzehn nichts schöneres als eine Beamtenkarriere hatten vorstellen können. Wie hatte er sich damals über sie lustig gemacht und jede Gelegenheit genutzt, um zu dokumentieren, daß er nie so werden wollte. Nun schauten die auf ihn mit Verachtung. Man sah ja jetzt, wo Unangepaßtheit geradewegs hinführte, zu Mord und Totschlag. Provinzielle Logik. Er lief Spießruten.

Die Treppe hoch über einen langen Flur. Ganz am Ende lehnte Kommissar Scholten in einer Tür und taxierte ihn aus grauen, kalten Augen, während ein Streichholz in kurzen Abständen von Mundwinkel zu Mundwinkel wechselte. Franz fragte sich, ob er das vor dem Spiegel übte.

»Handschellen weg«, befahl Scholten den Uniformierten knapp, als sie auf der Höhe des Büros waren. Der Hüne trat zur Seite und winkte Franz mit fleischigem Daumen wort- und grußlos ins Büro. Hinter dem Schreibtisch saß Susanne Straaten, schön, kühl und unnahbar. Sonst befand sich niemand im Raum.

»Nehmen Sie doch bitte Platz, Herr Huismann.«

Die Kommissarin wies höflich auf einen mit einigem Abstand vor dem Schreibtisch plazierten Drehstuhl.

»Sie haben eine Nacht darüber geschlafen. Ich hoffe, Sie sind jetzt etwas kooperativer. Kann übrigens ein kurzes Gespräch werden, wenn Sie uns endlich sagen, wo Sie in der Nacht auf Sonntag waren.«

Die Kommissarin stand auf und ging zur Kaffeemaschine. Sie füllte zwei Becher und reichte einen davon Franz. Kollege Scholten guckte in die Röhre.

»Zigarette?«

Franz fingerte eine aus der Packung, die ihm Susanne hinhielt, und ließ sich Feuer geben. Die wollten hier tatsächlich die *good guy-bad guy*-Verhörnummer abziehen. Die Schöne und das Biest. Hielten die ihn für blöd? Das kannte doch die letzte Couchpotatoe aus dem Fernsehen. Also wirklich. Er inhalierte tief und blies den Rauch in Richtung des wackeren Musketiers.

»Ich will meinen Anwalt sprechen.«

Ein Engel ging durch den Raum. Scholten spitzte die Lippen, als wolle er Bützchen versenden.

»Den wirst du brauchen, mein Junge, weiß Gott. Aber erst textest du, was los war.«

Der Schubs mit dem Fuß gegen den Drehstuhl kam so unvermutet, daß Franz nicht verhindern konnte, wie der kleine Havelmann in seinem Bett durchs Zimmer zu rollen. Der Stuhl knallte gegen die Wand, aber Scholten war schon da. Ruppig riß er Franz am Hemd hoch.

»Nun mal Tacheles. Wer ist die tote Frau? Du, und nur du weißt es. Deine Fingerabdrücke am Leichensack. Deine Fingerabdrücke auf dem Eisen, mit dem der Hofhund erschlagen wurde. Deine Fingerabdrücke auf 'nem Rohr, mit dem du wahrscheinlich deinem Freund eins übergebraten hast. Kumpel, du zappelst am Haken. Also raus damit, hör auf, Zicken zu machen!«

Scholten ließ den perplexen Franz auf den Drehstuhl zurückplumpsen und rollte ihn, die Pranke in dessen Nacken, zum Schreibtisch zurück. Aus einem Aktenordner entnahm er Fotografien der Leiche und breitete sie vor Franz aus.

»Wer ist die Frau, und wo ist der Rest von ihr?«

Fingerabdrücke. Natürlich waren überall auf dem Hof seine Fingerabdrücke. Auf dem Leichensack? Das mußte das Ding gewesen sein, gegen das er Flori gelehnt und das er natürlich dabei berührt hatte. Bei dem Gedanken daran überlief ihn ein Schauder. Und daß es auch Portos erwischt hatte. Scheiße. Langsam mußte er die Apothekengeschichte aufs Tapet bringen. Die von der Schmiere waren offensichtlich blöder, als es die Polizei erlaubt. Dann mußte er sie eben selber mit der Nase darauf stoßen. Aber die Kommissarin kam ihm zuvor.

»Herr Huismann, machen Sie es sich doch nicht so schwer. Die Indizien gegen Sie sind erdrückend. Kooperieren Sie. Ein Geständnis zum jetzigen Zeitpunkt wird sich mit Sicherheit strafmildernd auswirken.«

Schönheit schützt vor Blödheit nicht. Die hatten alle einen Knall. Jetzt würde er sie zum Rotieren bringen.

»In der Nacht von Samstag auf Sonntag habe ich kurz nach dreiundzwanzig Uhr versucht, in die Hildegard-Apotheke in Schermbeck einzubrechen. Meine Vergangenheit ist ja aktenkundig. Ich hatte kürzlich einen kleinen Rückfall und brauchte ein paar Medikamente, um nicht völlig affig zu werden. Der über seinem Laden wohnende Apotheker hat mich allerdings bemerkt. Ich mußte unverrichteter Dinge abziehen. Von zwölf bis eins war ich dann bei meiner Freundin Laura Meister, danach bis zwei in der *Lindenwirtin* bei einem Punk-Konzert. Prüfen Sie das nach, und dann lassen Sie mich mit dem Leichenscheiß in Ruhe.«

Die beiden glotzten, als hätte Tommy Ohrner sie mit der versteckten Kamera erwischt. Kollege Scholten schien geschrumpft. Susanne Straaten fiel ein Stein vom Herzen.

»Nach diesem erzwungenen Outing werden Sie mir sicher gestatten, endlich einen Anwalt zu sprechen. Am besten meinen Vater«, trumpfte Franz auf.

Susanne schob ihm wortlos das Telefon über den Tisch. Sie winkte dem Kollegen.

»Kommen Sie mal mit nach drüben, ich habe was mit Ihnen zu besprechen.«

*

Der Mann war wirklich tüchtig. Schulze beobachtete seinen Polier von der Terrasse aus. Der kapierte sofort, was man von ihm erwartete. Heute morgen beim Einteilen der Leute auf dem Betriebshof hatte er ihn dabehalten. Spezialauftrag. Da gab's kein Wieso, Weshalb. Genausowenig wie der wollte, daß man die Nase zu sehr in seine Angelegenheiten steckte, steckte er seine in die Angelegenheiten anderer. Die ideale Interessengemeinschaft. Aber die freundlichen Gedanken, die er an sein Personal verschwendete, ließen ihn die dumpfe Sorge, die sein gesamtes Gefühlsleben überlagerte, nicht vergessen. Im Moment hatte er die Zügel nicht in der Hand, und er sah noch keine Möglichkeit, sie wieder an sich zu reißen. Er konnte nicht agieren, sondern mußte reagieren. Ein für seine Herrschernatur ungewohnter Zustand.

Schulze schwang die Beine von der Liege und rief dem Mann auf der Leiter, der gerade einen neuen Sirenenkasten montierte, zu, daß für ihn ein kaltes Bier bereitstände. Dann ging er ins Haus.

Wie war es möglich gewesen, daß jemand unbemerkt in sein Haus hatte eindringen können? Sicher, die Alarmanlage war für einen Spezialisten durchaus zu überwinden. Aber der Einbruch mußte während seines allabendlichen Spaziergangs mit Wotan passiert sein. Es mußte jemand gewesen sein, der ihn genau kannte. Oder war er wochenlang beobachtet worden? Aber so etwas lief in diesem Upperclass-Viertel nicht, wo jeder, der nicht dazu gehörte, mit Argwohn registriert wurde.

Nein, es mußte jemand aus seinem nächsten Umfeld sein. Leider hatte er nur nebulöse Erinnerungen an den Abend, er hatte ja ausgiebig getankt. Auch etwas, das er nie getan hätte, wäre seine Frau nicht zur Zeit in Kur. Wer wußte davon?

Franz, natürlich! Ihm fiel's wie Schuppen von den Augen. Das Schützenfest. Franz war allein im Haus gewesen, um seine Ersatzuniformjacke zu holen. Er hatte ihm auch noch die Schlüssel gegeben! Schulze stöhnte auf und haderte mit sich selbst. Der Junge mußte die Zeit trefflich genutzt haben, um alles vorzubereiten. Und war er nicht auch verdächtig spät wieder am Schießstand aufgekreuzt?

Andererseits, die Stimme des nächtlichen Anrufers, der die Axt an die Wurzeln seiner bürgerlichen Existenz gelegt hatte, war mit Sicherheit nicht die von Franz gewesen. Die Stimme war verstellt gewesen, trotzdem war sie ihm irgendwie bekannt vorgekommen. Aber er kam und kam nicht darauf, wem er sie zuordnen sollte. Vielleicht war doch alles ganz anders gelaufen. Trotzdem, Franz würde er sich mit aller gebotenen Vorsicht zur Brust nehmen. Vielleicht konnte man ja einen Deal machen. Und wie man es fingerte, daß zum Schluß er wieder am längeren Hebel saß, darin war er ja Meister.

Schulze atmete durch. Es ging ihm schon wieder etwas besser. Nicht gleich die Flinte ins Korn werfen. Jetzt galt es, Nerven zu behalten und den Gegner kommen zu lassen. Zum Schluß kam es nur darauf an, wer nach Punkten vorn lag. Und vielleicht gelang ihm ja wie so oft auch noch der entscheidende Niederschlag.

Niederschlag! Ein ganz neuer Gedanke begann in Schulzes fußballrundem Kopf immer schneller zu rotieren. Sein Blick fiel auf den Gewehrschrank und dann durchs Fenster auf seinen Polier, der immer noch an der Sirene werkelte. Nächste Woche gossen sie doch die Bodenplatte für den Waschplatz einer Tankstelle an der Schermbekker Landstraße. Mit ein klein wenig Vorbereitung müßte sich da doch was deichseln lassen. Schulze grinste wölfisch. Zum ersten Mal seit dem Vorfall.

Er ging in den Keller und steuerte auf den Partyraum zu. Die neue Scheibe war bereits eingesetzt. Schulze stieg auf das umfunktionierte Kirchenmöbel, öffnete das Fenster und rieb etwas Erde über den frischen Kitt. Zufrieden betrachtete er sein Werk. Niemand konnte auf die Idee kommen, daß hier vor kurzem ein Einbruch stattgefunden hatte.

Der Polier war inzwischen mit seiner Arbeit fertig geworden. Ehrerbietig erhob er sich vom Gartenstuhl, als Schulze wieder auf der Terrasse erschien. Sich selbständig eine Flasche Bier aus der bereitstehenden Kühlbox zu nehmen, wäre ihm nie in den Sinn gekommen. Er wußte, wo sein Platz war.

»Nun mal nicht so förmlich. Jetzt trinken wir erst mal einen zusammen.«

Schulze goß Bier und Schnaps in die bereitstehenden Gläser. Sie prosteten sich zu. Nachdem der Schaum von den Mündern gewischt war, lehnte sich der Polier entspannter ins Polster zurück. Sein Chef hatte noch etwas auf dem Herzen, das spürte er. Schulze beugte sich vertraulich zu ihm herüber.

»Hör zu, Josef, daß hier einer eingestiegen ist, hast du ja inzwischen wohl gemerkt. Hat dem Kerl nicht viel gebracht. Der war nur an Barem interessiert, kein richtiger Profi. Das bißchen Plattmoos, das ich praktisch nur für die Portokasse gebunkert hatte, kann ich verschmerzen. Aber wenn ich den Bruch der Versicherung melde, kommt einer raus, und ich werde völlig neu veranlagt. Dann zahle ich mich dumm und dämlich an Prämie. Ist auch ein bißchen meine Schuld, daß der Kerl hier so einfach reinstiefeln konnte. Also, hier ist nichts gelaufen, klar? Wenn einer blöde Fragen stellt, hältst du die Schnauze.«

»Ist doch selbstverständlich, Chef.«

Der Polier wunderte sich jetzt doch ein wenig über das ungewohnte Mitteilungsbedürfnis seines Chefs. Ob an der Sache mehr dran war? Aber er hatte das kurz aufflackernde Interesse schnell wieder gelöscht. Häng dich nicht rein, dann kommst du auch nicht rein. Was ging das alles ihn an? Schulze schob ihm drei Blaue rüber.

*

Hauptkommissar Greven telefonierte, als Susanne Straaten wutschnaubend in sein Büro stürmte. Kollege Scholten hatte Mühe, Schritt zu halten. Greven legte den Finger über die Lippen und bedeutete den beiden, sich zu setzen. Die kleine Zwangspause tat Susanne gut. Sie war zwar zu sehr in Fahrt, um gleich wieder auf normale Drehzahl zu kommen, aber wenigstens scherte sie von der

Überholspur wieder rechts ein, wenn auch bei weiterhin hohem Tempo. Greven deckte die Muschel mit der Hand ab.

»Der Staatsanwalt macht Dampf. Will am Wochenende nach Sylt.« Er rollte mit den Augen und grimassierte.

»Ja, Herr Staatsanwalt, wir kommen voran. Nein, Herr Staatsanwalt, wir rechnen heute noch mit einem Geständnis. Ja, Herr Staatsanwalt, bis zum Wochenende ist der Fall bestimmt abgeschlossen. Nein, Herr Staatsanwalt, die Leiche ist noch nicht identifiziert. Wir tun unser Bestes.«

Greven knallte den Hörer auf die Gabel.

»Herr Staatsanwalt, Sie können mich mal. Sylt. Wenn ich das schon höre. Sträflingsinsel. Oder zumindest Insel der Sträflinge in spe. Garstiges Eiland voller hochnäsiger Wirtschaftskrimineller und Steuerbetrüger. Dabei ist das Sauerland so schön. Körbecke am Möhnesee. Herrlich. Meine Tochter hat da am Wochenende Kindstaufe. Wenn ich nicht dabei sein kann, dann gute Nacht, Marie.«

Greven nahm die dicke Brille ab und wischte sich mit einem blütenweißen Taschentuch über Stirn und Augen. Nach der kurzen Selbstverhüllung zeigte er wieder sein altes Gesicht.

»Also halten wir uns ran. Wie weit seid ihr mit Huismann gekommen?«

Susanne, die Greven mochte, hätte ihm die Szene gern erspart. Aber es mußte einfach heraus. So lief das mit ihr nicht. Kollege Scholten führte sich auf, als wäre die Entwicklung polizeilicher Verhörtechnik vor sechzig Jahren stehengeblieben. Gerade diese Typen beschädigten den Ruf der Polizei immer wieder nachhaltig. Aber in diesem Fall würde sie ein Stöcksken davortun.

»Lieber Herr Greven, was ich gerade mit Kollege Scholten – und mir kommt das Wort ›Kollege‹ nur noch mit Anstrengung über die Lippen – erleben mußte, ist wohl das erniedrigendste, was mir in meiner gesamten Laufbahn zugemutet wurde! Völlig durchgeknallt! Der schreckt neben psychischer Unterdrucksetzung auch vor physischen Attacken nicht zurück! Und das alles gegenüber jemandem, der womöglich unschuldig ist!«

Susanne mußte, nachdem sie Dampf abgelassen hatte, erst einmal Luft holen. Scholten blieb angesichts des heftigen Angriffs erstaunlich ruhig und sagte nichts. Hauptkommissar Greven nahm erneut die Brille von der Nase und polierte seufzend die Gläser. Dann wandte er sich an Scholten.

»Besorgen Sie uns dreien doch mal einen Kaffee, und schauen Sie auch, ob sich in der Kantine noch etwas Eßbares auftreiben läßt.«

Ohne zu murren verließ Scholten den Raum. Synchron mit dem Insschloßfallen der Bürotür setzte Greven seine Brille wieder auf.

»Ich glaube, ich muß, was Scholten betrifft, ein wenig für Klarheit sorgen. Womit ich sein oft ruppiges, zum Teil inakzeptables Verhalten nicht entschuldigen will. Aber erklären. Vielleicht kann ich Ihnen sein Verhalten ja ein wenig verständlich machen. Mir ist es bei meiner Arbeit immer so gegangen, daß, wenn ich erst einmal verstanden hatte, was in einem Menschen vorgegangen ist, was mit ihm passiert ist, bis es schließlich zum Verbrechen kam, ich ihn – nicht die Tat – akzeptieren, ja oft mit brüderlichem Blick betrachten konnte.«

Greven hüstelte verlegen. Susanne half ihm.

»Das ehrt Sie. Aber was hat das mit Scholten zu tun?«

»Es hat mit dem Blick zu tun, mit dem wir den anderen betrachten. Ob wir ihm gleich unser ganz persönliches Wertesystem überstülpen und ihn dann sofort zum Abschuß freigeben, wenn er aus der Reihe tanzt, oder ob wir neugierig auf das Warum sind und damit bereit, auch uns selbst in Frage zu stellen. Glauben Sie mir, Frau Straaten, nichts ist mir mehr zuwider als diese moralinsauren Gutmenschen, die alles in Schwarz und Weiß aufteilen, wobei dann der Rest der Welt meist ziemlich finster dasteht.«

Jetzt war es an Susanne, verlegen auf dem Stuhl herumzurutschen. Diesmal sprang Greven bei.

»Sie haben mit Ihrer Empörung ja völlig recht. So wie Sie mir das Verhalten des Kollegen schildern, geht es wirklich nicht. Glauben Sie mir, das werde ich ihm gleich höchstpersönlich beibringen.«

Susanne nickte, aber Greven war noch nicht fertig.

»Ich verabscheue übergriffiges Verhalten. Trotzdem, ich will den Kollegen mal von einer anderen Seite beleuchten. Ich arbeite jetzt schon seit fast zwanzig Jahren mit Scholten zusammen. Ich weiß, der Mann ist gut. Ein Schutzmann im Wortsinn. Wenn Sie dabei gewesen wären, wie er sich einmal einfach über eine Frau geworfen hat, der ihr alkoholisierter Ehemann mit dem Messer ans Leben wollte, würden Sie ihn lieben. Ich war dabei. Der Kerl hat Scholten perforiert wie ein Nadelkissen, ehe ich eingreifen konnte. Anschließend lag er wochenlang auf der Intensivstation. Seitdem genießt der Mann meine Hochachtung.«

Susanne liebte Helden. Sie war fast schon versöhnt.

»Warum sind Sie Polizistin geworden?«

Die Frage kam überraschend. Trotzdem brauchte sie nicht zu überlegen. Ihre Antwort kam wie aus der Pistole geschossen.

»Gerechtigkeit. Als ich siebzehn war, bin ich beim Trampen vergewaltigt worden. Den Täter hat man nie gefaßt. Mit achtzehn Abi, dann war ich dabei. Typen, die so etwas machen, dürfen einfach nicht frei herumlaufen.«

Greven nickte gedankenvoll.

»Sie glauben gar nicht, wie ähnlich Sie Scholten in Ihren Motiven sind. Gerechtigkeit, das treibt ihn bis heute um. Gerade dieser übersteigerte Gerechtigkeitssinn läßt ihn oft über das Ziel hinausschießen.«

Greven stand auf und ging zum offenen Fenster. Draußen zogen fröhliche Fahrradkolonnen zum nahen Auesee. Versonnen sah er hinaus und sprach fast zu sich selbst.

»Gerechtigkeit. So ein Humbug. Gibt es doch überhaupt nicht. Und wenn doch, dann sind wir nicht dafür zuständig.«

Er wandte sich um, stützte sich rückwärts mit beiden Armen auf der Fensterbank ab.

»Wissen Sie, Frau Straaten, der naive Glaube an Gerechtigkeit ist mir schon nach ein paar Dienstjahren abhanden gekommen. Ich habe mich dann mit dem Begriff Ordnung über Wasser gehalten. Jetzt gehe ich bald in Rente, und ich glaube angesichts des Chaos ringsum auch daran nicht mehr. Aber verdammt, Frau Straaten, wenn es nicht wenigstens ein paar Leute geben würde, die sich dagegen anstemmen, dann wäre doch alles sinnlos. Scholten ist so ein Don Quichote. Der hat sich sein kindliches Gerechtigkeitsideal bis heute erhalten. Und dafür hat man ihm ständig Nackenschläge verpaßt, während man mich beförderte.«

Ihr Zorn war weg, die Gewitterwolke weitergezogen. Die Bürotür flog krachend gegen die Wand. Scholten hatte sie von außen mit dem Fuß geöffnet. Die Hände brauchte er für das Tablett, auf dem drei Kaffeebecher und ein Teller mit ziemlich übernächtigt wirkenden Kuchenstücken hin- und herrutschten. Mitten im Raum blieb er, das Tablett noch in der Hand, stehen.

»Ihr braucht nichts zu sagen. Völlig unmöglich. Asche auf mein Haupt.« Er setzte das Tablett auf den Schreibtisch und schob jedem einen Kaffee hin. Dann wandte er sich an Susanne.

»Bin da wohl vorhin etwas übers Ziel hinausgeschossen. Aber

solche Sachen wie mit der zerstückelten Frau gehen mir selbst nach fünfundzwanzig Berufsjahren noch an die Nieren. Das trübt den Blick. Unverzeihlich. Ich war mir einfach sicher, daß wir den Huismann schon am Haken haben. Als der nach allem, was wir in der Hand haben, noch so ein kapitales Karnickel aus dem Hut zauberte, bin ich einfach hochgegangen.«

Scholten hielt Susanne die ausgestreckte Rechte hin. »Künftig halt ich mich zurück und überlaß Ihnen die Gesprächsführung. Nehmen Sie meine Entschuldigung an?«

Susanne ergriff beherzt die fleischige Hand.

»Schon vergessen, Kollege.«

Das Thema war erledigt. Übergangslos machte Greven da weiter, wo sie vorhin begonnen hatten.

»Also, was ist mit Huismann? Hat er doch ein Alibi?«

»Sieht fast so aus.«

Scholten rieb sich nachdenklich das stoppelige Kinn. »Samstagnacht will er einen Apothekeneinbruch in Schermbeck versucht haben, anschließend bei seiner Freundin, danach bei einem Punk-Konzert gewesen sein. Alles nachprüfbar, sagt Huismann.«

Hauptkommissar Greven stöhnte auf.

»Wenn das stimmt, dann ade, du schönes Sauerland. Ich kann's nicht glauben. Also prüfen wir die Sache nach. Kollege Meier drei schicken wir zur Apotheke nach Schermbeck. Sie, Frau Straaten, kümmern sich um die Freundin. Und Sie, Scholten, machen hier erst mal den Papierkram fertig, bevor Sie sich in Sachen Jugendkultur schlau machen. Punker liegen Ihnen doch, oder?«

Scholten nickte grimmig unter dem Feixen des Hauptkommissars. Greven klatschte in die Hände.

»Also ran. Auf geht's, Leute.«

*

Die Frau – Meier drei schätzte sie von hinten auf Anfang vierzig – hatte den wadenlangen Wickelrock um die Taille einen Tick zu heftig geschnürt. Der Speck unter dem gebatikten T-Shirt widersetzte sich der strengen Korsage mit zystenhafter Ausstülpung. Stramme Waden, durch ökologisch bewußtes Radfahren gestählt, endeten in den obligaten Birkenstocks. Entenschnäbel, im Neunzig-Grad-Winkel fest in den Boden gestemmt. Hier stehe ich und kann nicht anders. Hennarotes Haar, nur durch ein Tuch vom letzten Kirchentag gebändigt, erreichte die geschulterte Basttasche aus dem Dritte-Welt-Laden. Frisches Möhrengrün grüßte, korrespondierend mit dem appetitzügelnden Charme eines Brot-Briketts vom Bio-Bäcker. Meier drei hielt Abstand und lauschte fassungslos dem Gespräch zwischen Apotheker und Gesundheitsschnepfe.

»Ich fühle mich in letzter Zeit so abgespannt. Ausgelaugt, Herr Dreher! Ob das vielleicht was mit den Pilzsporen zu tun hat, die ich ständig einatme, wenn ich den Deckel von meinem Thermo-Komposter nehme?«

Der Apotheker richtete mit langgeübter Geste die füllige Silbermähne.

»Aromatherapie ist im Moment sehr gefragt. Von A wie Arnika bis Z wie Zichorie. Die ganze Palette jetzt zum Vorzugspreis von hundertfünfzig Mark.« Flugs hatte er einen Karton mit braunen Glasampullen auf den Tresen gezaubert.

»Kenne ich«, sagte die Schnepfe. »Schon probiert.«

Ein zweiter Karton landete auf dem Ladentisch.

»Bach-Blüten-Therapie. Soll wahre Wunder wirken.«

»Ist doch Schnee von gestern«, konterte die Abgespannte.

»Lebertran?« versuchte es der Apotheker.

»An den Artenschutz denken Sie wohl gar nicht.«

Glänzend pariert. Eine gewisse Schärfe kam in den Dialog.

»Ginseng? Garantiert pflanzlich!«

»Dafür bin ich doch wohl noch ein wenig zu jung!«

»Kwai-Knoblauch-Dragees!«

»Knoblauch habe ich selbst im Garten!«

Das Gesundheitsfußbett patschte rhythmisch auf den Boden. Die Schnepfe wartete siegesgewiß.

Da glättete ein befreites Lächeln Drehers angestrengte Züge.

»Heilende Steine. Das ist es! Uraltes Medizin-Wissen der Schamanen.« Schon wollte er nach hinten eilen, aber die vor Sarkasmus triefende Stimme riß ihn herum.

»Wollen Sie mich jetzt auf den Arm nehmen? Ich bin schließlich Akademikerin! Ich sagte Pilze! Die setzen sich im Darm fest und ziehen einem die Energien ab. Geben Sie mir eine Packung Glaubersalz! Reinigendes Entleeren, verstehen Sie? Und danach eine Woche Heilfasten.«

Die Dralle legte zwei Mark für das Abführmittel auf den Ladentisch, ergriff die Ware und verließ erhobenen Hauptes die Apotheke.

»Oberstudienrätin Vera von der Mark«, erklärte der geschlagene Apotheker. »Jede Woche ein neues Zipperlein. Dann kommt sie her und fragt ab, welche ultimative Erleuchtung gerade hoch gehandelt wird, um Körper und Geist gesunden zu lassen – immer stramm alternativ. Sei's drum, mit Glaubersalz liegt sie wahrscheinlich richtig. Okay, was kann ich für Sie tun?«

Meier drei besann sich seines Auftrags. Er zeigte seinen Dienstausweis. »Meier, Kripo Wesel.«

Der Apotheker zeigte nichts von der sonst typischen Ich-hab-doch-nichts-verbrochen-Reaktion, die sich meist einstellte, wenn die Polizei anklopfte.

»Der Speerspitze der Alternativ-Bewegung folgt die Staatsmacht auf dem Fuße. Das pralle Leben. Habe ich zuviel Hustensaft an Junkies verkauft?«

»Wir müssen eine Aussage überprüfen: In der Nacht von Samstag auf Sonntag soll gegen dreiundzwanzig Uhr ein Einbruchsversuch in Ihre Apotheke unternommen worden sein.«

Dreher blickte um sich.

»Hier? Unmöglich. Alle Scheiben sind heil, mein Kopf ebenfalls, und die Kasse steht auch noch an gewohnter Stelle. Tut mir leid, aber ein Einbruch hat hier in den letzten dreißig Jahren nicht stattgefunden.«

Meier drei ging zur Tür und öffnete sie.

»Wie gesagt, es soll sich nur um einen Versuch gehandelt haben. Uns liegt keine Anzeige vor, daher müssen wir den möglichen Tatort in Augenschein nehmen. Darf ich?«

Der Apotheker nickte.

Meier drei bückte sich und tastete den Rahmen der Tür ab. Keinerlei Spuren gewaltsamen Eindringens.

»Im übrigen hätte ich das hören müssen«, meldete sich der Apotheker vom Tresen. »Ich wohne direkt hier drüber, und am Samstag abend war ich zu Hause. Versuchen Sie es doch mal in Hamminkeln. Da gibt es auch eine Hildegard-Apotheke.«

Keine schlechte Idee. Huismann konnte ja in seiner Nervosität den Tatort verwechselt haben. Verständlich, wenn es um Kopf und Kragen ging. Meier drei verabschiedete sich und ging zu seinem Golf.

Die Mittelstraße nahm er im Schrittempo, beschleunigte auf der Freudenbergstraße und hielt den Bleifuß drauf, sobald er die B 58 erreicht hatte. Erst in Damm ließ er die Tachonadel sinken. Hier standen die Kollegen gerne, um die neue Radarpistole auszuprobieren.

Er bog bei Malberg ab, Richtung Marienthal. Die kurvenreiche Strecke durch die herrliche Landschaft machte ihm Spaß, genau wie dem Pulk Motorradfahrer, der ihn röhrend überholte. Meier drei ließ es allerdings gemächlicher angehen. Brünen kam in Sicht. Ungeduldig trommelte er mit den Fingern aufs Lenkrad. Zwei schwere Kies-Laster quälten sich röhrend mitten durch das hübsche Bilderbuchdorf. Drüben in der Gaststätte Majert-Tinnefeld war er nach dem letzten Treffen der Polizei-Gewerkschaft fürchterlich versackt. Schon war er vorbei. Nach ein paar Kilometern tauchten die neuen Flügel der Mühle Wesseling auf. Hamminkeln. Er querte die Kreuzung mitten im Dorf, schlängelte sich durch die zugeparkte Marktstraße, bog in eine enge Gasse und blieb vor der Hildegard-Apotheke Nummer zwei stehen.

Keine launige Studienrätin lenkte ab, und er sah gleich, daß es auch hier keine Einbruchsspuren gab. Fehlanzeige. Trotzdem schoß er seine Fragen ab, erntete aber nur Kopfschütteln. Eines war ihm jetzt völlig klar: Huismanns Geschichte war ein Märchen.

*

Susanne wäre fast der Hörer aus der Hand gefallen. Ina Deter röhrte ihr ins Ohr. *Ich schreib's an jede Wand, neue Männer braucht das Land.* Aber sofort wurde die Musik auf Hintergrundlautstärke gedrosselt, und Lauras Stimme war zu hören. »Weil das noch lange ein frommer Wunsch bleiben wird, ist hier die automatische Anrufbeantworterin des Frauentreffs Wesel. Unsere Beratungsstelle ist zur Zeit nicht besetzt. Du erreichst uns montags bis freitags in der Zeit von neun bis achtzehn Uhr. Solltest du ein unaufschiebbares Problem haben, sag's uns nach dem Pfeifton, wir hören das Band regelmäßig ab. Vergiß nicht, deine Telefonnummer zu hinterlassen, wir rufen zurück.«

Nachdenklich legte Susanne den Hörer auf. Wo war Laura? Zu Hause nicht, da hatte sie es schon mehrfach probiert.

Sie tippte Deryas Nummer ein. Fast augenblicklich wurde abgenommen.

»Derya? Ich bin's, Susanne!«

»So was! Dich wollte ich gerade anrufen! Ich habe zwei Kabarett-

Karten für heute abend: ›Ich bremse auch für Männer‹. Käme ich ja im Traum nicht drauf, aber trotzdem, irgendwie vielversprechend, der Titel. Eigentlich sollte Khalid mit, aber der hat getan, als hätte ich ihm 'nen unsittlichen Antrag gemacht. Um sieben bei mir, einverstanden?«

Susanne nutzte die Pause im kaskadenhaften Wortschwall.

»Derya, es brennt! Hast du inzwischen Laura erreicht? Ich muß sie unbedingt sprechen. Dienstlich.«

»Ich frag mich auch, wo die abgeblieben ist! Wegen ihr wäre meine schöne Eröffnung fast den Bach runter gegangen! Ich bin ganz schön sauer! Was ist denn los?«

»Es geht um ihren Freund.«

»Franz? Den kenn ich ganz gut. Netter Bursche.«

Susanne seufzte.

»Leider steht der nette Bursche unter dem dringenden Verdacht, eine Frau umgebracht und zerstückelt zu haben.«

Schweigen.

»Wie meinst du das?«

»So, wie ich es sage. Eine Frau wurde umgebracht und zerstückelt, und Franz Huismann ist der Hauptverdächtige.«

»Das kann nicht sein! Völliger Quatsch! Doch nicht Franz! Glaubst du das denn?«

»Ich weiß es ja auch nicht. Genau deshalb muß ich Laura sprechen. Sie kann ihm vielleicht ein Alibi geben.«

Derya überlegte.

»Laura macht doch eine Fortbildung. Systemische Therapie oder so. Die Teilnehmer treffen sich in unregelmäßigen Abständen übers Wochenende. Vielleicht mußte sie dringend zu so einem Treffen und konnte uns nicht mehr Bescheid sagen.«

»Hast du eine Adresse?«

»Nein. Soweit ich weiß, geht das immer reihum. Und ich kenn keinen von den Leuten. Auch nicht den Namen des Instituts, das die Fortbildung durchführt.«

Susanne verstand das alles nicht. Laura war zuverlässig und immer gut organisiert. Daß ihr die Ausstellungseröffnung einfach durchging, sie Termine doppelt belegte und dann auch noch ihre Bürozeiten nicht einhielt, war so gar nicht ihre Art. Ein ungutes Gefühl machte sich breit.

*

Das Richterzimmer im Dinslakener Amtsgericht war gediegen, aber sachlich ausgestattet. Schräg fiel die Sonne durch das hohe Fenster. Der scharfe Schlagschatten der Schreibtischlampe sah wie ein Galgen aus. Lediglich das einlullende Gebrumm einer Biene im Todeskampf war vom geschlossenen Fenster her zu hören. Der Haftrichter, der spätestens vierundzwanzig Stunden nach einer Festnahme das Fortbestehen der Haftgründe zu bestätigen hatte, war herausgerufen worden. Ein wichtiger Anruf, den er lieber von einem Nebenapparat führte.

Hauptkommissar Greven hatte Zeit, den Mann, der kerzengerade auf seinem Stuhl schräg neben dem Schreibtisch saß, zu betrachten. Die Körpersprache war eindeutig. Immer aufrecht, immer den Kopf oben. *Und wenn die ganze Erde bebt und die Welt sich aus den Angeln hebt*. Unerschütterliches Selbstbewußtsein, überlegene Distanziertheit, herrische Arroganz, nur mühsam kaschiert unter der dünnen Oberfläche demokratischer Umgangsformen.

Greven fühlte sich daran erinnert, was ihm sein Vater einmal über englische Kolonialbeamte erzählt hatte, die sich selbst in der Wildnis allmorgendlich korrekt rasierten und ihren Tee pünktlich um fünf Uhr nahmen. Laß dich gehen, und die Welt stürzt ein. Diese Typen hatte die Geschichte auf die Plätze verwiesen, und auch die Achillesferse des Herrenmenschen da drüben kannte er genau.

Huismann senior. Eine dicke Nummer in der Weseler Gesellschaft, alteingesessene Anwaltspraxis, Mann mit Einfluß. Und doch tat ihm der nur um wenige Jahre Ältere in seiner Verknöchertheit fast ein wenig leid. Die Zeit war vorangeschritten, aber Huismann hatte es nicht zur Kenntnis genommen.

Franz Huismann saß abseits.

Der verlorene Sohn. Er hatte mit seinem Vater bisher kein Wort gewechselt.

Das Schweigen wurde langsam peinlich. Greven bot seinem Gegenüber die Zigarillo-Dose.

»Nein, vielen Dank, ich rauche nicht. Aber lassen Sie sich durch mich nicht abhalten.«

Greven wäre nicht im Traum darauf gekommen. Sorgfältig setzte er den dünnen Stinker in Brand und nebelte. Huismann zog an.

»Dumme Geschichte, in die mein Sohn da hineingeraten ist. Aber ich denke, der Haftrichter wird dem Spuk gleich ein Ende bereiten. Haben Sie Kinder, Herr Greven?«

»Eine Tochter. Vor ein paar Wochen bin ich Großvater geworden. Am Wochenende ist Taufe.«

Huismann nickte freundliche Herablassung.

»Sie Glücklicher. Großvaterfreuden werden mir wohl versagt bleiben.«

»Nach allem, was wir wissen, ist Ihr Sohn doch in festen Händen.«

»Das ist mir nicht bekannt«, erklärte Huismann knapp. Die dünnen, zu einem Strich zusammengekniffenen Lippen signalisierten, daß das Eingangsritual damit abgeschlossen war. Nach den ersten vorbereitenden Zügen Läufer auf c4.

»Ehe ich es vergesse, richten Sie doch Doktor Vornefried bei Gelegenheit schöne Grüße aus. Den habe ich als Fuchs damals bei der Rhenania in Münster ein wenig unter meine Fittiche genommen.«

Angestrebtes Schäfermatt. Für wie blöd hielt er ihn eigentlich? Corps-Studenten, das war ja zum Piepen. Vornefried, lange Zeit Grevens oberster Boß, wärmte sich schon seit Jahren unter südlicher Sonne in einem kanarischen Vorruhestandsdomizil. Greven ließ sich nichts anmerken und rochierte.

»Wie klein die Welt ist. Ich richte es bei passender Gelegenheit gerne aus.«

Huismann war's zufrieden. Jetzt konnte es losgehen. Mittelspiel.

»Ich habe ausführlich mit meinem Sohn gesprochen. Er hat für die in Frage kommende Angelegenheit ein felsenfestes, wenn auch etwas anrüchiges Alibi. Sie kennen die Vergangenheit meines Sohnes?«

»Ja, Ihr Sohn ist uns bekannt.«

Huismanns Kiefer mahlten.

»Ich sehe, Sie sind im Bilde. Über den albernen Mordverdacht brauchen wir uns also nicht mehr zu unterhalten. Mein Sohn hat zu fraglicher Zeit versucht, in eine Apotheke einzubrechen. Das hat er Ihnen ja bereits gesagt. Nicht schön, aber zu so etwas werden Kranke nun mal getrieben, wenn man ihnen ihr Medikament verweigert.«

Franz nickte abwesend.

Hauptkommissar Greven war über den akzeptierenden Ansatz in Drogenfragen wenig erstaunt. So lief das immer. War die eigene Brut betroffen, wurden selbst Betonköpfe zu Erneuerern.

»Ich kann also damit rechnen, daß mein Sohn noch heute auf freien Fuß kommt?«

Greven mußte dem alten Mann den Schlag versetzen. Endspiel.

»Es tut mir aufrichtig leid. Aber ich vermute stark, daß der Haftrichter gleich veranlassen wird, daß wir Ihren Sohn noch ein wenig bei uns behalten.«

*

Montagabend. Franz fühlte sich in der engen Verwahrzelle in der Weseler Kreispolizeibehörde wie in einem Wartezimmer. Wann war er endlich dran?

Schlüssel rasselten. Ein Uniformierter holte ihn ab.

Treppauf, dasselbe Büro wie am Mittag.

»So, Herr Huismann. Die Kollegen Meier, Scholten und Straaten kennen Sie ja bereits. Nehmen Sie bitte Platz.«

Hauptkommissar Greven wies auf einen Stuhl in der Mitte des Raumes.

»Vielen Dank, ich stehe lieber.«

»Trotzdem, setzen Sie sich«, sagte Greven bestimmt. »Über Ihre Apothekengeschichte wollen wir jetzt kein Wort mehr verlieren. In der anliegenden Mordsache haben wir allerdings noch erheblichen Klärungsbedarf. Und Sie werden jetzt hier die Schleier lichten.«

Franz ließ sich ergeben auf den Stuhl fallen. Was wollten die von ihm? Er konnte doch absolut nichts zur Aufklärung des Verbrechens beitragen.

»Hören Sie! Mir ist die ganze Angelegenheit genauso rätselhaft. Ich kann Ihnen nicht helfen, kapieren Sie das doch endlich! Ich war mit was anderem beschäftigt, als der Mord geschah!«

Der Hauptkommissar ließ die flache Hand klatschend auf die Schreibtischplatte sausen.

»Jetzt ist aber Schluß! Überspannen Sie den Bogen nicht. Meine Geduld ist langsam am Ende!«

Greven nickte Meier drei zu, der sofort loslegte.

»Ich habe mir die Hildegard-Apotheke in Schermbeck angesehen. Ein Einbruchsversuch hat dort nicht stattgefunden. Keinerlei Einbruchsspuren. Auch vom Tatwerkzeug, das Sie vergessen haben wollen, keine Spur. Der darüberwohnende Apotheker gibt an, in besagter Nacht keine verdächtigen Geräusche bemerkt zu haben. Um eine Verwechslung auszuschließem, war ich noch in Hamminkeln, wo es eine Apotheke gleichen Namens gibt. Ergebnis: Null.«

»Fehlanzeige auch in der Lindenwirtin«, schaltete sich Scholten ein, der in Franz' Rücken saß. »Hab mich ein bißchen in dem Saustall umgesehen. Zweimal bin ich mitten im Haus in Hundescheiße getreten. Samstag nacht war da zwar Musik, aber von den Gestalten, die da hausen, kann sich keiner an Sie erinnern.«

»Und Ihre mir persönlich bekannte Lebensgefährtin Laura Meister ist auch nicht aufzutreiben«, meldete sich Susanne von links. »Sie befindet sich nach Angaben einer Freundin wahrscheinlich bereits seit Freitag nachmittag auf einem Fortbildungsseminar. Leider ist der Tagungsort nicht bekannt.«

Das war ein Scherz. Franz blickte in das ernste Gesicht des Hauptkommissars. Oder doch kein Scherz? Verdammt, die meinten das ernst. Was war bloß schiefgelaufen? Natürlich. Karl hatte die Sache vergeigt. Hätte er sich doch denken können, daß der für so etwas nicht beherzt genug war. Wahrscheinlich hatte er nur ein bißchen an der Tür gerappelt und war sofort in Panik abgehauen. Das präparierte Brecheisen hatte dann vermutlich irgend jemand mitgenommen. Franz war auf einmal alles klar. Karl, diese Flasche.

Daß sich keiner aus der *Lindenwirtin* an ihn erinnerte, wunderte ihn nicht, bei dem Alkohol- und Drogenkonsum. Wenn sich da mal ein Penner für ein Stündchen mit dazu setzte, speicherte das niemand gesondert ab. Ein Alibi von einem dieser Typen würde wahrscheinlich sowieso nicht ernstgenommen werden.

Blieb noch Laura. Aber würde man ihr, seiner Freundin, glauben? Weitere Zeugen gab's ja nicht. Und diese eine Stunde, die sie belegen konnte, würde ihn auch nicht raushauen. Wahrscheinlich kam er als Mordverdächtiger dann immer noch in Frage. Nein, Laura konnte ihm jetzt nicht helfen. Aber wo war sie? Auf einem Seminar bestimmt nicht. Schließlich hatte er sie Samstagabend nicht nur leibhaftig gesehen.

Außerdem wollte sie am nächsten Morgen zur Ausstellungseröffnung. Sie hatten noch darüber gesprochen. Wahrscheinlich war irgendwas mit ihrer kranken Mutter, und sie war hingefahren. Vielleicht ganz gut so. Besser, Laura kriegte von dem ganzen Rummel hier nicht alles mit.

»Wissen Sie, Herr Huismann«, unterbrach Greven seine Überlegungen, »mir ist völlig schleierhaft, wie ein intelligenter Mensch wie Sie uns so ein durchsichtiges Märchen auftischen konnte. Ihnen mußte doch klar sein, daß wir schnell dahinterkommen würden, daß die ganze Geschichte von vorne bis hinten erlogen ist.«

Was sollte er darauf antworten. Die glaubten ihm sowieso kein Wort mehr. Seine Fingerabdrücke waren schließlich überall und auch auf dem Leichensack. Statt sich zu entlasten, hatte er immer mehr Minuspunkte eingefahren.

Es half alles nichts. Jetzt hieß es Fakten bringen.

Das, was er so trickreich verschleiern wollte, mußte er jetzt zum eigenen Schutz preisgeben. Besser absehbare Zeit für einen von ihm tatsächlich begangenen Einbruch absitzen, als lebenslang für einen bestialischen Frauenmord einzufahren, mit dem er nicht das geringste zu tun hatte. Er gab sich einen Ruck.

»Ich hatte eben gehofft, daß Sie den Täter inzwischen finden«, sagte Franz lahm. »Ich bin's wirklich nicht gewesen. Fatale Duplizität der Ereignisse. Zur gleichen Zeit, die sich irgendein Abgedrehter ausgesucht hat, um eine Frau zu killen, hab ich einen Einbruch durchgezogen. Ironie des Schicksals.«

»Wir hatten uns doch darauf verständigt, die Mätzchen jetzt zu lassen!« giftete Susanne.

»Nein, wirklich«, sagte Franz. »Nicht in die Apotheke. Bei meinem Chef. Bei Schulze. Und es ging um weit mehr, als bloß um ein paar Pillen.«

Scholten hatte alle guten Vorsätze vergessen. Heftig riß er den vor ihm Sitzenden am Arm herum.

»Schluß mit Käpt'n Blaubär! Was glaubst du, was das hier ist? Ein Kindergeburtstag? Die Haltet-den-Dieb-Nummer ist schon nicht neu, aber zweimal die gleiche Scheibe aufzulegen, ist 'ne Frechheit! Für so was gibt's normalerweise direktemang was vor die Glocke! Junge, ich dreh dich durch den Wolf, wenn du nicht endlich Tacheles redest!«

Greven klopfte energisch mit den Knöcheln auf den Tisch.

»Das reicht, Scholten!«

»Sorry.« Scholten schubste Franz angewidert in die alte Position zurück.

Greven fixierte Susanne. Sie zuckte nur mit den Achseln, als hätte sie den Ausbruch nicht bemerkt. Er wandte sich wieder an Franz.

»Schulze, ist das der Bauunternehmer, für den Sie seit einiger Zeit als Fahrer arbeiten? Ein Freund Ihres Vaters. Er hat mir davon erzählt. Ausgerechnet bei dem wollen Sie eingestiegen sein?«

»Genau. Samstag nacht kurz nach elf. Dann ist Schulze immer für eine Weile mit seinem Hund unterwegs. Er hatte über hundert Riesen in seinem Arbeitszimmer gebunkert. Schwarzgeld wahrscheinlich. Ich habe das mal durch Zufall entdeckt. Die habe ich mir geholt.«

Ungläubiges Schweigen.

Greven polierte wieder seine Brille. Dann schob er Meier drei das Telefonbuch herüber.

»Rufen Sie mal bei Schulze an.«

Meier drei begann zu blättern. Scholten tippte Franz auf die Schulter. Franz zuckte zusammen, als hätte man ihn geschlagen.

»Schau mal, was ich hier habe.«

Franz drehte sich widerwillig um. Scholten hielt ihm ein Plastikröhrchen mit Verschluß hin.

»Die Ermordete hat kurz vor ihrem Ableben Geschlechtsverkehr gehabt. Morgen früh will ich das mit Füllung zurück haben.«

Franz verstand kein Wort.

»Spermavergleichsprobe, wird doch nicht so schwierig sein. Du hast ja gleich in der Zelle genügend Ruhe und Zeit dazu.« Scholten machte eine eindeutige Handbewegung. Empört schnappte Franz, der endlich kapiert hatte, nach dem Röhrchen und drehte sich, rot bis unter die Haarwurzeln, wieder um. Inzwischen war die Verbindung zustandegekommen.

»Guten Abend, Herr Schulze, hier Meier, Kripo Wesel. Es wird Ihnen wahrscheinlich merkwürdig vorkommen, aber ich muß Sie das fragen. Ist bei Ihnen in der Nacht von Samstag auf Sonntag eingebrochen worden? – Nein? – Aha. – Vielleicht haben Sie es noch gar nicht bemerkt. – Ja, ich warte.«

Meier drei deckte die Sprechmuschel ab.

»Der hält mich für plemplem, aber er geht trotzdem mal nachschauen.«

Franz war zu geschockt, um Meiers Worte in ihrer ganzen Tragweite zu begreifen. Schulze mußte das Durcheinander in seinem Arbeitszimmer doch längst bemerkt haben. Unter Hochspannung wartete er auf die Fortsetzung des Gesprächs.

»Aha. – Da sind Sie ganz sicher? – Und Sie haben auch nicht große Mengen Bargeld im Haus, die Einbrecher reizen könnten? – Nein, das ist kein schlechter Scherz. Sie können auf dem Präsidium zurückrufen und Hauptkommissar Greven verlangen. – Entschuldigen Sie nochmals die Störung.«

Meier drei legte den Hörer auf und sah in die Runde.

»Bei Schulze hat kein Einbruch stattgefunden. Viel Geld hat er auch nicht im Haus und schon gar nicht hundert Riesen. Das ist ein seriöser Geschäftsmann. Der ist doch nicht verrückt, die dicken Scheine in seinen eigenen vier Wänden zu bunkern.«

Greven sah sofort, was mit Franz los war. Von einer Sekunde auf die andere war alles Blut aus seinem Gesicht gewichen. Leichenblaß schlingerte er auf dem Drehstuhl wie ein Betrunkener.

»Paß auf, Scholten, der macht schlapp!«

Zu spät. Mit dem häßlichen Geräusch, das ein aufschlagender Körper verursacht, hatte sich Franz fürs erste von den Kripoleuten verabschiedet.

FÜNF

Georg Schulze verfluchte seinen Vater. Nicht nur, daß er ihm tagsüber das Leben in der Firma zur Hölle machte, nein, heute hatte er ihm auch noch den Abend versaut. Schulze junior sah auf die Uhr. Es war kurz vor zehn. Der Alte hatte zwar auf Punkt elf Uhr bestanden, aber er konnte des Sohnes Gehorsam ja nicht kontrollieren. Jetzt saßen die Kumpels bei Fehr und klopften einen zünftigen Doppelkopf, und er mußte mit Papas Fifi Gassi gehen. Es war zum Heulen.

Schulze senior war nach Brandenburg gefahren, um einen abgewrackten Seilbagger und einen Radlader aus den Goldgräberzeiten des Baugewerbes zu verscherbeln. So etwas nahm er gern selbst in die Hand, wenn es auch nur ein paar Tausender einbrachte. Nur Wotan hatte er nicht mitnehmen können. Damit der nicht sein Abendkackerchen im Zwinger erledigen mußte, war Georg dienstverpflichtet worden, um bei der gewohnten Spaziergangstunde einzuspringen.

Wotan gebärdete sich in einseitiger Freude wie toll, als Georg mit der Leine auf den Zwinger zusteuerte.

»Na, Wotan, alte Mißgeburt«, redete Georg mit freundlicher Stimme den Doppelkopfverhinderer an, »weißt du eigentlich, was das erste ist, was ich mache, wenn der Alte mal den Löffel abgibt?«

Wotan leckte Georg die Hände, während der die Leine am Halsband einhakte.

»Dann schieß ich dich mit einer seiner Jagdflinten über den Haufen. Ja, braver Hund«, er kraulte den Hals des Tieres, »oder ich verkauf dich an ein Labor für Tierversuche.«

Unter in liebevollem Ton vorgetragenen Haßmonologen gegen Hund und Herrn machten sie sich auf. Wotan, des Deutschen offenkundig nicht mächtig, kümmerte sich nicht weiter um das Gebrabbel und zog an der Leine. Unter intervallartigen Stops, in denen der Hund alle Laternenpfähle und Straßenbäume des Weges netzte, erreichten sie den Wald. Georg starrte jedesmal hoffnungsvoll auf das Hinterteil des Vierbeiners, aber der tat ihm nicht den Gefallen, sich nur dieses eine Mal vorzeitig zu erleichtern. Georg knipste die Taschenlampe an und gab den Plan auf, heute doch noch bei Fehr aufzulaufen.

Sie bogen von der RWE-Straße rechts ab und erreichten bald einen Bachlauf, der allerdings jetzt mitten im Sommer kein Wasser führte. Plötzlich bleckte Wotan unter Knurren die Zähne, begann laut zu bellen und wie verrückt an der Leine zu zerren. Georg gab nach und stolperte hinterher. Vielleicht hatte das Mistvieh ja einen bestimmten Platz, wo es sein Geschäft erledigen wollte. Im Laufschritt ging's das trockene Bachbett hoch. Nach einer Biegung verbreiterte es sich kesselartig. Kinder pflegten hier im Herbst Staudämme zu bauen. Quer über die Vertiefung war eine vom letzten Sturm entwurzelte Fichte gestürzt.

Ein mannshohes, roh aus armdicken Ästen zusammengezimmertes Kreuz lehnte dagegen. Irgendwas war daran festgemacht worden. Georg richtete den Strahl der Taschenlampe darauf. Dann quiekte er los.

Der Kopf war mit dem langen Haar an die Verbindungsstelle der sich kreuzenden Äste gebunden. Rechts und links befanden sich in gleichem Abstand zwei mit langen Zimmermannsnägeln angeheftete wächserne Hände. Auch die Füße am Vertikalbalken fehlten nicht. Eine Kreuzigung, eindeutig. Nur, daß der dazugehörige Körper abhanden gekommen war.

Georg, dem Horror-Genre ansonsten durchaus zugetan, hatte genug. Auf dem Absatz machte er kehrt und stürzte davon. Jetzt war er es, der seinen Begleiter an der Leine hinterherzerrte. Keinen Moment hatte er angenommen, daß er hier einem Ulk aufsaß. Da waren die weit aufgerissenen Augen, die ihn angestarrt hatten. Das, da war sich der passionierte Videofreund sicher, kriegte kein Maskenbildner hin.

Auf der Straße angelangt, kam er wieder zu sich. Der ungewohnte Sprint hatte zwar seinen Kreislauf auf kollapsverdächtige Drehzahl geschraubt, aber sein Verstand arbeitete wieder. Jetzt bloß nicht durchdrehen. Er kraulte japsend Wotans Haupt. Das starke Tier verströmte Sicherheit. Er war nicht allein. Mit neu erwachter Sympathie schaute er auf Hund. Sollte der Finsterling, der da ein einsames Passions-Spiel aufgeführt hatte, hinter Büschen lauern, um auch ihn zu zerfetzen, der brave Wotan würde über ihn kommen und ihn in Stücke reißen.

Georg straffte sich und fummelte das Handy aus der Hosentasche. Er mußte die Polizei anrufen.

Plötzlich schoß ihm ein Gedanke durch den Kopf. Vielleicht konnte er ja seiner Bürgerpflicht Genüge tun und einem alten Freund die Chance seines Lebens eröffnen. Ritualmord kam ja schließlich nicht so häufig vor. Er tippte die Nummer von Ferdi Fleischmann ein. Nach etlichen Tutern kam die Verbindung zustande.

»Georg hier. Paß auf, Ferdi. RWE-Straße. Rechts rein den Wanderweg in Richtung Gut Aap, du kennst den trockenen Bachlauf.«

Er wurde von Fleischmann unterbrochen.

»Nein, ich bin nicht besoffen. Halt jetzt mal den Kopf dicht und hör zu. Wenn du den Bachlauf hochgehst, stößt du auf ein Holzkreuz. Irgendein Verrückter hat da Leichenteile drangenagelt. Wahnsinn. Nimm deinen Fotoapparat mit. Das ist deine Chance, groß rauszukommen. Ich mach mich jetzt vom Acker. Ich will mit der ganzen Sache nichts zu tun haben. Aber exakt um zweiundzwanzig Uhr dreißig informiere ich anonym die Bullen. Du hast also 'ne halbe Stunde Vorsprung.«

Georg nahm den Apparat vom Ohr. Das Salbadere von Fleischmann ging ihm auf die Nerven. Dann brüllte er genervt dazwischen.

»Mir wird das hier ungemütlich, Junge! Also entweder du glaubst mir, oder du erfährst die ganze Geschichte morgen von der Polizei-Pressestelle!«

*

Fleischmann hatte sich gerade auf einen gemütlichen Abend zu Hause vorbereitet. Er steckte schon im Freizeitdress. Angesichts der sommerlichen Hitze hatte er ein kurzärmeliges Schalke-Trikot XXL und die dazu passenden Shorts gewählt. Die Heimatfilm-Kassette mit der üppigen Dolly Buster, eine der berühmtesten Weseler Frauengestalten, war bereits angelaufen. Eiskaltes Diebels, Chips und Erdnüsse standen bereit.

Nachdenklich hielt er den Hörer trotz der längst nicht mehr bestehenden Verbindung in der Hand. Flop oder Scoop, das war hier die Frage. Silikonimplantate wabbelten lockend vom Bildschirm her. Aber Fleischmanns Arbeitsethos setzte sich gegenüber der Filmkunst durch.

Kurz entschlossen riß er den Trench vom Haken und nahm seine Kamera. Dann stürzte er zum Aufzug.

Eine halbe Minute später stand er in der Tiefgarage. Daß er noch immer seine Badelatschen trug, merkte er erst, als er dem BMW mit nackter Ferse die Sporen gab. Fünf Minuten später war er am Wittenberg.

Er parkte noch im Wohngebiet. Die restlichen hundert Meter auf der unbewohnten Straße, die in den Wald führte, ging er zu Fuß. Er sah auf die Uhr. In spätestens zwanzig Minuten würde hier der Bär los sein. Dann wollte er seinen Wagen nicht mitten im Polizeigetümmel stehen haben. Lieber ein paar Schritte laufen und dann später diskret verschwinden.

Fleischmann sputete sich, soweit sein sanitäres Schuhwerk dies zuließ. Der Trench wehte, die Kamera hüpfte auf dem prallen Schalke-Ballon. Gänsehaut verbreitete sich, an den fleischigen Waden beginnend und über die sich wuchtig schwingenden Stempel fortsetzend. Vielleicht hätte er sich doch etwas überziehen sollen.

Da brach Oberstudienrätin Vera von der Mark aus dem Gehölz. Nach der Last der anstrengenden Schülerdressur rekreierte sie sich abends gern mit schweiß- und gesundheitsförderndem Waldlauf. Auf der RWE-Straße gab sie noch mal richtig Gas. Zielgerade. Lauer Abendwind blies die Wolke weg, hinter der sich der Vollmond breit grinsend auf den Zusammenprall des Pärchens freute.

Noch hatte die hennarote Walküre den Blick fest auf dem Asphalt. Erst im letzten Moment hob sie die Augen und gewahrte entsetzt die kurzbehoste, bleiche Fleischwalze im Trench, die da, spotartig vom gnadenlosen Mondlicht beschienen, auf Kollisionskurs heranrauschte.

Grell stieg ihr Schrei zum Nachthimmel. Fleischmanns Exhibitionisten-Outfit hätte allerdings auch hartgesottenen Monty-Python-Fans den Angstschweiß auf die Stirn getrieben. Sie schlug einen Haken wie Meister Lampe beim Kesseltreiben. Nacht des Grauens. Sollte jetzt wahr werden, was sie nur aus lustvoll-schauriger Illustriertenlektüre kannte? Die ganze Power, mit der sie sich beim letzten Wendo-Selbstbehauptungstraining aufgepumpt hatte, war mit dem Angstschrei ausgehaucht. Jetzt versuchte das Monster vor ihr, sie auch noch einzufangen.

In der Tat hopste Fleischmann, der als sensibles Gemüt sofort gemerkt hatte, daß er als Angstgegner ausgemacht war, mit ausgebreiteten Armen auf der Straße herum, um die Durchgegangene zu zügeln.

»Nun beruhigen Sie sich doch, gute Frau. Ich will Ihnen doch nichts. Schauen Sie ...«

Aber Vera wollte nicht schauen. Bloß das nicht! Noch ein Haken, und sie war an dem wabbeligen Nachtmahr vorbei. Dann startete sie durch. Fleischmann starrte ihr konsterniert hinterher. Sport war ja eine schöne Sache, aber mußte denn immer alles übertrieben werden? Kopfschüttelnd setzte er seinen Weg fort.

Kurze Zeit später war er am Bachlauf. Das Terrain kannte er ganz genau. Seine Eltern hatten ihn damals, voll der guten Absicht, einer kirchlichen Jugendgruppe zwecks Sozialtraining ausgeliefert. Nur ungern erinnerte er sich der Geländespiele, bei denen er immer der Gehänselte gewesen war. Aber die Zeit heilt alle Wunden. Jetzt hatte er den Finger am Abzug. Mit der Linken bändigte er das hopsende Fotografier-Gerät. In Gedanken verhandelte er bereits mit *Bild* und *Stern* über die Fotorechte. Immer würde unten rechts ganz klein »Foto: Fleischmann« gedruckt sein, darauf würde er bestehen.

Wie auf Eiern stakste er in den hinderlichen Schlappen das holprige Bachbett hoch. Dann ging er um die Biegung.

Tatsächlich, ein Kreuz mit was dran. Viel zu dunkel, um Genaueres auszumachen. Furchtlos trat er näher. Junge, Junge! Georg hatte wirklich nicht übertrieben. Seine Hand machte sich selbständig und befingerte das an den Haaren aufgehängte Haupt. Dessen eindeutige Konsistenz ließ ihn wie nach einem Stromschlag zurückschrecken. Es grummelte im Darm. Jetzt bloß die Ruhe bewahren.

Er trat einen Schritt zurück und riß die Kamera hoch. Der ratternde Transportmotor verursachte Geräusche wie das Schloß einer automatischen Waffe. Gleißendes Blitzlicht umzuckte ihn. Endlich war der Film durch. Unerträgliche Stille. In kurzen ruckartigen Abständen tauchten die Konturen ringsum schemenhaft immer deutlicher auf. Mit der zurückkehrenden Welt kam auch die Angst. Seine Nerven waren aufs Äußerste gespannt. Bloß weg hier! In der Grabesstille wirkte das Geraschel im Farn auf Fleischmann, als wäre der Golem unterwegs.

Da, schon wieder! Das Knacken kam näher, die Spitzen des Farnkrauts bewegten sich. Kein Zweifel möglich, da robbte jemand heran. *A Faint Cold Fear Thrills Through His Vains.* Fleischmann bewegte sich langsam zurück. Einen solchen Horror hatte er das letzte Mal vor dreißig Jahren erlebt, als ihn sein Großvater vor dem im Kleiderschrank wohnenden Bullemann gewarnt hatte. Am nächsten Abend hatte Opa sich dann im Schrank versteckt. Mit ähnlichem Erfolg, den jetzt das im Kraut rumorende Wesen erzielte. Damals war ihm das gleiche peinliche Malheur passiert wie jetzt. Warm kleckerte es am nackten Bein herab.

Man kannte das ja. Der Täter kehrt immer an den Ort der Tat zurück. Beschleunigtes Geraschel. Da war der Unhold auch schon. Fleischmann wandte sich zur Flucht, aber die sich garstig sträubende Fußbekleidung fällte ihn nieder. Sofort rappelte er sich auf und stürzte in kopfloser Panik davon. Für das, was hinter ihm geschah, hatte er keinen Blick.

Ein Reh trat auf die kleine Lichtung und äste unter den abgehackten Füßen. Fleischmann verpaßte diese Hermann-Löns-Gedächtnisminute. Aber schließlich hätte er das Thema auch gekannt. Bis heute hing so etwas – abgesehen von einigen Details – über dem Sofa seiner Eltern.

Mit Tempo, aber orientierungslos schlappte Fleischmann durch den Wald. Daß er in blinder Hast die Asphaltstraße längst gequert hatte, war an ihm vorbeigegangen. Äste peitschten unbarmherzig. Plötzlich tauchte wie ein Leitstern das freundliche Neonleuchen einer Bierreklame auf. Licht, Menschen, Zivilisation. Er war gerettet. Am Restaurant *Hohe Mark* stürzte Fleischmann aus dem dunklen Tann.

Gerade hatte ein Taxi einen verspäteten Gast abgeliefert und wendete in Richtung Stadt. Einer spontanen Eingebung folgend sprang Fleischmann mitten auf den Waldweg und ruderte mit den fetten Ärmchen. Der Fahrer erkannte seinen alten Bekannten trotz der Aufmachung im grellen Licht der Scheinwerfer sofort. Der schon wieder. Unglaublich. Was klebte denn da am rosigen Schenkel? Ach du Scheiße. Ekelhaft.

Durchdrehende Hinterräder und Hup-Stakkato. Fleischmann hechtete, als wolle er ein Golden Goal verhindern. Kurz leuchteten noch die Bremslichter auf, dann war der Wagen hinter der nächsten Biegung verschwunden. Fleischmann seufzte, wieder mal irgendwie dumm gelaufen.

Mit waidwundem Auge suchte er den tröstlichen Schein der Bierreklame. Sofort stellte sich neuer Lebensmut ein. Stöhnend brachte er den geschundenen Leib in die Senkrechte. Nach dem Hechtbagger in die Brennesseln juckten die vielen unbekleideten Körperpartien höllisch. Aber durch ein paar lächerliche Kalamitäten ließ er sich nicht den Schneid abkaufen. Fleischmann straffte sich und schaute auf den dicken Bucker seiner Armbanduhr. Selbst in dreißig Meter Wassertiefe würde er immer genau wissen, was die Stunde in Washington D.C. geschlagen hatte.

Aber jetzt interessierte ihn nur Ortszeit. Zweiundzwanzig Uhr dreißig, Georg griff wahrscheinlich gerade zum Telefonhörer. Fünf Minuten bis zu seinem Wagen, zehn Minuten bis zur Redaktion, eine halbe Stunde für das Entwickeln der Bilder, den dazugehörigen Aufmacher würde er zwischendurch formulieren. Machte eine Dreiviertelstunde. Der Text fertig im Computer, die Bilder über den Scanner direkt ins Druckhaus gesendet. Bis zum Andruck würde er die Sensation im Blatt haben. Schnell, schneller, Fleischmann. Er rieb sich die Hände. Die Gallenkolik, die seinen vorgesetzten Intimfeind vor Neid bei der Frühstückslektüre ereilen würde, war programmiert. Er war eben die Nummer Eins in Wesel. Fleischmann! Es kann nur einen geben.

*

»Das darf doch nicht wahr sein!«

Angewidert warf Scholten die Dienstag-Ausgabe des Niederrhein-Boten in den Papierkorb.

»Wir sind doch nicht in England! Ein Provinzblatt und dann solche Bilder. Aber wie konnte der Pressepiffel so schnell Wind von der Sache bekommen? Wer hat da geplaudert? Der war doch vor uns da. Unglaublich. Aber uns den Mord zu melden, sitzt nicht drin. Fleischmann heißt die Kanaille. Den kaufe ich mir noch.«

Hauptkommissar Greven verteilte Kaffee in zwei Tassen. Daß gerade sein rauhbeiniger Kollege sich um den Verfall von Pietät und guten Sitten sorgte, amüsierte ihn.

»Nun machen Sie mal halblang, Scholten. Wahrscheinlich hat den unser anonymer Spaziergänger auch informiert. Und dann war der Schmok halt ein bißchen schneller als wir. Seien Sie doch froh über die Öffentlichkeitsarbeit. Beim Kollegen Meier drei dürfte gleich das Telefon nicht stillstehen. Ein Kasten Bier, daß wir bis Mittag unsere Leiche identifiziert haben. Die Tauffeier in Körbecke rückt in greifbare Nähe.«

Das Telefon klingelte. Scholten riß den Hörer ans Ohr. Sein grantiges Gesicht glättete sich wie der Himmel nach einem Sommergewitter. Die Sonne ging auf. Scholten strahlte.

»Heureka. Das war das Labor. Huismanns Spermaprobe stimmt mit der aus der Leiche überein. Die Flecken auf dem Overall, den wir am Haken hinter der Schuppentür gefunden haben, stammen vom Blut der toten Frau. Das Teil ist dem Flores viel zu klein. Müßte mit dem Teufel zugehen, wenn das Ding nicht unserem Geschichtenerzähler gehört.«

Grevens Empfindungen schwankten zwischen Genugtuung und Zweifel. Irgendwie lief das alles sehr glatt.

»Wie der Junge da vom Stuhl gekippt ist, das war doch nicht gespielt. Haben wir wirklich alle Spuren mit der gebotenen Sorgfalt verfolgt, oder schießen wir uns simpel auf den erstbesten Verdächtigen ein? Ich habe ein komisches Gefühl.«

»Jetzt machen Sie aber mal einen Punkt. Erstbester? Das Beweismaterial ist erdrückend. Seine Lügengeschichten machen ihn nur noch verdächtiger. Und das letzte Mosaiksteinchen haben wir auch bald. Ist erst die Identität der Toten geklärt, führt eine direkte Linie zu Huismann junior. Da gebe ich Brief und Siegel drauf.«

Greven mußte dem Kollegen zustimmen. Es paßte alles zusammen. Wenn Franz Huismann wirklich unschuldig war, warum sagte er dann nicht einfach, wo er Samstag nacht gewesen war. Seine absurden Märchen konnten doch niemanden darüber hinwegtäuschen, daß er kein Alibi hatte. Wußten sie erst, wer die Tote war, würde sich die Sache ganz von allein aufklären.

Greven hatte noch nie, von Raubmord einmal abgesehen, einen Mordfall erlebt, bei dem es sich nicht um eine Beziehungstat gehandelt hatte. Den eiskalten Engel der Mafia oder den großen Unbekannten gab es doch gar nicht, zumindest nicht am Niederrhein. Man brauchte stets nur lange genug im oft verworrenen Beziehungsgestrüpp der Beteiligten zu wühlen, dann stieß man fast immer auf den Schuldigen. Nicht umsonst war die Aufklärungsrate bei Morddelikten so hoch. Nein, nein, Huismann war dran. Noch heute würden sie ihn festnageln.

*

Susanne hatte noch genügend Zeit für ein ausgiebiges Frühstück. Sie hatte sich ein paar Stunden frei genommen. Um 9.45 Uhr war große Pause in der Gesamtschule. Für diese Zeit war sie von Jonas' Lehrerin einbestellt worden. Susanne hatte keine Ahnung, um was es ging, und der Junge rückte auch nicht mit der Sprache heraus. Eigentlich hatte er die Trennung der Eltern ja ganz gut verkraftet. Seine schulischen Leistungen hatten jedenfalls nicht gelitten. Mußte sich um etwas anderes handeln. Ob Jonas etwas ausgefressen hatte? Aber vielleicht hatte die Lehrerin ja auch Erfreuliches zu vermelden.

So getröstet wandte sie sich der Zeitung zu. Wie immer fummelte sie zuerst den Lokalteil heraus. Sie starrte entgeistert auf Seite eins. Wie im Fieber verschlang sie Fleischmanns Bericht. Das war ja ein Ding! Und da riefen die Kollegen nicht sofort bei ihr an? Heiße Wut stieg in ihr hoch.

Sie wollte schon aufspringen und zum Telefon eilen, da stutzte sie. Dicht hielt sie sich das körnige Zeitungsfoto vor die Augen. Dann nahm sie eine Lupe zur Hilfe. Sicher, die Züge der Toten waren entstellt. Aber das lange Haar, die Stupsnase, die hohen Wangenknochen.

Susanne erstarrte.

Bitte, bitte nicht!

Aber je mehr sie sich einzureden versuchte, daß sie sich irrte, um so deutlicher erkannte sie das Gesicht.

Sie mußte Gewißheit haben.

*

Derya schien ständig neben dem Telefon zu hocken. Nach dem ersten Klingeln hob sie ab.

»Derya! Ich glaube, es ist etwas Schreckliches geschehen!«

Susanne hatte Mühe, ihre Stimme unter Kontrolle zu halten. »Hast du was von Laura gehört?«

Aber die Freundin zerbröselte den Strohhalm. »Nein, immer noch nicht. Vielleicht ist sie ja krank. Ans Telefon geht sie jedenfalls nicht. Hab's schon mehrfach versucht.«

Ein völlig neuer Gedanke. Hoffnung keimte in Susanne auf. Sie irrte sich bestimmt. Das war doch unmöglich. Nicht Laura. Möglicherweise lag sie krank in ihrer Wohnung, zu schwach, um das Telefon zu erreichen. Sie mußten zu ihr.

»In zehn Minuten an Lauras Wohnung. Bitte beeil dich, Derya!«

Irgend etwas in Susannes Stimme ließ Derya die sonst übliche Flachserei herunterschlucken. Sofort machte sie sich auf.

*

Susanne läutete Sturm.

Nichts.

Derya preßte ihr Ohr flach gegen die Tür. Sie klopften und riefen, aber in der Wohnung regte sich nichts.

»Ich breche jetzt die Tür auf!« Ein beherzter Fußtritt Susannes, und das Schloß in der billigen Preßspantür gab nach.

»Du wartest hier«, sagte Susanne in scharfem Dienstton.

Derya fügte sich widerspruchslos. Susanne betrat die Wohnung. Das Zimmer war aufgeräumt. Lediglich der Schreibtischstuhl war vor den Schrank gerollt. Unter dem Fenster lag ein einsamer Sektkorken.

Susanne stieß die nur angelehnte Tür des kleinen Badezimmers mit dem Fuß auf. Licht brannte und beleuchtete ein bizarres Bild. Blut. Überall. Auf dem Fußboden, an den gekachelten Wänden. Die Wanne sah aus, als hätte man darin ein Schwein geschlachtet. Alles eingetrocknet, rotbraun verkrustet. Im Waschbecken lag ein besudelter Fuchsschwanz. Das eingebrannte *F* im Holzgriff sprang Susanne sofort ins Auge. So zeichnete Flores sein Werkzeug. Die freie Stelle an der ordentlichen Werkzeugwand. Sie erinnerte sich genau. Franz. Dieses Monster! Susanne fotografierte rückwärtsgehend mit den Augen. Sie achtete darauf, nichts zu berühren. Die Tränen kamen erst im Flur.

»Hier ist etwas Furchtbares passiert. Die Tote in Perrich, die Leichenteile im Aaper Busch, das ist Laura!«

Susanne schluchzte hemmungslos an Deryas Schulter, die noch keine Zeitung gelesen hatte und folglich nichts kapierte. Sich alle Fragen verkneifend, strich sie der Freundin über das Haar.

Dann war der Moment der Schwäche vorüber. Susanne schneuzte sich. »Ich muß meine Kollegen verständigen. Du bleibst hier und paßt auf, daß niemand die Wohnung betritt. Auch du gehst auf keinen Fall da rein. Keiner faßt die Tür an, ist das klar?«

Derya nickte stumm. Susanne lief, beinharte Entschlossenheit im Auge, die Treppe hinab.

*

Franz war in nur vierundzwanzig Stunden verfallen. Von einer Persönlichkeit voller Energie, Hoffnungen und Zukunftspläne zu einem apathischen Bündel, das das Liebste und Wichtigste in seinem Leben verloren hatte und dem alle Erklärungsmuster abhanden gekommen waren. Hinter ihm lag eine durchwachte Nacht, nur unterbrochen von kurzem, angstbegleitetem Wegdämmern. Zuerst war da der Schock gewesen, schnell abgelöst von der brutalen Erkenntnis der Tatsachen. Er würde Laura nie mehr wiedersehen. Laura lebte nicht mehr. Bestialisch umgebracht und zerstückelt.

In der Zelle hatte er hemmungslos geweint wie seit dem Tod seiner Mutter nicht mehr. Aber das kannte man hier. Dann hatte er seinen Schmerz in hoffnungsloser Wut hinausgeschrien. Auch das regte niemanden auf. Seit Stunden war Ruhe.

Mit dem Schein der aufgehenden Morgensonne, der fahl durch das geriffelte Sicherheitsglas des Zellenfensters fiel, tauchte Franz aus dem Meer von Trauer und Schmerz auf. Seine Gedanken nahmen eine andere, nicht eben fröhlichere Richtung. Er ließ das gestrige, niederschmetternde Verhör noch einmal Revue passieren. Verhör war eigentlich nicht ganz der richtige Ausdruck. Gnadenlose Schuldzuweisung traf es eher. Denn von ihm hatte das Kripo-Quartett außer einem Geständnis nichts mehr hören wollen. Die wußten schon alles. Für die war der Fall geklärt und abgeschlossen. Wer wollte es ihnen angesichts des eindeutigen Beweismaterials verdenken?

»Huismann, Sie haben Besuch von Ihrem Anwalt. Kommen Sie.«

Franz hatte in seinem fruchtlosen Grübeln das Öffnen der Zellentür gar nicht bemerkt. Wortlos folgte er dem Polizeibeamten aus der Verwahrungszelle. Sein Vater stand, aufrecht wie immer, mit auf dem Rücken gefalteten Händen am Fenster des Sprechzimmers und sah hinaus.

»Setz dich, Franz Rudolf, wir haben zu reden.«

Franz nahm an dem mitten im Raum stehenden Tisch Platz. Außer ein paar zusätzlichen Stühlen war der Raum bar jeder Möblierung. Sein Vater blieb reglos am Fenster stehen und sprach gegen die Scheibe.

»Wenn die Sache hier abgeschlossen ist, gebe ich die Praxis auf und ziehe in die Ferienwohnung nach Oberstdorf, die ich mit Mutter damals gekauft habe. Luftveränderung, du verstehst. In Wesel wird mir das Atmen schwer. Bereits heute morgen haben mich Journalisten angerufen, um mehr über deinen Fall zu erfahren. Du hast es tatsächlich geschafft, mir den Boden in der Stadt, in der ich geboren bin und in der ich eigentlich auch meinen Lebensabend verbringen wollte, unter den Füßen wegzuziehen.«

»Aber Vater, ich bin unschuldig«, brachte Franz, dem der alte Mann plötzlich leid tat, matt heraus. Das hatte er doch nicht gewollt. »Wenn du mir nicht glaubst, wer denn dann?«

»Laß den Unsinn. Hauptkommissar Greven hat mich genauestens ins Bild gesetzt.«

Herrisch fuhr der Alte herum. Mit Erschrecken nahm Franz den gequälten Gesichtsausdruck zur Kenntnis. Blinkte da eine Träne im Auge? Noch nie hatte er so viel Gefühlsbewegung im sonst kontrollierten Gesicht seines Vaters gesehen. Aber schon war der Vorhang wieder zugezogen, der sachliche Anwalt wieder da.

»Ob du unschuldig bist, wird der Gutachter und schlußendlich der Richter entscheiden. Daß du krank bist, steht außer Frage.«

Er nahm an der anderen Tischseite Platz. Sorgfältig mittete er den eleganten Diplomatenkoffer vor sich in exaktem Abstand zu beiden Tischkanten. Die Klappe ging wie ein Schutzwall hoch. Altersfleckige Hände reichten ein Formblatt und einen wertvollen Schildpatt-Füller herüber.

»Würdest du bitte die Vollmacht unterschreiben, ich werde für dich tun, was in meiner Macht steht.«

Franz kritzelte wortlos seine Unterschrift.

Das war also der Anwalt, der seine Unschuld beweisen sollte. Psychologisch durchaus interessant, daß er ausgerechnet seinen Vater gewählt hatte. Wer wollte da wem was beweisen?

»Morgen wird sich Professor Leid von der forensischen Abteilung der Eickelborner Psychiatrie mit dir beschäftigen. Du solltest ihm vertrauen. Wir kennen uns von der Rhenania her. Ist eine Koryphäe. Wahrscheinlich wird noch ein zweiter Gutachter bestellt, aber bei Professor Leid bist du erst einmal in guten Händen.«

So lief das also. Alles schon ausgemachte Sache. Er war krank, plemplem, ein bißchen gaga. Der Alte wollte auf Unzurechnungsfähigkeit raus. Und dann ab in die Klapse, Deckel zu, Affe tot. Schmerzlich stellte Franz fest, daß es sich bei der Träne im Auge seines Vaters nur um eine Krokodilsträne gehandelt haben konnte. Aus Selbstmitleid wegen endgültig zerschlagener Pläne.

Daß er nicht ganz sauber tickte, hatte sein Vater schließlich immer angenommen. Jetzt wollte er sich ihn endgültig vom Hals schaffen. Hier wurde eine Scheidung vorbereitet. Der Alte wollte von ihm im wahrsten Sinne des Wortes nichts mehr wissen. Von der Seite konnte er nicht viel erwarten.

Das war Franz auf einmal ganz klar. Er war allein. Unschuldig angeklagt und ohne jede Hilfe.

Aber er würde sich nicht so einfach in die Rolle des gefallenen Versagers fügen. Er mußte kämpfen.

Bloß wie?

*

Es klopfte. Gleichzeitig wurde die Tür einen Spalt geöffnet und Derya linste um die Ecke. Ihr prächtiges Haar hing wie ein schwarzes Banner ins Büro. Meier drei schaute fragend. Aber da hatte sich auch schon Susanne umgedreht und die Freundin erkannt.

»Komm rein, Derya. Ich habe gerade frischen Kaffee gekocht.«

Die sonst so quirlige, immer zu einem Lachen bereite junge Frau wirkte ernst und gedämpft.

»Ich muß mit dir über Franz sprechen.« Derya blieb mitten im Raum stehen und sah Susanne eindringlich an. Die verstand.

»Du kannst offen reden. Meier drei und ich sind nicht nur Kollegen, sondern auch Freunde.«

Meier drei durchrieselte es warm. Susanne füllte die Kaffeebecher. Derya zog sich einen Stuhl heran.

»Ich bin mit Franz befreundet. Zwar nicht so lange und intensiv, aber ich habe ihn über Laura gut genug kennengelernt. Ihr müßt mit eurem Vorwurf auf dem Holzweg sein.«

Meier drei wußte, wann er sich rauszuhalten hatte. Susanne sah Derya schweigend an. Draußen begannen Martinshörner zu lärmen.

»Ich muß ihn sehen. Mir seine Version der Geschichte anhören. Das geht doch, oder? Er sitzt ja hier und nicht im Dinslakener Gefängnis. Ich kann Franz nicht einfach so auf die Verlustliste setzen und zur Tagesordnung übergehen.«

Susanne nahm den Aktenordner, in dem sie gerade geblättert hatte, und reichte ihn der Freundin.

»Lies das!«

Susanne ging zum Fenster und sah in die Aue. Meier drei wandte sich wieder den vor ihm liegenden Papieren zu. Derya blätterte langsam Seite um Seite. Über eine Viertelstunde verging. Niemand sprach ein Wort.

Dann klappte Derya die Akte zu. Sie war blaß geworden.

»Trotzdem. Ich muß mit ihm reden.«

Susanne drehte sich nicht um.

»Bitte.«

Das schlichte Wort entschied. Ihre Freundschaft stand auf dem Spiel. Susanne griff nach der Akte.

»Ich bin gleich wieder da, Justus.«

Meier drei zuckte bei der Nennung seines Vornamens zusammen. Die Sache war ernst. In der Tür wandte sich Susanne noch einmal um.

»Und kein Wort zu den Kollegen. Ich zähl auf dich.«

Meier drei nickte stumm.

*

»Lassen Sie uns um vierzehn Uhr wieder raus.«

Der Beamte nickte nur und öffnete die Zelle. Franz sprang erregt auf, als er Derya sah.

»Derya! Bin ich froh, daß du kommst! Du mußt mir helfen! Die wollen mich fertig machen! Kein Mensch glaubt mir hier!«

»Und das mit gutem Grund«, fiel ihm Susanne ins Wort. »Setzen wir uns erst mal.«

Franz ließ Deryas Arm los, den er unwillkürlich ergriffen hatte. Sie nahmen auf der Pritsche Platz.

»Die offiziellen Ermittlungen sind so gut wie abgeschlossen, die Beweise sind überzeugend. Derya glaubt aber nicht an Ihre Schuld. Sie möchte selbst mit Ihnen sprechen. Deshalb sind wir hier. Aber vorher präsentiere ich die Fakten.«

Vielleicht die letzte Chance.

»Okay«, sagte Franz betont langsam. »Alles spricht gegen mich. Aber ich war es nicht.«

Susanne winkte müde ab. Derya schaltete sich ein.

»Aber wie kommt es zu den ganzen Beweisen?«

Susanne begann gnadenlos zu referieren. Franz vergrub sein Gesicht in den Händen.

»Überall in Lauras Badezimmer und an der Säge, die zweifelsfrei von Flores stammt, sind Ihre Fingerabdrücke. Blutspuren von Ihnen haben wir auf dem Fußboden und an der Säge gefunden. Die Kriminaltechnik attestiert den Spuren exakt das gleiche Alter wie denen an Laura. Den Leichensack haben wir bei Ihnen zu Hause entdeckt, mit Ihren Fingerabdrücken darauf. Die Spermavergleichsprobe stimmt überein. Nicht zu vergessen Ihr mit Lauras Blut befleckter Overall, der in der Werkstatt hing.«

Derya blickte Franz forschend an.

»Wie kommt das Blut an deinen Overall?«

Verzweifelt warf Franz die Hände in die Höhe.

»Ich weiß es nicht! Der Mörder muß ihn bei Laura gefunden und bei der Tat getragen haben, um seine eigene Kleidung zu schützen. So muß es gewesen sein! Später hat er das Ding dann bei Flori deponiert, um den Verdacht von sich abzulenken.«

Er merkte selbst, wie hohl das alles klang. Warum war Lauras Leiche ausgerechnet da, wo er wohnte, versteckt worden? Das konnte doch kein Zufall sein! Sollte ihn da jemand ganz bewußt reingeritten haben? Aber wer und warum?

Der Fetzen eines Gedankens.

Er konnte ihn nicht greifen.

Franz sprach weiter. »Ich war in der Nacht als Einbrecher unterwegs, nicht als Mörder. Ich habe Schulze um hundert Riesen erleichtert. Schwarzgeld. Ich wollte damit das Nest für mich und Laura bauen.«

»Unsinn. Mein Kollege hat sich gestern abend davon überzeugt, daß bei Schulze kein Einbruch stattgefunden hat. Er hat sich das Fenster im Partykeller und den Sirenenkasten an der Hauswand zeigen lassen. Da war nichts.«

Derya schüttelte den Kopf.

»Ich kapier es nicht. Warum streitet Schulze den Einbruch ab? Und wie hat er so schnell alle Spuren beseitigen können?«

»Es hat kein Einbruch stattgefunden«, warf Susanne lakonisch ein.

»Nein!« Franz schrie fast. »Schulze will nicht zugeben, daß er Schwarzgeld gebunkert hat! Und wahrscheinlich habe ich mit dem Schnellhefter Beweise für unsaubere Geschäfte mitgehen lassen!«

Franz war aufgesprungen.

»Wo ist die Beute?« fragte Derya schlicht. »Mit der könntest du alles beweisen.«

Franz zuckte resigniert mit den Schultern.

Das Netz hatte sich fest um ihn zusammengezogen. Fast begann er selbst an sich zu zweifeln. Vielleicht hatte er ja wirklich einen Sparren locker. Multiple Persönlichkeit. Dr. Jeckyll und Mr. Hyde. Soll bei Drogenkonsumenten schon vorgekommen sein. Ihm fiel die Sharon-Tate-Geschichte ein. Dazu paßte die Kreuzigung im Aaper Busch doch bestens. Franz Huismann, der ausgeklinkte Ritualmörder, der Manson vom Niederrhein.

Quatsch. Er hatte schon jahrelang nichts Härteres als Bier und ein bißchen Gras konsumiert. Er war das Opfer der Angst eines skrupellosen Geschäftemachers mit Einfluß, dem es wichtiger war, seinen Ruf zu retten, als einen anderen vom Mordverdacht reinzuwaschen.

»Derya, hör zu. Du bist die Einzige, die mir helfen kann. Ich *war* es nicht! Lauras Mörder läuft da draußen frei herum. Die Polizei glaubt mir kein Wort mehr. Ich habe einen Riesenfehler gemacht. Ich hätte gleich die volle Wahrheit sagen sollen. Jetzt wendet sich alles immer wieder gegen mich. Aber beide Geschichten, die Sache in Schermbeck und das Ding bei Schulze, haben stattgefunden. Das ist die reine Wahrheit.«

Plötzlich war er sich über seine Strategie im klaren.

Karl.

Karl mußte ihn raushauen. Nur die nackte, ungeschminkte Wahrheit konnte jetzt noch helfen.

Aber wie sollte er Karl dazu bewegen, mit einer vertrackten Geschichte herauszurücken, in die der ehrenwerte Psychologe selbst verstrickt war? Ob der sich noch einmal unter Druck setzen ließ? Er wollte doch in Wesel noch ganz groß herauskommen. Wie Schulze würde Karl jeden störenden Fleck auf der Weste vermeiden. Sich eines versuchten Einbruchs zu bezichtigen, von dem selbst die Polizei überzeugt war, daß er nie stattgefunden hatte, kam da überhaupt nicht in Frage.

Franz dachte daran, wie ihn Karl schon einmal hängengelassen hatte. Auch damals war er in einer Zelle gelandet, wenn auch nur für eine Nacht. Einmal Verräter, immer Verräter. Warum sollte sich daran etwas geändert haben? Trotzdem, er mußte es versuchen.

Stockend erzählte Franz den beiden Frauen die Alibi-Geschichte. Nachdem er geendet hatte, trat ein Moment der Stille ein. Dann brach Derya das Schweigen.

»Sag mir, was ich tun soll.«

Franz sah sie an.

»Geh zu Karl. Er muß mit seinem Part bei der Geschichte rausrücken. Dann soll er sich Schulze vornehmen. Karl hat Einfluß. Er kann Schulze dazu bringen, den Einbruch bei sich zuzugeben.«

»Und wieso sollte er das tun?« fragte Derya.

Franz holte tief Luft. Jetzt mußte er die letzte Karte auf den Tisch legen.

»Karl ist ein Päderast. Laura und ich hatten vor, ihm das Handwerk zu legen. Aber dann kam mir die Idee, daß er mir vorher noch mit einem Alibi für den Bruch bei Schulze zur Verfügung stehen könnte.«

»Sie haben Doktor Kranz erpreßt?« fragte Susanne.

»Erpreßt, erpreßt! Der war mir noch was schuldig. Außerdem ist das ein richtiges Schwein! Der Junge, der sich vom Dom gestürzt hat, mit dem hat Kranz auch zu tun gehabt!«

»Jetzt reicht's!« fuhr Susanne dazwischen. »Können Sie Ihre ungeheuerlichen Vorwürfe beweisen?«

Franz konnte nur wieder mit den Schultern zucken.

»Laß uns gehen, Derya. Das hat doch keinen Sinn. Es ist einfach widerlich, wie er jetzt versucht, andere hereinzureißen, um die eigene Haut zu retten.«

Derya sah unglücklich aus. Immer wieder schüttelte sie den Kopf. Dann blickte sie Franz voll ins Gesicht. Konnte er so lügen?

»Also gut. Ich werde mit Karl Kranz sprechen.«

*

Meier drei hatte Rosen gekauft. Langstielige Baccara, dunkelrot, das Stück für drei fünfzig. Blumen der Liebe. Heute würde er ein Zeichen setzen. Vordergründig würde er seiner Vorgesetzten den Strauß für ihre maßgebliche Mitwirkung an der Aufklärung des Mordfalls überreichen. Das war schließlich ihr Durchbruch. Bei den Kollegen, die ihr Können bisher nie so ganz akzeptiert hatten, hatte sie sich nachhaltigen Respekt verschafft.

Susanne würde den eigentlichen Sinn seiner Geste schon verstehen. Wenn er gut in Form war, würde er sich vielleicht auch trauen, sie zum Abendessen einzuladen. Hotel Rheinterrasse oder so. Vorher ein bißchen über die Promenade, Schiffe gucken, verklärt dem Sonnenuntergang hinterherblicken, sich den Wind um die Nase wehen lassen. Ganz nebenbei würde er sich erklären, wie zufällig nach ihrer Hand greifen, vielleicht ein paar Gedichte rezitieren. Auf der Aussichtsplattform an der alten Rheinbrücke würde er sie dann ganz sanft in den Arm nehmen und ihre glutroten …

»Mensch Meier, mach dat Muul dicht, et treckt.«

Mist. Das Tagtraumbild zerplatzte wie eine Seifenblase. Er war wieder im Flur des Polizeipräsidiums. Der Schichtleiter der Schutzpolizei hatte ihn sinnend, den Blumenstrauß mit beiden Händen vor sich haltend, erwischt.

»Wat will'se denn mit dat Gemüse? Bisse an Balzen oder wat hasse vor?«

Unwillkürlich ließ er die Blumen hinter dem Rücken verschwinden und ärgerte sich sofort über die schuldbewußte Geste.

»Brauch'se doch nich gleich rot werden. Die Straaten is doch en lecker Mädchen. Würd ich auch gern mal dran knabbern.«

Meier drei verabschiedete sich mit Autofahrergruß und stürmte unter dem dröhnenden Gelächter des Durchblicker-Kollegen auf sein Büro zu. Am liebsten hätte er die Rosen gleich in den Papierkorb geschmissen. Aber das stoppte das jetzt einsetzende Gerede auch nicht. Und fünfunddreißig Mark waren schließlich fünfunddreißig Mark. Suchend sah er sich nach einem Gefäß um, das als Vase dienen konnte. Nichts, kein Hohlkörper, der Flüssigkeit halten konnte. Die Kaffeekanne war für die langen Dinger viel zu klein. Da erinnerte er sich an seine Gummistiefel, die seit dem letzten Winter unten im Schrank standen. Schon schwappte Wasser im rechten Stiefelschaft. Meier drapierte die Rosen. Irgendwie originell. Zufrieden plazierte er die Kreation links mittig auf die gegeneinander gestellten Schreibtische.

Schon stellte sich die heimlich Verehrte ein. Susanne schenkte sich nach kurzer Begrüßung erst mal an der Fensterbank eine Tasse Kaffee ein, bevor sie sich nachdenklich gegenüber dem angespannten Kollegen niederließ. Kein Blick für die Blumen.

»Wir haben uns fast eine Stunde mit Huismann unterhalten. Ich kann dir sagen, der ist immer wieder für eine Überraschung gut.«

Meier drei rückte in einem unbeobachteten Moment das mißachtete Angebinde ein wenig weiter in die Mitte, aber Susanne war zu sehr bei der Sache.

»Ich bin auch davon überzeugt, daß wieder nichts dran ist. Aber die Geschichte, die er diesmal herausgelassen hat, ist wirklich gut.«

Susanne gab einen kurzen Bericht des Gesprächs.

»Ist dir Doktor Karl Kranz bekannt?«

Meier drei brauchte nicht lange zu überlegen.

»Er war in der Schule ein paar Jahrgangsstufen über mir. Klassenkamerad von Huismann. Die beiden waren damals Hauptmatadore bei *Pennorama*, der Schülerzeitung. Haben immer für ziemlich viel Wirbel gesorgt. Der hat 'ne ganz hübsche Karriere gemacht, ist politisch aktiv und hat einen guten Namen in Wesel. Ich kann mir nicht vorstellen, daß der sich mit so fadenscheinigen Anwürfen erpressen läßt und bei der Räuberpistole, die Huismann jetzt wieder vom Stapel gelassen hat, mitgemacht hat.«

Die Blumen waren langsam immer weiter zur Tischmitte gewandert und standen jetzt praktisch zwischen den sich gegenüber Sitzenden.

»Wenn doch was dran ist? Pädophilen steht ihre Neigung schließlich nicht auf die Stirn tätowiert. Die tummeln sich doch gerade auch in helfenden Berufen.«

Meier drei war skeptisch. »Ich wäre da vorsichtig. Der Kranz ist beruflich anerkannt, der ist angesehen, der war nie auffällig. Hat eine Menge Verbindungen in der Stadt. Dem mit einem Mißbrauchsverdacht zu kommen, könnte ganz schön nach hinten losgehen.«

»Ich kann aber jetzt nicht so tun, als wäre dieser Verdacht niemals ausgesprochen worden. Und ich werde schon nicht gleich mit der Tür ins Haus fallen. Ich muß das gesamte Beweismaterial vor Augen haben, ehe ich endgültig daran glauben kann, daß Laura über Jahre eine Liebesbeziehung zu einem psychopathischen Killer unterhalten haben soll. Das bin ich ihr einfach schuldig. Ich kann nicht mehr ruhig schlafen, wenn ich nicht auch dem letzten Hinweis, und sei er noch so absurd, nachgegangen bin. Gib mal das Telefon rüber.«

Susanne griff nach dem Apparat, der auf der Tischseite des Kollegen stand. Der angestoßene Stiefelschaft knickte ein. Wasser ergoß sich aus dem labilen Gefäß.

»Verdammt, wer hat denn den Mist da hingestellt?«

»Habe ich mich auch gerade gefragt.«

Mit Unschuldsmiene betrachtete Meier drei die Rosen, als sähe er sie zum ersten Mal. Rasch ließ er den floristischen Rohrkrepierer verschwinden, schnappte sich das Handtuch vom Waschbecken und tupfte. Susanne hatte inzwischen die Nummer herausgesucht und den Hörer bereits am Ohr.

»Ja, heute abend paßt mir prima, Herr Doktor. Hotel Rheinterrasse, ausgezeichnet. Bis dann.«

Meier drei blieb die Spucke weg. Susanne rieb sich die Hände.

»Klappt doch bestens. Der war sofort bereit, sich mit mir über die medizinisch-psychologische Seite des Falls zu unterhalten. Er hat mich zum Essen eingeladen.«

Susannes Stimme schlug in Klein-Mädchen-Tonlage um.

»Bitte, bitte, liebstes Meierchen. Du mußt mir einfach aus der Patsche helfen. Könntest du heute abend bei Jonas bleiben? Um zehn

Uhr bin ich spätestens zurück. Ich gebe dir schon mal den Hausschlüssel.«

»Dir wallt der Busen glühend, wo mich Schauder faßt.«

Susanne ließ sich von Belesenheits-Blähungen nicht beeindrucken. Widerworte von Meier drei war sie einfach nicht gewohnt.

»Nun hab dich nicht so. Sind doch bloß zwei Stunden. Ich trete dir auch mal wieder an die Seite.«

Ergeben nahm Meier drei den Schlüssel in Empfang. Was konnte er dieser Frau schon abschlagen?

*

Die Sekretärin hatte Feierabend und verabschiedete sich. Trotzdem nahm sich Doktor Kranz noch Zeit für Derya. Er hatte sie auf die Besuchercouch, ein Gebirge aus Stahlrohr und Leder, gelotst. Edel, edel. Sie sah sich um. Ein riesiges Zimmer. Drüben ein Acryl-Schreibtisch, gerade noch in Sichtweite. Dahinter irgendwas junges Wildes an der Wand. Monströs, aber farbenfroh. Sparsame, teure Möblierung auf honiggelbem Schiffsparkett. Fehlten nur noch zwei Körbe links und rechts, und die *Chicago Bulls* hätten sich hier sauwohl gefühlt.

In der Küche nebenan wurde vernehmlich gewerkelt. Karl Kranz hatte ihr Kaffee angeboten und es sich, als sie dankend annahm, nicht nehmen lassen, selbst Hand anzulegen.

»Sekunde noch, gleich habe ich die Maschine im Griff.«

Jetzt oder nie.

Derya ging leise zum aufgeräumten Schreibtisch. Die üblichen Büroutensilien. In silbernem Rahmen das Bild einer jungen Frau. Ungewöhnlich für einen angeblichen Päderasten. Derya schaute genauer hin. Nichtssagend. So sahen standesgemäße Gattinnen eben aus. Die Schubladen des Rollquaders unter der Glasplatte waren abgeschlossen.

»Milch und Zucker?«

Derya huschte zum Sideboard und zwang Festigkeit in ihre Stimme.

»Weder noch. Aber wenn Sie etwas Süßstoff hätten?«

»Einen Moment. Da muß ich erst mal schauen.«

Derya sah in den großen Spiegel über dem tankerlangen Sideboard.

»Lassen Sie sich ruhig Zeit.«

Irgendwo mußte er doch seine Patientenunterlagen haben. Sie bückte sich und zog an den Türen des Sideboards.

»Kann ich Ihnen helfen?«

Derya klappte hoch, als wäre eine Feder gesprungen. Liebevoll strich sie mit der Hand über das polierte Holz.

»Ich schaue mir gerade dieses herrliche Möbel an. Hervorragende Verarbeitung. Ist das Tropenholz?«

»Jedenfalls kein Süßholz. Hören Sie also auf, dran rumzuraspeln. Ich schlage vor, Sie setzen sich wieder hin.«

Gerunzelte Stirn und ausgestreckter Zeigefinger zum Protz-Sofa. Herr Doktor zog die Zügel an. Da war er bei ihr richtig. Offenes Visier statt Camouflage. Das lag ihr mehr.

»Okay, Herr Doktor! Kommen wir zur Sache. Franz Huismann schickt mich. Er steckt tief im Schlamassel. Und er meint, Sie könnten ihm da raushelfen.«

Karl Kranz lauschte mit beherrschtem Gesicht, während Derya erzählte. Dann lachte er frei heraus.

»Das ist ja wirklich eine tolle Geschichte. Sie glauben so etwas?«

Derya blieb beharrlich.

»Er sagt, mit Ihren Möglichkeiten sei es ein Leichtes, Schulze dazu zu bewegen, den Einbruch zuzugeben.«

»Papperlapapp. Sie machen sich ja lächerlich. Merken Sie nicht, daß Sie es mit einem Psychopathen zu tun haben? Auch wenn es schmerzt, aber mir scheint es ziemlich plausibel, daß Huismann der Mörder von Laura Meister ist.«

Derya startete einen letzten Versuch.

»Der Junge, der in den Tod gesprungen ist. Man könnte Sie mit seinem Selbstmord in Zusammhang bringen.«

Karl Kranz blieb erstaunlich ruhig.

Er wies auf den Spiegel.

»Von der anderen Seite durchsichtig. Dahinter befindet sich eine Videokamera. Für bestimmte Therapie-Situationen sehr nützlich, wenn ich mal mit einem Reflecting-Team arbeite. Ihr Verhalten während meiner kurzen Abwesenheit ist mir nicht verborgen geblieben. Auch dieses Gespräch wird aufgezeichnet.«

Derya war sprachlos. Intensive Durchblutung der Gesichtshaut.

»Was glauben Sie, wird die Polizei davon halten, daß Sie mich hier zu einer Falschaussage bringen wollen, um Ihren Freund, einen Frauenmörder, zu entlasten?«

Er drehte den Spieß um. Damit hatte Derya nicht gerechnet. Sie wollte etwas erwidern, aber Kranz legte noch eine Kohle drauf.

»Sie wollen sich an einer Rufmordkampagne beteiligen, die jeder Grundlage entbehrt.« Seine Stimme war kalt. »Damit schaden Sie sich nur selbst. Sie werden allenfalls Franz Huismann im Knast Gesellschaft leisten. Verschwinden Sie jetzt!«

So hatte sie das nicht gesehen. Anstatt Franz zu helfen, begab sie sich selbst in Gefahr. Hatte sie sich in eine fixe Idee verrannt?

Mit brennenden Wangen stürzte sie in den Flur.

Sie hatte nichts in der Hand, das stimmte. In was für eine Situation hatte Franz sie da gebracht? Und warum wollte sie unbedingt schlauer sein als die Polizei? Womöglich hatten die recht, und Franz war ein kranker Killer. Eigentlich sprach alles dafür, nichts dagegen.

Den Besuch bei Schulze würde sie sich jedenfalls schenken.

*

Susanne hatte mit Bedacht ein schlichtes, helles Sommerkleid gewählt, das ihre Fraulichkeit betonte. Jeans, T-Shirt und Schulterhalfter unterm Blouson wären für die Rheinterrasse auch nicht das Passende gewesen. Außerdem wollte sie alles vermeiden, was dem Gespräch nur im entferntesten einen dienstlichen Anstrich gab.

Karl Kranz war noch nicht eingetroffen, als sie um Punkt zwanzig Uhr das Restaurant betrat. Sie wählte einen Tisch auf der Terrasse unter einer gestutzten Platane. Der Wasserspiegel des Schwimmbeckens im Rheinbad gleich unterhalb lag spiegelglatt, bläulich schimmernd, kühle Frische versprechend. Die letzten Schwimmer hatten das Becken bereits verlassen, ein einsamer Bademeister spritzte Fliesen ab.

Dahinter gleich der Strom, golden glitzerndes Band unter tiefstehender Sonne. Ab und an mischte sich das beruhigende Tuckern von Dieselmotoren, wenn sich ein Schiff gelassen vorbeischob, mit dem monotonen Zischen des Wasserschlauchs und den gedämpften Geräuschen des Restaurantbetriebs.

Susanne verspürte den pötzlichen Wunsch, über die niedrige Brüstung zu klettern und sich nackt in den lockenden Pool zu stürzen. Statt dessen bestellte sie bei dem umwerfend gut aussehenden Latin-Kellner einen Campari-Orange. Sundowner. Sie lehnte sich behaglich zurück.

Typisch, dachte sie. Der Psychologe kannte den Trick, wie man durch einen kleinen Zuspätkommer zu einem großen Auftritt kam. Ihre Aufmerksamkeit richtete sich auf die Terrassentür. Ein schlanker, braungebrannter Mann Anfang Dreißig wurde von einem Kellner herausgeleitet.

»Sie werden schon erwartet, Dottore. Die Dame am Tisch dort drüben.«

Schneeweiße Hose und dezentes dunkelblaues Polohemd. Keine Kettchen, kein Protz-Chronometer, kein Krokodilaufnäher oder Firmenschildchen, das plakativ kundtat, wer der vermeintliche Boß sei. Intelligentes, scharfgeschnittenes Gesicht, unaufdringliche Goldrandbrille, dunkelbraune, volle Locken. Susanne war der Mann auf Anhieb sympathisch.

Dieser mega-smarte Bursche sollte sich an Kindern vergreifen? Schwer vorstellbar. Dem lagen doch wahrscheinlich alle Frauen zu Füßen. Trotzdem bewahrte sie sich einen Rest Skepsis. Während ihrer Berufsjahre hatte sie schon die erstaunlichsten Dinge in dieser Richtung erlebt. Susanne ergriff eine feinnervige, kühl-trockene Hand, die sie ihrem Frauenarzt gewünscht hätte.

»Entschuldigen Sie die Verspätung. Aber der Wagen hat gestreikt. Ich mußte ein Taxi rufen.«

Das war ja mal was ganz Neues. Susanne hätte gewettet, daß eine Beeindruck-Geschichte über Wichtig-Termine abgelassen werden würde. Einfach anders und einfach nett.

Der Kellner brachte die Speisekarte. Susanne bestellte Filet englisch, Röstkartoffeln und überbackenen Broccoli, dazu ein großes Weizenbier. Dottore beschränkte sich auf Mineralwasser und Salat. Susanne war ihre Freßlust sofort peinlich. Spannte das enge Sommerkleid nicht schon ein wenig an den Hüften?

»Ich habe die ganze entsetzliche Geschichte in der Zeitung gelesen. So etwas hat Wesel noch nicht erlebt. Besonders nachdenklich macht mich natürlich, daß Franz Huismann der Täter sein soll. Schließlich waren wir früher ziemlich eng befreundet.«

Susanne war ihrem Gegenüber dankbar, daß er auf lästige Eingangsfloskeln verzichtete und gleich zur Sache kam. Aber woher wußte er von Huismann? Das hatte nicht in der Zeitung gestanden.

Ob es an ihrem mißtrauischen Blick lag? Oder konnte der smarte Seelenklempner Gedanken lesen? Jungenhaft grinsend hob er beide Hände.

»Stop, stop, Frau Kommissarin, zücken Sie nicht gleich die Handschellen. Der alte Huismann hat mich angerufen und mir alles erzählt. Als Junge bin ich da schließlich ein- und ausgegangen, und wir haben bis heute einen ganz guten Draht.«

Susanne lachte befreit.

»Nun lassen wir das mal mit der Kommissarin. Ich bin aus ganz privater Neugier hier. Aber was hat Huismann senior denn von Ihnen gewollt?«

»Ein bißchen fachlichen Rat. Der ist, nach allem, was Sie zusammengetragen haben, im Stillen selbst davon überzeugt, daß nur Franz als Täter in Frage kommt. Aber als sein Anwalt und vor allen Dingen als sein Vater will er natürlich das Beste für Franz rausholen. Ich schätze mal, daß er auf Unzurechnungsfähigkeit wegen hirnorganischer Störungen in Folge jahrelangen Drogenkonsums hinaus will. Da hat er sich bei mir ein bißchen schlau gemacht. Ich konnte ihn übrigens in dieser Richtung nur bestätigen.«

Das Essen kam. Hier Berge, drüben nur ein Hügelchen.

»Lassen Sie sich durch mich nicht den Appetit verderben. Ich muß mich leider ein wenig zurückhalten. Irgendwas ist mir in den letzten Tagen auf den Magen geschlagen.«

Dankbar für die Absolution machte sich Susanne hungrig über den blutigen Fleischfetzen auf ihrem Teller her. Zwischen Kauen und Schlucken fand sie Zeit für eine Frage.

»Nach allem, was mir Huismann erzählt hat, scheint Ihr Verhältnis sich inzwischen herb abgekühlt zu haben. Wann sind Sie denn zum letzten Mal mit ihm zusammengetroffen?«

Kranz mümmelte erst gesittet ein sich bereits in Vorverdauung befindliches Salatblatt weg, ehe er den Mund auftat.

»Das muß vor ein paar Wochen gewesen sein, im Café Fehr. Da habe ich ihn durch Zufall zusammen mit seiner Freundin Laura getroffen. Kein schöner Auftritt. Abgekühlt ist, was unser Verhältnis angeht, ein freundlicher Begriff. Im Grunde handelt es sich um eine tiefe einseitige Feindschaft seitens Franz.«

Susanne, nach einer der Vernichtung harrenden Röstkartoffel gabelnd, zog fragend die Brauen hoch.

»Franz ist der Meinung, daß ich ihn einmal, als er in der Klemme saß, habe hängenlassen. Dabei konnte ich damals wirklich nichts für ihn tun. Aber seitdem verfolgt er mich mit seinem Groll.«

Der Blick des Doktors verlor sich irgendwo jenseits des Stroms. Susanne putzte schnell den restlichen Broccoli weg.

»Wissen Sie, was ich glaube, Frau Straaten? Der Mann leidet unter einem Neid-Komplex. Bei ihm ist eigentlich alles schiefgelaufen. Ich dagegen – Sie verstehen, daß ich nicht prahlen will – habe alles erreicht, was er sich wünscht. Ansehen, Einfluß, Wohlstand, Unabhängigkeit. Für sein Versagen macht er nicht etwa sich selber, nein, immer die anderen und mich im speziellen verantwortlich. Übrigens die klassische Logik Suchtkranker. Nach allem, was passiert ist, läßt sich das natürlich jetzt leicht sagen, aber ich hatte schon bei unserem letzten Treffen den Eindruck, daß da eine Zeitbombe tickt.«

Susanne hatte eigentlich noch ein bißchen Platz für eine süße Kleinigkeit. Wieder las Karl Kranz ihr den Wunsch von den Augen ab. »Wie wär's mit einem Dessert? Die machen hier ein vorzügliches Tiramisu.«

Susanne wollte dankend ablehnen, um ihren Ruf als Fressack nicht endgültig zu zementieren. Aber Karl Kranz hatte seinen italienischen Schönheitskonkurrenten schon an den Tisch gewinkt.

»Im Grunde hat Franz ja recht«, nahm er den Faden wieder auf. »Niemand ist allein der Schmied seines Glückes. Franz hatte es ja auch besonders schwer. Der frühe Tod der Mutter. Kindheit und Jugend bei dem gefühlskalten, erzkonservativen Vater. Ständiger Erwartungsdruck und katholischer Fundamentalismus. Und jetzt denken Sie mal an die Geschichte im Aaper Busch. Was glauben Sie, an wen das gerichtet war? Da wurde ein reinigendes Opfer gebracht. Ich könnte mir vorstellen, daß Franz seit Jahrzehnten unter einer tiefsitzenden narzißtischen Kränkung leidet, die sich langsam zu einer handfesten Schizophrenie ausgewachsen hat. Ich glaube, daß dem alten Huismann noch die Ohren klingen werden, wenn Professor Leid, der Franz begutachten soll, seinen Bericht vorlegt.«

Der Psychologe sprach Susanne aus der Seele. Auch sie war eigentlich davon überzeugt, daß Franz nicht alle Nadeln an der Tanne hatte. Aber wie paßte Laura da rein?

»Wissen Sie, Herr Doktor, ich war mit dem Opfer eng befreundet. Laura war eine überaus intelligente Frau und selbst Therapeutin. Wie ist es möglich, daß sie in all den Jahren nichts Merkwürdiges an ihrem Lebensgefährten festgestellt hat?«

»Ich bin überzeugt, sie hat«, erklärte Kranz eifrig. »Um das zu verstehen, müssen Sie etwas über unseren Berufsstand wissen. Schon mal was von Helfersyndrom gehört?«

Ohne eine Antwort abzuwarten referierte er weiter.

»Laura Meister war wahrscheinlich davon überzeugt, daß sie ihm helfen könne, ja *müsse*. Aus meiner Sicht hat sie sich Franz als Lebensaufgabe vor den Bauch genommen. Hinzu kommt, daß sie ihn liebte. Eine klassische Verstrickung, die leider immer wieder vorkommt. Wenn die notwendige Distanz zwischen Therapeut und Patient durchbrochen wird, führt das nie zu etwas Gutem. Das sehen Sie ja an diesem Fall.«

Susanne leuchtete das alles vollständig ein. Tamar Segal war auch Therapeutin von Thomas Holst gewesen, und in ihrer Verblendung, daß nur sie den »Heidemörder« heilen könne, hatte sie ihn sogar aus der geschlossenen Psychiatrie befreit. Auch Laura hatte etwas sympathisch Verbissenes gehabt, wenn sie einmal von einer Sache überzeugt war.

Der Nachtisch kam. Ein Traum von Mascarpone und Espressogetränkten Löffelbiskuits. Susanne gab sich voll hin. Karl Kranz hatte sich nach höflicher Frage um Raucherlaubnis eine Zigarette angesteckt. Beide genossen ein paar Minuten schweigend. Wohlige Müdigkeit breitete sich in der restlos Gesättigten aus. Friedliche Harmonie. Der Abend war bezaubernd, und ihr gegenüber saß ein Traummann, der nicht nur schön, sondern auch – was in dieser Kombination höchst selten vorkommt – intelligent und charmant war. Dem mußte sie jetzt ein paar unangenehme Fragen stellen, die den schönen Abend wahrscheinlich mit einem Paukenschlag beenden würden. Oder sollte sie es lassen? Der Huismann tickte doch nicht sauber. Doch dann gab sie sich einen Ruck.

»Ich hatte heute mittag ein langes Gespräch mit Franz Huismann.«

Karl Kranz lauschte interessiert und steckte sich eine weitere Zigarette an. Susanne gab einen vorsichtigen Bericht über das, was Franz Huismann diesmal als die reine Wahrheit mitgeteilt hatte. Die erwartete Empörung blieb aus. Statt dessen lachte der Psychologe laut heraus.

»Das ist wirklich ein tolles Ding. Ich sehe mich geradezu, wie ich vermummt durch Schermbeck schleiche und mit einem Brecheisen Apothekentüren aufstemme. Köstlich. Aber nun mal ernsthaft. Ich bin absolut nicht erpreßbar. Mangels Grund und aus Prinzip. Und bei so etwas würde ich niemals mitmachen.«

Susanne breitete entschuldigend die Arme aus. Sie kam sich auf einmal ziemlich dämlich vor. Karl Kranz überlegte einen Moment, dann zog er einen schmalen Faltkalender aus der Gesäßtasche und blätterte.

»Am Samstagabend, also zur Tatzeit des angeblichen Einbruchs, war ich bei Eduard Schulze. Hiesiger Bauunternehmer und Ratskollege. Der hat mir ein paar Vorschläge für den Umbau des Dachgeschosses in meinem Haus gemacht. Wir haben gegrillt und einen ziemlich launigen Herrenabend verbracht. Gegen drei bin ich mit einem Fahrrad, das mir Herr Schulze zur Verfügung gestellt hat, nach Haus gefahren. Auch wenn ich mich mit meiner Frau ein wenig auseinandergelebt habe, wird sie das wohl bestätigen.«

Karl Kranz sah die verlegene Kommissarin schmunzelnd an.

»Das war's doch wohl, was Sie wissen wollten: Hat der Mann ein Alibi? Denn daß ich hier freimütig einräume, einen Einbruch vorgetäuscht zu haben, um einem anderen ein Alibi für eine größere Straftat zu verschaffen, haben Sie ja wohl nicht angenommen. Also, ich habe ein Alibi. Wasserdicht. Aber jetzt müssen Sie mir verraten, mit was mich Franz denn erpreßt haben will.«

Kranz hatte wirklich gleich begriffen, worauf es ihr ankam. Daß schon wieder der Name Schulze auftauchte, hatte sie zuerst ein wenig stutzig gemacht. Aber Kranz hatte ein nachprüfbares Alibi, damit war die Sache klar, und Huismann war endgültig als psychisch kranker Lügner überführt. Kein Apothekeneinbruch, kein Einbruch bei Schulze, und Karl Kranz hatte ein Alibi. Warum sollte sie jetzt noch die unappetitliche Kindersex-Geschichte aufs Tapet bringen? Aber das war jetzt auch egal.

»Er behauptet, Sie mit dem Vorwurf der Pädophilie unter Druck gesetzt zu haben. Der Junge, der kürzlich vom Dom gesprungen ist, den sollen Sie mißbraucht haben.«

Schweigen. Schluß mit lustig. Karl Kranz griff wieder zur Zigarettenpackung. Susanne glaubte eine Spur von Trauer in den ernsten Zügen zu erkennen. Wie gern hätte sie nach der sensiblen Hand gegriffen und getröstet.

»Na Prost Mahlzeit. Jetzt kann ich mir warme Socken anziehen. Ist so ein Verdacht erst mal raus, egal ob's stimmt, bleibt immer was hängen. Aber Sie, Sie muß ich einfach überzeugen, daß das eine infame Lüge ist.«

Das brauchst du doch nicht, ich glaube von der ganzen Geschichte doch kein Wort, wollte Susanne rufen, aber so vertraut waren sie ja leider nicht. Karl Kranz zählte an den Fingern ab.

»Erstens, ja es stimmt, ich hatte mit dem Jungen Kontakt. Seine Mutter hat sich wegen Erziehungsschwierigkeiten an mich gewandt. Zweitens, bei dem angeblichen Selbstmord dürfte es sich wohl eher um einen Unfall gehandelt haben. Man hat später festgestellt, daß der Junge ein chronischer Lösungsmittel-Schnüffler war. Drittens hat sich die Mutter später auf mein Anraten an die Frauenberatungsstelle gewandt und sich intensiv mit Ihrer Freundin Laura ausgetauscht. Glauben Sie wirklich, die hätte stillgehalten, wenn nur der Hauch eines Mißbrauchsverdachtes im Raum gestanden hätte?«

Susanne glaubte es nicht. Sie war restlos überzeugt. Aber Karl Kranz war noch nicht fertig.

»Franz ist wirklich schlau. Der hat es tatsächlich geschafft, mir aus dem Knast heraus noch eins auszuwischen. Es ist ja so, Frau Straaten, in meinem Beruf kommt es neben aller gebotenen Distanz notwendigerweise zu einer gewissen Nähe zum Klienten. Natürlich habe ich mit dem Jungen auch Einzelgespräche geführt. Das muß so sein. Aber deshalb habe ich doch nicht gleich die Hosen runtergelassen, wenn Mama mal nicht dabei war. Das ist doch wirklich die Höhe.«

Karl Kranz knallte den Aschenbecher auf den Tisch, hatte sich aber sofort wieder im Griff. Er seufzte.

»Das Janusköpfige an dem so wichtigen Aufbrechen des Mißbrauchs-Tabus ist die Vorverurteilung durch die zu Recht sensibilisierte Öffentlichkeit. Wägt man ab, dann ist es sicher besser, daß ein paar zu Unrecht verdächtigte Erwachsene auf der Strecke bleiben, als daß Abertausende unschuldiger Kinder leiden.«

Der hatte nicht nur Charme, Schönheit und Intelligenz, der hatte auch Größe. Susanne war hin und weg. Jetzt mußte sie zur Hilfe kommen.

»Ich bin sicher, daß diese leidige Verleumdung vor Gericht nicht zur Sprache kommen wird. Der alte Huismann wird schon dafür sorgen, daß sich sein Sohn nicht mit immer neuen Lügengeschichten noch tiefer in den Schlamassel reitet. Und ich bin auch nicht gerade als Plappermaul bekannt.«

Karl Kranz ergriff die Hand der Kommissarin. Sein dankbarer Blick ging ihr durch und durch.

»Danke, Frau Straaten. Sie glauben gar nicht, wie glücklich es mich macht, daß gerade Sie mir Vertrauen schenken.«

Susanne hätte ihre Hand gern noch länger unter die seine gekuschelt, aber da winkte er schon damit dem Kellner.

»Die Rechnung, bitte!«

Auf dem Parkplatz bot Susanne dem im Moment Autolosen an, ihn nach Hause zu fahren, und er nahm ohne Ziererei an. Sie fuhren nach Obrighoven. Am Kiefernhügel stoppte sie vor der angegebenen Adresse.

»Wollen Sie nicht noch auf einen Kaffee hinein kommen?«

»Herzlich gerne, aber mein Sohn wartet zu Hause auf mich, und der Babysitter schaut wahrscheinlich auch schon auf die Uhr. Das Los einer alleinerziehenden Mutter.«

Karl Kranz war ganz Interesse.

»Sie haben einen Sohn? Wie alt ist er denn?«

»Zwölf. Jetzt kommen langsam die schwierigen Jahre.«

Kranz nickte wissend.

»Ich würde Sie gern wiedersehen. Haben Sie Lust, am Samstag hier in Wesel an einem Symposion über Tätertherapie teilzunehmen? Dürfte Sie doch interessieren. Hochkarätige Referenten. Ruud Bullens aus den Niederlanden ist Ihnen sicher ein Begriff. Langjährige Erfahrungen mit stationärer Tätertherapie. Er hat sein Kommen zugesagt.«

Susanne stimmte begeistert zu.

»Also bis Samstag. Zehn Uhr an der Zitadelle, Aula der Musik- und Kunstschule. Berufen Sie sich auf mich. Ich gehöre zu den Organisatoren.«

Susanne war selig.

SECHS

Monique Duval, die außerhalb ihrer Arbeitszeit eigentlich Ursula Wagner hieß, knetete mit kundigen Griffen die Region, wo sie Fleischmanns Rückgrat vermutete. Aber das war so gut abgepolstert, daß selbst ihre nervigen Finger es nicht erspüren konnten. Fleischmann, mit nichts als seiner Armbanduhr bekleidet, räkelte sich wohlig in Bauchlage und grunzte. Zweimal im Monat gönnte er sich einen Rundum-Service bei Monique, Christine und Lady Ivonne. Die drei betrieben ein gutgehendes Etablissement im Stadtteil Blumenkamp. »Drei-Mädel-Haus – von zart bis hart«. Wobei Fleischmann die zarte Variante bevorzugte, denn hart war er schließlich selbst.

Monique knetete und dachte an den Hefezopf, den sie morgen früh backen wollte. Auch Fleischmann war nicht ganz bei der Sache. Morgen um zehn Uhr würde vor dem Duisburger Landgericht der Sensationsprozeß gegen Franz Huismann eröffnet werden. Als Gerichtsreporter durfte er für den Niederrhein-Boten morgen am Pressetisch Platz nehmen.

Aber er würde einer unter vielen sein. Nichts Exklusives. Die von den Privatsendern und die Kollegen von den bunten Blättern würden mit all den prickelnd-unappetitlichen Details groß rauskommen. Für ihn als Mitarbeiter eines Lokal-Blattes blieb nur ein Gerichtstermin vor einem etwas schillernderen Hintergrund als sonst üblich.

Nein, er brauchte etwas, mit dem nur er auftrumpfen konnte. Die Schlappe mit den Fotos mußte wieder wettgemacht werden. Lediglich seine Zeit im Gerichtssaal abzusitzen, um dann einen simplen Prozeßbericht abzuliefern, das war eines Fleischmann nicht würdig. Er zermarterte sich das Hirn. Ein Vorabinterview mit Franz, seinem alten Schulkollegen, das wäre es gewesen. Aber an den war nicht ranzukommen. Er hatte es versucht. Huismann senior, der das für ihn deichseln sollte, hatte einfach aufgelegt, während er noch mit Engelszungen erklärte. Irgend etwas mußte ihm einfallen.

Das Telefon dudelte im Nebenraum.

»Entschuldige, Dickerchen, ich geh mal eben ran. Wir sind im Moment unterbesetzt.«

Fleischmann brummelte unwillig, aber Monique war schon im Flur.

»Nein, Lady Ivonne empfängt heute nicht. Sie ist unpäßlich.«

Es schien sich um einen hartnäckigen Kunden zu handeln, denn Moniques Flötentonlage bekam einen leicht gereizten Unterton.

»Ich sagte doch, unpäßlich. Besuch von der roten Zora, verstehen Sie?«

Fleischmann, der mitgehört hatte, grinste. Dann richtete er sich plötzlich auf.

Rote Zora, das war's. Irgendeine linke Untergrundgruppe mit radikal-feministischem Einschlag. Fleischmann wußte nichts Genaueres darüber. Hatten die nicht vor Jahren bei dem Brandanschlag auf das REWE-Auslieferungslager im Weseler Industriegebiet am Schornacker die Finger im Spiel gehabt? Um die war es ja ziemlich ruhig geworden.

Egal. Morgen würde sich das schlagartig ändern.

Er hüpfte von der Massagebank und verhüllte das schlappe Gemächt unter einem um die Körpermitte geschlungenen Saunalaken. Dienst war schließlich Dienst. Monique, die das genauso sah, nahm es sofort übel auf.

»Was soll das denn? Immer gleich die beleidigte Leberwurst. Wir waren doch gerade erst bei der Ouvertüre. Also runter mit den Prüllen, Dicker, die angefangene Stunde zahlst du sowieso.«

»Hör auf zu zetern und setz dich. Ich hab dir ein Geschäft vorzuschlagen.«

Monique, die statt Konversation zu machen lieber zügig die begonnene Arbeit zu Ende bringen wollte, rollte mit den Augen, setzte sich dann aber folgsam. Der Kunde war schließlich König, und Fleischmann war ein guter Kunde. Er stolzierte mit auf dem Rücken verschränkten Händen vor dem Lotterbett wie ein dekadenter Senator des untergehenden Römischen Reiches.

»Du hast mir doch mal erzählt, daß du gern Schauspielerin geworden wärst.«

Monique winkte müde ab. »Habe ich mir längst abgeschminkt. Zu mehr als ein paar Nebenrollen in hausgemachten Sahne-Western hat's nie gereicht.«

Fleischmann ließ sich, obwohl die Unterleibstunika ins Rutschen kam, nicht beirren.

»Macht ja nichts. Aber morgen hättest du mit deinen beiden Kolleginnen die Chance, ganz groß rauszukommen. Ein Zehn-Minuten-Job ohne viel Körpereinsatz. Um 9.45 Uhr kurze Foto-Session vor dem Duisburger Landgericht. Eine dreiviertel Stunde später könnt ihr schon wieder zu Hause am Kaffeetisch sitzen.«

Monique kam gleich aufs Wesentliche. Reibende Bewegung von Daumen auf Zeigefinger. Fleischmann gab sich einen Ruck. Wat nix kost, dat is nix.

»Drei Blaue, bar Kralle, für jede. Okay? Um neun hol ich euch morgen früh ab.«

Er hatte die Fummelei mit dem Handtuchrock endgültig satt und angelte nach Hose und Schuhen. Da war noch einiges vorzubereiten. Wo kriegte er bloß so schnell Kracher her? Aber er hatte schon eine Idee. Das Bekennerschreiben würde er am heimischen PC fabrizieren, und für das Transparent gab's sicher was Passendes bei Muttern im Wäscheschrank. Er fummelte einen Geldschein für die Ouvertüre aus der Gesäßtasche und wollte schon gehen, aber Monique hielt ihn zurück.

»Moment, Fleischi. Mit ein paar Fakten mußt du schon noch rüberkommen. Ich kapier überhaupt nichts.«

»Brauchst du auch nicht. Ihr drei marschiert morgen früh vor dem Gerichtsgebäude auf, zieht euch ein Halstuch vors Gesicht, entrollt kurz ein von mir vorbereitetes Transparent und schmeißt ein paar Kracher. Ich fotografiere. Danach fahrt ihr mit meinem Wagen wieder nach Hause, das war's. Für neunhundert Piepen müßt ihr sonst erheblich mehr leisten.«

Das stimmte. Monique war einverstanden. War doch mal was anderes.

*

Die Stimmung im Frauentreff war gedrückt. Zwölf ganz in Schwarz gekleidete Frauen aller Altersstufen hatten um den großen ovalen Tisch Platz genommen. Angespannt begann Derya, die anstehende Aktion durchzusprechen.

»Also, Schwestern, gehen wir noch einmal unsere kleine Demo durch.«

Sie wuchtete einen Stoß dickpappiger Plakate, die jeweils mit einer

Kordel zum Um-den-Hals-tragen versehen waren, auf den Tisch. Jedes einzelne war im Stil einer schwarzumrandeten Todesanzeige aufgemacht und stellte kurz einen der Fälle in letzter Zeit in Nordrhein-Westfalen durch Männergewalt umgekommener Opfer dar.

»Also, acht von euch reihen sich mit den Dingern hier vor dem Bauch direkt am Gerichtsgebäude auf. Die andern vier postieren sich mit den Transparenten dahinter.«

Sie deutete auf zwei ausgerollt an der Wand lehnende Transparente. »Laura Meisters Schicksal mahnt! Wie lange sollen sich Frauen noch demütigen, schlagen, töten lassen?« und »Wesel braucht ein Frauenhaus. Jetzt!« war darauf zu lesen. Zustimmendes Gemurmel.

»Habt ihr auch alle an die Trillerpfeifen gedacht? Den Herren sollen schließlich die Ohren klingen.«

Die Frauen meldeten mit schrillem Pfeifen Vollzug. Eine junge Frau hatte noch etwas auf dem Herzen.

»Ich weiß nicht, Derya. Bist du sicher, daß die ganze Aktion in Lauras Sinne wäre? Dürfen wir ihr schreckliches Schicksal für unsere Ziele instrumentalisieren? Schließlich hat sie Huismann geliebt.«

Derya wandte sich der jungen Frau zu.

»Deine Bedenken in allen Ehren. Aber diesmal haben wir die Chance, eine überregionale Presse für unser Anliegen zu bekommen. Daß Laura sich immer für ein Frauenhaus eingesetzt hat, steht doch außer Frage. Ich bin sicher, wir handeln da ganz in ihrem Sinne.«

Allgemeine Zustimmung. Deryas integrative Kraft hatte das aus so unterschiedlichen Persönlichkeiten bestehende schwarze Dutzend auf Linie gebracht.

»Also, zur Sache, ihr Schätzchen!«

*

Drei scharfe Schnitte mit der Schere, dann war der Pferdeschwanz vom Kopf getrennt. Der Anstaltsfriseur hielt Franz den Skalp hin.

»Wollen Sie das Ding behalten?«

Franz schüttelte stumm den Kopf. Was sollte er damit? Alles war gleichgültig geworden.

Sein Vater hatte darauf bestanden, daß er in seiner aussichtslosen Lage das Gericht wenigstens durch ein gepflegtes Äußeres für sich einnehmen solle. Unter der Plastik-Pellerine, die ihm der Friseur übergeworfen und dann viel zu stramm um den Hals festgezurrt hatte, steckte er in einer schlichten Kombination aus blauem Blazer und grauer Hose. Statt Turnschuhen schwarze Mokassins. Ein beigefarbenes Hemd und eine unauffällige Krawatte vervollständigten das Ich-bin-doch-einer-von-euch-Bild.

Franz schloß die Augen und ließ den Kopf auf die Brust sinken. Die Schere des Friseurs klapperte. Zum Haarschnitt hatte er sich erst ganz zum Schluß durchringen können. In zwei Stunden war Prozeßeröffnung.

»Nun schauen Sie mal. So sehen Sie wirklich besser aus. Ein ganz neuer Mensch.«

Der Umhang wurde entfernt. Franz öffnete die Augen und kannte sich fast selbst nicht wieder. Er sah aus wie ein Vorwerk-Vertreter. Warum ließ er das bloß mit sich machen? Aber er hatte die Initiative des Handelns längst verloren.

Franz blickte auf den am Boden liegenden abgetrennten Zopf. Samson in den Händen der Philister – aller Kraft beraubt. Geblendet hatte man ihn zwar nicht, aber er blickte schon lange nicht mehr durch.

Der einzige Fixpunkt in dem ganzen Tohuwabohu um ihn her war sein Wissen, daß er unschuldig war.

Irgendwo da draußen lief Lauras Mörder frei herum. Ihm dämmerte langsam, daß die Tat wahrscheinlich niemals gesühnt werden würde. Aber Kampfeslust, Zorn und Auflehnung waren längst tiefer Resignation gewichen. Alle seine Versuche, sich zu entlasten, hatten sich stets wieder gegen ihn selbst gerichtet, ihn immer unglaubwürdiger gemacht. Sein Vater hatte ihm dringend geraten, endlich zu schweigen. Er würde sich daran halten.

Ohne Laura war eh alles sinnlos. Sein Leben hatte Halt und Ziel verloren. Innere Emigration, ob draußen oder im Knast, spielte da doch keine Rolle. Das letzte Flämmchen Lebensenergie, gespeist durch den Wunsch nach Vergeltung für Lauras schrecklichen Tod, war unter dem erdrückenden Ohnmachtsgefühl fast erstickt.

»Es ist Zeit.«

Franz hatte die beiden uniformierten Beamten gar nicht bemerkt. Ergeben hielt er den rechten Arm hin. Der Beamte dockte mit der noch freien Handschelle an seiner Linken an.

»Gehen wir.«

Sie fuhren über die Bundesstraße von der Justizvollzugsanstalt Dinslaken, in die er nach dem Ende der Ermittlungen verlegt worden war, zum Landgericht Duisburg. Ein herrlicher Sommermorgen.

Franz sah aus dem Fenster. Mit Macht erschütterte ihn die Erkenntnis, daß er das alles vielleicht nie mehr wiedersehen würde.

Sie passierten langsam eine Baustelle. Der Pflasterer da, gebückt im Sandbett, wo bald ein Fahrradweg sein würde. Eingesponnen in seinem eigenen Kosmos. Sie würden nie voneinander erfahren. Zwei Kometen, die sich in der Unendlichkeit des Alls zufällig begegneten, um sich dann für immer zu verlieren.

Schrebergärten, ein Pulk von rumalbernden Schülern, Autofahrer an einer Tankstelle. Er nahm das alles wie einen Film wahr. Mit ihm hatte das nichts mehr zu tun. Diese erschreckende Gleichzeitigkeit. Da ging das Leben einfach weiter, während sein Lebenstraum zerstört war. Irgendwie tröstlich, aber auch grausam gleichgültig.

Seltsam, im Nebel zu wandern. Daß ihm die Tränen über beide Wangen liefen, merkte er erst, als ihm der mit den Handschellen an ihn gekettete Beamte mit abgewandtem Gesicht ein Papiertaschentuch anbot. Franz schneuzte sich. Vom Steppenwolf zum Stallhasen.

*

»Hau mich inne Fresse. Dat Glück is mit die Doofen.«

Heftig zerrte Lady Ivonne von hinten an Fleischmanns Trench und deutete aufgeregt auf den gerade aus einer Parklücke stoßenden Wagen auf der anderen Straßenseite. Fleischmann bremste abrupt und setzte Blinker. Zum dritten Mal umrundeten sie nun schon entnervt das Gerichtsgebäude, ohne einen Parkplatz zu finden. Langsam drängte die Zeit.

Aggressives Hupen von der Spitze des sich bildenden Staus. Sofort hängte Lady Ivonne ihren Oberkörper aus dem rückwärtigen Fenster und hackte die rechte Armbeuge mit linker Handkante.

»Fick dich doch ins Knie. Blick'se nich, dat wir da landen wollen?«

Fleischmann entspannte die Situation, indem er eine Lücke im Gegenverkehr nutzte und mit quietschenden Reifen in das freigewordene Gelaß schoß. Die Damen im Fond applaudierten wie nach der geglückten Landung eines Charter-Flugs. Autotüren krachten gegen benachbarte Karossen. Busen und Po quetschend, drängten die Rote-Zora-Epigonen ins Freie. Christine ließ prompt die halbvolle Sektflasche auf den Asphalt klatschen, aber Monique wetzte die Scharte gleich mit einem Dreier-Pack Hoheneck-Piccolo von Aldi wieder aus.

Fleischmann war inzwischen tief gebückt in den aufgeklappten Kofferraum hinabgetaucht und grabbelte nach dem nötigen Action-Utensil.

»Jetzt alle mal herhören. Uns bleibt wenig Zeit. Ihr rollt das Spruchband vor dem Gericht aus«, er tippte auf die Lakenrolle unterm Arm, »und schmeißt Knaller wie zu Silvester. Und immer das geballte Fäustchen nach oben. Ist das klar! Dann haut ihr ab und verduftet mit dem Wagen sofort nach Wesel. Den Rest erledige ich.«

Er verteilte Baskenmützen und Palästinenser-Tücher. Die China-Böller verschwanden in den umgehängten Handtaschen der Aktivistinnen.

»Habt ihr auch alle ein Feuerzeug für die Kracher dabei?«

Monique pappte sich den Kantor-Kannegießer-Deckel aufs Haupt und salutierte mit geballter Faust.

»Venceremos, Commandante.«

Fleischmann war begeistert.

»Ja, ja, das will ich sehen. Sehr schön, so will ich's haben. Und vergeßt nicht das Tuch überm Nüschel.«

Das Dreigestirn hakte sich unter und marschierte forsch im Gleichschritt ab.

»Auf, auf, zum Kampf, zum Kampf – zum Kampf sind wir geboren«, intonierte Monique, sich an studentisches Liedgut erinnernd. Lang, lang war's her. Nach einem lukrativen Job in den Ferien des dritten Germanistik-Semesters war der Entschluß gereift, sich endgültig in die Einheitsfront der Sex-Arbeiterinnen einzureihen. Eben weil der Mensch ein Mensch ist. Tonio Kröger hatte sie irgendwie abgetörnt.

»Dem Karl Liebknecht, dem haben wir's geschworen, der Rosa Luxemburg reichen wir die Hand.« Faleri Falera.

Fleischmann, durch die Blicke der verstörten Passanten alarmiert, hetzte an der kämpferischen Phalanx vorbei und wedelte rückwärtsgehend indigniert wie Furtwängler selig, wenn die Bratsche knarzte.

»Aus, aus, aus! Wir sind hier nicht auf dem Alexanderplatz. Macht bloß keinen Mist! Die Show sollt ihr vorm Gerichtgebäude abziehen. Commodo, commodo.«

Fleischmann versuchte besorgt, Schritt zu halten.

Kurz bevor sie zum Endspurt aufs Gericht ansetzten, gelang es ihm, den Gesangverein vor der letzten Ecke zu stoppen. Monique, der er das meiste Talent zutraute, übergab er die Transparentrolle.

Dann verteilte er Kärtchen mit von ihm vorformulierten Slogans, die die drei publikumswirkam skandieren sollten.

»Schluß mit der Klassen-, Sexisten-, Männerjustiz«, las Monique ab und fing gleich in bester Deutschlehrerinnen-Manier an zu nörgeln. »Nicht gerade 'ne klingende Wohltat, Fleischi. Müde, ausgelutscht, verkopft. Setzen, sechs. Da muß ein bißchen fröhliche Sinnlichkeit rein.«

»Knipst dem Richter aus die Lichter«, versuchte sich Christine.

»Schon viel besser«, lobte Monique, »vielleicht noch ein wenig mehr konkreten Bezug. Wie wär's mit ›Sex-Gangster killen, das macht Spaß – Rote Zora, die tun was!‹ oder so?«

»Aua, aua, das Versmaß sollten wir ja nun nicht ganz aus dem Auge verlieren«, outete sich Christine als heimliche Liebhaberin des Stabreims.

An Fleischmanns Reaktion, der sich bereits den rechten Schuh abgestreift hatte und wie weiland Chruschtschow damit fuchtelte, erkannten sie, daß sie übers Ziel hinausgeschosen waren.

Fleischmann hatte von dem spontanen Wettstreit endgültig die Schnauze voll. In den reimenden Haufen würde er schon Zug reinbringen. Schließlich war er Reservist.

»Feuerzeug präsentieren, Hand an die Kracher und Abmarsch.«

Na bitte, es kam nur auf die richtige Ansprache an.

Das Trio stöckelte in Richtung Gerichtsgebäude. Fleischmann setzte sich ein wenig ab und machte die Kamera schußbereit. Nicht gerade autonomentypisches Outfit, aber das würde man später sicher unter der Überschrift »Konspiration« verbuchen, beruhigte er sich.

Aber was war das? Hatte da jemand die gleiche Idee gehabt?

Direkt vor dem Portal hatte sich ein Fähnlein schwarz gewandeter Frauen postiert und mahnte schweigend mit Plakaten und Transparenten. Fleischmann erkannte die bei ihm in letzter Zeit etwas in Ungnade gefallene Derya sofort. Frauentreff Wesel. Hut ab. Mit dieser Konkurrenz hatte er nicht gerechnet. Ihn beschlich das dumpfe Gefühl, mit seiner schrill geratenen Inszenierung zu weit gegangen zu sein.

Jetzt konnte er nicht mehr zurück.

Fleischmann pfiff auf zwei Fingern und gab Monique eindeutige Zeichen in Richtung der Mahnwache. Sie verstand sofort. Flugs war vor der Front der schweigenden Schwestern das Spruchband entrollt. Dann ging die Post ab.

Es krachte und zischte, dazu schrill gekeifte Parolen. Nach anfänglicher Irritation trillerte die geballte Frauen-Power auf ihren Pfeifen mit, daß es eine Lust war.

Fleischmann hielt voll drauf.

Da spurteten auch schon die zur Eröffnung des Sensationsprozesses zahlreich erschienenen Kameraleute von diversen Fernsehsendern heran, daß die obligatorischen Hinterkopf-Zöpfchen nur so wippten. Die Jungs mit dem Mikro-Galgen taten sich etwas schwerer, hoppelten aber wacker hinterdrein. Fleischmann registrierte es mit gelassenem Wohlwollen. Ein paar Knochen für die Meute.

Schließlich hatte er Bekennerschreiben und Exklusiv-Interview mit der roten Kamarilla bereits in der Tasche. Vorsprung durch Organisation.

»Tätertherapie – Nie! Rache für Laura Meister! – ROTE ZORA!« konnten die Willis vom Kommerz-TV gerade noch einfangen, dann waren die feministischen Einpeitscherinnen schon wieder verschwunden.

Derya steckte die Trillerpfeife noch zwischen den Lippen, als ihr plötzlich ein teddyplüsch-ummanteltes Mikrophon vors Gesicht gehalten wurde.

»Muß das Gebäude evakuiert werden? – Hat Ihr Kommando eine Bombe im Gericht deponiert? – Welche Forderungen haben Sie an die Justiz?«

Plop! Die Pfeife landete vor den ausgetretenen Pumas des Quotenjägers.

»Wir fordern ein Frauenhaus. Mit der Krach-Bumm-Peng-Aktion da gerade haben wir nichts zu tun. Gepfiffen haben wir nur, um unser Mißfallen auszudrücken«, versuchte Derya schlagfertig zu retten, was zu retten war.

Vergebens. Barbara Eligmann würde noch heute abend, den Silberblick fest auf den Teleprompter gerichtet, der großen Explosiv-Gemeinde menetekeln, daß die Republik sich jetzt der neuen Herausforderung des lila Terrorismus stellen müsse. Derya würde mit ihrem auf den ersten Satz zusammengeschnittenen Statement ganz groß rauskommen.

Minuten später, nachdem die Zöpfchen-Jungs genügend Versatzstücke für die griffige Wirklichkeitsdarstellung echt authentisch zusammengestoppelt hatten, sammelte Derya die Plakate ein.

»Das war Klasse, Derya«, umgab es sie. »Ein Hoch auf unsere freie, unabhängige Presse. Was wir wollen, ist glasklar rübergekommen.«

Derya war nicht ganz so optimistisch. Ihr schwante Übles.

*

Franz' Blick ließ den Mann, der ihn gerade vollständig demontiert hatte, nicht los. Der Staatsanwalt, kaum älter als er selbst, raffte die sorgfältig gebügelte Robe und setzte sich. Wie von der Last der Scheußlichkeiten gebeugt, mit denen er sich beschäftigen mußte, stützte er das öffentliches Interesse wahrnehmende Haupt mit acht gespreizten Fingern.

Heftiges Empörungs-Geraune im vollbesetzten Saal. Franz erkannte etliche Bekannte aus Wesel, die ihn wie ein exotisches Insekt mit einer Mischung aus Abscheu und schauderndem Interesse betrachteten. Und da, ganz hinten in der letzten Zuschauerreihe, saß Karl. Franz glaubte ein ironisches Lächeln auf seinem Gesicht zu erkennen. Es war ihm egal.

Den Wunsch, den Ex-Freund für sein Versagen zu bestrafen, existierte nicht mehr. Mangels Energie und Gelegenheit. War doch alles gleichgültig geworden. Er mußte daran denken, daß ein Mann nach javanischer Vorstellung mit dem Tod seiner Lebenspartnerin die Hälfte seiner Seele verloren hatte. Genau so fühlte er sich auch. Er war vom dumpfen Verlustschmerz völlig paralysiert. Nach seinen fruchtlosen Versuchen, das Ruder herumzureißen, war die Zeit zu kämpfen jetzt endgültig vorbei. In welche Richtung er sich auch gewandt hatte, immer wieder war er gegen eine Wand gelaufen. Teilnahms- und verständnislos nahm er schweigend wie ein Statist am eigenen Prozeß teil, bloß wünschend, daß das Spektakel bald wie auch immer enden würde.

Der vorsitzende Richter sorgte mit erhobener Stimme für Ruhe im Saal. Zeugen wurden aufgerufen. Kriminalbeamte und Polizei-Sachverständige machten ihre Aussagen. Der Vater mühte sich redlich mit etlichen Einsprüchen und dem üblichen Verteidigergehabe. Aber seine Strategie stand ja fest. Ihm ging es nicht darum, den Tatvorwurf zu erschüttern. Sein As im Ärmel war der international anerkannte Professor Dr. Leid. Franz war schuldunfähig, seelisch krank. Davon sollte das Gericht überzeugt werden. Klapse statt Knast. Mehr konnte und wollte er für seinen Sohn nicht rausholen.

Nach der Mittagspause hatte der Professor seinen Auftritt. Die Mägen aller Beteiligten verdauten noch. Dementsprechend friedfertig war die Stimmung. Franz beobachtete die tanzenden Staubpartikel, die im durch die hohen Fenster einfallenden Sonnenlicht sichtbar wurden. Gab es ein Gesetz, das die Bewegung koordinierte? Ursache und Wirkung oder Chaos? Alles wirkte doch aufeinander. Wenn er jetzt heftig ausatmete, gab's da Verwirblungen, und die würden wieder andere Anstöße geben und immer so weiter und weiter bis ins Unendliche. Seine Gedanken verloren sich. Der Professor hatte bereits eine geraume Weile gesprochen, ehe seine vertrauenerweckend sonore Stimme in Franz' Bewußtsein sickerte.

»Wir haben es mit einem überdurchschnittlich intelligenten und sensiblen Menschen zu tun. Eine hirnorganische Schädigung kann mit Sicherheit ausgeschlossen werden. Lassen Sie uns also einen Blick auf den Werdegang diese Mannes tun, um zu begreifen, wie es zu der für mich zweifelsfrei vorhandenen psychopathogenen Störung kommen konnte.«

Franz hatte sich an mehreren Tagen lange mit dem Professor unterhalten. Es hatte ihm gutgetan. Die wie absichtslos gestellten Fragen hatten bei ihm einen regelrechten Redefluß in Gang gesetzt. Da war einer, der zuhören konnte, ohne dem anderen gleich bewertend über den Mund zu fahren. Er hatte getobt und geweint. Der Professor hatte nur freundlich verstehend dazu gebrummt. Eine solche Vaterfigur hatte er sich immer gewünscht.

»Übermächtige Verlustängste, ausgelöst durch den frühen Tod der geliebten Mutter, und der überzogene Erwartungsdruck des ehrgeizigen Vaters, dem er unterschwellig die Schuld am Tod der Mutter zuschreibt, führten zu ...«

Stimmte, stimmte haargenau. Und dann waren die Schlußfolgerungen, die der Sachverständige zog, doch bloß hanebüchener Unsinn. Er hatte dem Mann vertraut und einen völligen Seelen-Striptease hingelegt. Dabei hatte er doch vorher gewußt, daß der nur an seinem Fall, nicht an ihm als Person interessiert war. Aber gib einem Mensch die Chance, über sich zu sprechen, und schon brechen alle Dämme. Franz kapierte nicht, wie das ihm passieren konnte.

»Nicht zu vergessen die ödipale Komponente. Franz wählt sich seine Therapeutin zur Frau. Er verehrt in ihr die Mutter, aber gleichzeitig sieht er sie als Teil des kontrollierenden, mit Erwartungen bedrängenden Systems, das sein Vater repräsentiert. Daß er sie und nicht den Vater tötet, paßt nur vordergründig nicht ins Bild. Der Vater ist zu übermächtiger Größe hochstilisiert. Direkte Aktion scheint unmöglich. Laura Meister muß stellvertretend sterben. Ihr Tod soll den Vater mittelbar vernichten.«

Taschenbuch-Freudianer. Reim dich oder ich freß dich. Franz hätte am liebsten laut losgelacht, aber ein Blick auf den Richter, der andächtig mit dem Kopf wiegte, belehrte ihn eines besseren. Professorale Autorität wog schwer. Mit jedem Satz wurde ihm ein weiterer Stempel »Vorsicht, plemplem!« auf die Stirn gedrückt.

»So machen auch die absurden Lügengeschichten, mit denen sich der Angeklagte vordergründig zu entlasten versuchte, Sinn. Er wollte gefaßt werden. Denn nur als überführter Mörder konnte er dem Vater den vernichtenden Stoß versetzen. Das in sich schlüssige Lügengebäude, indem sich Huismann bewegt, hält er übrigens selbst für wahr. Seelenhygiene. Ein Schutzwall zwischen sich und der Tat. Es war ein anderer. Huismann hält sich, davon bin ich felsenfest überzeugt, subjektiv für völlig unschuldig. Das klassisch schizoide Verhaltenmuster.«

Verschwätztes Stochern im Nebel. Franz schauderte. Nicht wegen dem, was über ihn gesagt worden war. Was ging das ihn noch an? Aber ihm wurde plötzlich klar, wie schnell jemand als unzurechnungsfähig gedeutelt war. Oder für gesund erklärt wurde und dann doch als wandelnde Zeitbombe herumlief.

Der Professor wandte sich jetzt beredt dem rituellen Aspekt der Tat zu. Das Kreuzigungsmotiv. Opfertod, um andere zu erlösen. Ein Schwall wohlfeiler Erklärungen folgte. Franz horchte auf, erwachte aus seiner schicksalsergebenen Versunkenheit. Merkwürdig, nie hatte er in seinem Schmerz über die Begleitumstände von Lauras grausigem Ende nachgedacht. Über das Warum. Unter dem Trommelfeuer polizeilicher Vorhaltungen hatte er keine Zeit gefunden, über das Motiv des wirklichen Mörders nachzudenken.

Eine Kreuzigung. Pervers. Ein Ritualmord? Wer sein Opfer zerstückelt und kreuzigt, ist entweder verrückt oder will von sich ablenken, kalkuliert eine Spur legen, schoß es Franz durch den Kopf. Die ganze Sache sollte wie die Tat eines Wahnsinnigen aussehen. Und den sollte er jetzt hier geben. War er vom Täter von Anfang an für diese Rolle vorgesehen worden? Verdammt, darauf hätte er früher kommen können! Er hatte zu wenig gekämpft, hatte nicht sorgfältig genug alle Details der Abläufe durchgespielt. Er machte sich Vorwürfe. Vielleicht wäre er ja an Beweise herangekommen. Er war ein Esel! Ob er die Chance bekam, noch einmal zu kämpfen? Laura hätte gewollt, daß er sie nutzte.

Unruhig hob er den Kopf. Sein Blick wanderte durch den Gerichtssaal und blieb an Karl hängen. Kein Zweifel, der feixte breit.

Es war, als wären sie allein. Die Blicke aller Anwesenden hingen an dem spannend dozierenden Sachverständigen. Franz bemerkte deutlich, wie sich Karl, ohne den Kopf zu bewegen, nach allen Seiten versicherte, daß sie nicht beobachtet wurden. Dann begann ein stummer Dialog. Nicht, daß sie die Gebärdensprache der Gehörlosen beherrschten. Aber Franz verstand Karl, als hätte der laut gerufen.

Mit knappen, kaum wahrnehmbaren Gesten erklärte Karl, wie alles gelaufen war. Kurze sägende Bewegung an Hals und Unterarmen, Dann die Faust selbstbezichtigend auf der Brust. Der Zeigefinger schoß aus der Faust und zielte auf Franz. Schnelle Wellenbewegung der rechten Finger an den Augen vorbei. Internationales Zeichen für Schwachkopf. Mit dem Gesichtsausdruck höhnischer Verachtung lehnte sich Karl zurück. Er triumphierte so sehr, daß er die sprachlose Selbstbezichtigung öffentlich riskierte.

Franz saß wie erstarrt, ungläubiges Erstaunen ins Gesicht gemeißelt. Das ganze hatte keine fünf Sekunden gedauert, aber in der kurzen Zeit hatte er alles begriffen, was ihm in den letzten Wochen als unerklärliches Rätsel erschienen war. Es war, als hätte man ihm einen Vorhang vor den Augen weggezogen. Glasklar lag das Geschehene vor ihm.

Karl hatte nie vorgehabt, mitzuspielen und ihm ein Alibi zu verschaffen. Statt dessen war er ihm zu Schulze, dann zu Laura gefolgt. Hatte Laura getötet und die Beute an sich gebracht. Das Verstecken der zerstückelten Leiche hatte dann während seines Aufenthalts in der *Lindenwirtin* stattgefunden. Flori und Portos mußten ihm in die Quere gekommen sein, als er den Torso im Schweinestall ablud. Aber mit denen war Karl ja spielend fertig geworden. Schulze hatte er sicher mit Infos aus dem geklauten Schnellhefter zum Stillhalten gepreßt. Dessen Inhalt mußte gefährlich für den Bauunternehmer sein. So gefährlich, daß er lieber den Einbruch leugnete und auf viel Geld verzichtete. Und dann mußte Karl unter irgendeinem Vorwand die Polizei verständigt haben. Das Arrangieren der Leichenteile im Aaper Busch war für ihn dann nur noch eine Kleinigkeit gewesen.

Teuflisch! Zwei Fliegen mit einer Klappe. Laura hatte sterben müssen, weil sie für Karl mit ihrem Verdacht immer eine Bedrohung gewesen wäre. Und er hatte die ganze Sache noch forciert und sie mit seiner geldgierigen Einbruchstrickserei ans Messer geliefert! Ihn brauchte Karl ja nicht auszuschalten. Das hatte er trefflich selbst besorgt. Statt Karl zu benutzen, war er von Karl benutzt worden. Der Mann war ihm über.

Franz starrte den Killer an. Er schrie laut auf.

»Nein!«

Sofort blaffte der Richter los.

»Ich bitte den Angeklagten um Ruhe!«

Aber Franz wollte keine Ruhe geben. Nicht jetzt, wo ihm endlich alles klar war. Wütend sprang er auf und brüllte in die Gemütlichkeit. Jetzt oder nie.

»Da! Dahinten sitzt der Mörder!«

Er zeigte auf Kranz.

»Der hat Laura auf dem Gewissen!«

Franz stürmte los.

Tumultartige Szenen. Justizwachtmeister spritzten heran und hielten ihn fest. Zuschauer sprangen auf. In Franz' Kopf drehte sich alles. Was sollte er bloß machen?

»Ich bin nicht verrückt! Das könnt ihr mit mir nicht machen! Ich bin unschuldig! Laßt mich in Ruhe! Karl Kranz war's! Und Schulze hängt da mit drin! Die Schweine! Das ist ein einziges Komplott!« schrie er und schlug wild um sich.

Der Richter versuchte, mit Stentorstimme Ordnung in das Chaos zu bringen. Vergebens. Franz' Brüllen übertönte ihn spielend.

Plötzlich ebbte der Lärm ab. Franz war zusammengeklappt.

»Schnell, einen Arzt!« kommandierte der Richter. »Die Verhandlung ist bis auf weiteres unterbrochen!«

*

Durch ein dichtes Spalier neugierig Gaffender wurde Franz, festgeschnallt auf einer Trage, zum Krankenwagen gebracht. Inzwischen war er wieder bei Bewußtsein. Noch im Gerichtssaal hatte der Notarzt ein Beruhigungsmittel injiziert. Geschlagen ergab sich Franz in sein Schicksal. Trotzdem registrierte er den Satz, der halblaut aus dem Gesumm der Gaffer gezischt wurde, genau.

»Du Esel! Hast nie die Spielregeln kapiert.«

*

Der Prozeß war auf drei Verhandlungstage angesetzt worden. Am Vormittag dieses letzten Tages hatte das Gericht noch einen unabhängigen Gutachter gehört, der im wesentlichen ins selbe Horn wie sein berühmter Kollege gestoßen hatte. Für den Nachmittag wurde das Urteil erwartet. Niemand hoffte noch auf größere Überraschungen.

Obwohl die Beweislage eindeutig war, hatte Franz Huismann nicht gestanden. Nachdem Huismann senior in seinem Schlußplädoyer lediglich auf die Schuldunfähigkeit seines Mandanten abgehoben hatte, stand für jedermann fest, daß der Angeklagte Ende offen hinter den Mauern einer geschlossenen Anstalt verschwinden würde.

Franz hatte sich seit seinem Ausbruch nicht mehr eingelassen, wie ein ausdrucksloser Buddha versunken auf der Anklagebank gesessen und seinem Vater das Reden überlassen. Daß er am Nachmittag die Gelegenheit zu einer energischen Schlußerklärung wahrnehmen würde, glaubte niemand mehr.

Die Zuschauer drängten aus dem Saal. Drei Stunden Zeit bis zum Finale. Es war heiß. Karl Kranz beobachtete den dicken Mann, der sich hochrot im Gesicht durch das Gewühl schob. Er hatte sein Jackett ausgezogen. Breite Hosenträger hielten die Bauchhose in korrektem Sitz, eine Handbreit unterhalb der Brustwarzen. Das Taschentuch flatterte, Schweiß wurde von Stirn und Nase gewischt. Der durstige Mann von der Tuborg-Dose. Aber Karl wußte es besser. Er hatte Eduard Schulze, seinen Erz-Rivalen, sofort erkannt. Der Dicke schlug den Weg zur Gerichtskantine ein. Karl schloß auf und faßte den anderen plötzlich mit dem jahrtausendealten Büttelgriff am Oberarm.

»Sie sind verhaftet, Schulze. Mit den Umweltsauereien ist jetzt Schluß.«

Schulze tat einen Juchzer und steppte wie ein Vierjähriger, der vorm Klo den Reißverschluß nicht loskriegte. Chamäleon. Gesichtsfärbung von altrosa zu arschbackenweiß und gleich wieder zu feuerwehrrot, als er Karl erkannte.

»Was soll das, Doktor Kranz! Sind Sie verrückt geworden?« Schulze ventilierte wie ein Karpfen im Küchenkrepp, bevor der Koch zuhaut.

»Kleiner Scherz, Spaß muß sein. Und jetzt Schluß mit der mädchenhaften Anstellerei. Übrigens, das mit Frau Straaten haben Sie richtig gemacht. Unser Grillabend war ja auch ne Wucht.«

Schulze war fast ein wenig erleichtert. Kranz wollte wohl jetzt zur Sache kommen und endlich seinen Preis nennen. Mit einem Gegner im Dunkeln konnte er nichts anfangen. Er funktionierte wieder, bewegte sich auf vertrautem Terrain, wenn auch der Boden schwankte. Das kannte er. Hier wurde ein Geschäft vorbereitet. Kranz hatte dabei wahrscheinlich die besseren Karten. Er würde ganz schön Federn lassen müssen. Der Schock wich interessierter Spannung. Aber er war plötzlich ganz ruhig. »Kommen Sie! Gleich als ich Sie gesehen hatte, verspürte ich den Wunsch, Ihnen ein kaltes Pils zu spendieren. Dahinten ist die Kantine.«

Karl ließ den fleischigen Oberarm fahren, lupfte mit dem Zeigefinger kurz Schulzes rechten Hosenträger und ließ ihn kumpelhaft gegen dessen ausladenden Bauch klatschen. Dann ging er voran.

*

In der Kantine war reger Betrieb. Susanne Straaten saß Flores gegenüber und pulte die Kapern aus der Sauce der golfballharten Königsberger Klopse. Flores war niedergeschlagen.

»Wenn ich's nicht inzwischen besser wüßte, ich würd's nicht glauben. Franz war wie ein Bruder für mich. Der hat Laura abgöttisch geliebt. Diese teuflische Krankheit. Hoffentlich behandeln sie ihn da gut. Er bleibt mein Bruder, komme, was da wolle. Dabei sah alles so rosig aus.« Flori seufzte. »Wissen Sie, wie's in der geschlossenen Psychiatrie zugeht?«

Susanne verneinte stumm.

»Da fliegt keiner übers Kuckucksnest.«

Susanne legte die Gabel auf den Teller und lehnte sich zurück. Eine Lichtgestalt betrat die Schnellabfütterung. Doktor Karl Kranz. Sie hatte ihn seit dem Symposion in der Zitadelle nicht mehr getroffen, aber ziemlich oft an ihn gedacht.

Seine beiläufige Botschaft, daß er sich mit seiner Frau auseinandergelebt habe, war unauslöschlich abgespeichert und ließ ihrer Phantasie regelmäßig die Zügel schießen. Seit dem Fiasko mit ihrem Ex-Mann war sie eigentlich der Meinung gewesen, bis auf gelegentliche Flirts mit dem Thema Männer erst mal durch zu sein. Aber immer öfter ertappte sie sich jetzt bei zuckersüß klebrigen Phantasien. Sie auf einer Yacht unter schneeweiß geblähten Segeln. Karl an der Pinne, die fesche Skipper-Mütze keck auf dem lockigen Haar. Karl am Steuer seines Cabriolets, den gebräunten Unterarm mit der

Flaumbehaarung liebevoll um ihre Schultern gelegt, während sie durch toskanische Landschaften schnurrten.

Sie wollte schon aufspringen und winken. Aber Karl, der sie ebenfalls entdeckt hatte, legte kurz unauffällig den Finger an die Lippen, rollte mit den Augen und wies kopfruckend mit resigniertem Lächeln hinter sich. Er war nicht allein. Den Dicken im Schlepptau kannte sie. Schulze. Ach Gottchen. Rasch wandte sie sich wieder Flores zu.

»Die einzige Therapie für sogenannte Triebtäter, die ich akzeptiere, ist Kastration oder streng kontrollierte, lebenslange Medikation mit triebdämpfenden Präparaten.«

Flori fixierte sie böse.

»Warum nicht gleich Abtreibung statt Pille?«

*

Der viereckige Edelstahldeckel wurde vom hinter der Theke eingelassenen Bottich genommen. Die weißbeschürzte Bedienung klatschte ein dampfendes Eisbein neben das Sauerkraut-Kartoffelbrei-Gebirge auf Schulzes Teller. Karl warf einen Bick auf das schwabbelige Etwas und war schon satt. Der Form halber griff er sich einen Diät-Joghurt aus dem Selbstbedienungsregal und zapfte einen Kaffee vom Faß. Die Plastiktabletts schoben auf der kulinarischen Schnellstraße vor dem Tresen nur mäßig staugebremst zur Kasse. Schulze zahlte für beide. An einem eben frei gewordenen Resopal-Tisch nahmen sie sich gegenüber Platz.

Gekochte Schweineschwarte verschwand zügig in der molusken Öffnung oberhalb des doppelten Unternehmerkinns. War das eine Schweißperle gewesen, die da gerade nachwürzend ins Kraut getropft war? Karl betrachtete den Schlingenden mit angeekelter Faszination. Auf den Magen geschlagen war Schulze die ganze Geschichte jedenfalls nicht. Frustfresser. Karl rührte seinen Joghurt nicht an.

»Bei Gelegenheit sollten wir mal ausführlich über das sozio-kulturelle Zentrum in der Feldmark reden. Ich glaube, die Voraussetzungen für ein fraktionsübergreifendes Einvernehmen jenseits des lästigen Parteiengezänks sind jetzt gegeben.«

Karl nippte an der Tasse.

Schulze unterbrach die Schaufelei und fixierte, die Fäuste ums Besteck wie um zwei Stichwaffen geballt, sein verhaßtes Gegenüber. »Sieh da, der saubere Doktor Kranz. Einbrecher und Erpresser.«

Kurz wippte die Tasse, und Kaffee schwappte ungesüßt, aber brüllheiß über Schulzes Rechte. Ersticktes Jaulen.

»Wer nicht hören will, muß kühlen«, stellte Karl sachlich fest, während Schulze mit dem Taschentuch bandagierte. Karls fast zu Ende gerauchte Zigarette zischte kurz auf, als sie in den pappigen Kartoffelbrei des Vorlauten gestoßen wurde.

»Wir sollten uns von Anfang an über die künftige Sprachregelung einig werden. Ihre Rede sei Ja, Ja und niemals Nein, Nein. Ist das klar, Schulze? Oder wollen Sie im *Spiegel* lesen, wer dafür verantwortlich ist, daß tausende Kubikmeter verseuchten Erdreichs von der Sanierung des Esplanade-Parkplatzes statt zur Entseuchung nach Holland zum Deichbau nach Bislich gegangen sind? Illegal eingebaut im Wasserschutzgebiet? Sie haben wirklich Nerven! Und das ist bloß eines von einer ganzen Reihe Ihrer krummen Geschäfte.«

Schulze sank in sich zusammen.

»Die Unterlagen mit den aufschlußreichen Informationen habe ich übrigens einem Anwalt übergeben. Sollte ich eines nicht natürlichen Todes sterben, inklusive Tod durch Unfall, öffnet der das versiegelte Päckchen, und die Geschichte nimmt ihren für Sie äußerst unangenehmen Lauf. Ansonsten geht nach meinem Ableben alles an Sie oder wird ungeöffnet vernichtet. Also beten Sie, daß kein herunterfallender Dachziegel mich vorzeitig hinwegrafft.«

Schulze schob den Teller weg. Er hatte keinen Appetit mehr.

»Lieber Herr Doktor, jetzt lassen Sie uns mal wie zwei vernünftige Geschäftsleute reden. Nennen Sie Ihren Preis. Ich bin ja bereit zu zahlen.«

Der Tritt vors Schienbein kam unverhofft und schmerzte gemein. Schulze kaschierte spontanes Aufheulen hinter einem vorgetäuschten Hustenanfall. Alles glotzte. Schulze winkte mit dem Taschentuch wedelnd ab.

»Behalten Sie Ihre miesen Kröten. Was ich will, ist Macht. Und von Ihnen Gehorsam. Sie reden künftig nur, wenn Sie von mir gefragt werden. Ich erwarte, daß Sie Männchen machen, wenn ich nur die Augenbraue hebe. Ist das klar?«

Schulze orgelte Unverständliches hinter seinem Taschentuch.

»Na also, nun verstehen wir uns. Und jetzt legen wir schon mal grob die Marschrichtung für die nächste Ausschußsitzung fest. Das ist erst der Anfang. Wir zwei werden künftig als erfolgreiches Tandem Akzente in der Weseler Politik setzen.«

Karl tätschelte freundlich die krebsrote Rechte seines Gegenübers.

»Wobei ich selbstverständlich vorne sitzen werde, während Sie sich hinten redlich abstrampeln. Schulze, uns beiden gehört die Zukunft!«

*

Fleischmann betrachtete die vor ihm gehende junge Kollegin mit Wohlgefallen. Hellblondes Langhaar, Wespentaille über Ballon-Popo, und die Körbchengröße stand in direktem Verhältnis zu ihrer umfangreichen Bildung. Mit vierundzwanzig schon Magister Artium in drei Fächern, die er sich so schnell nicht hatte merken können. Hut ab.

Sie kam vom Dorf. Völlingen in der Eifel. Anus mundi, wie der Lateiner sagt. Und zwischen Studentenwohnheim und Hörsaal hatte die böse Welt keine bleibenden Spuren hinterlassen können. Sonnensauber, windfrisch.

Und diese Unschuld schickte sich nun an, ausgerechnet beim Niederrhein-Boten als Volontärin in die schillernde Welt des Journalismus einzutauchen. Fleischmann würde sie als erfahrener Mentor begleiten, das zarte Pflänzchen hegen und pflegen und zur vollen Blüte bringen. Die sperrige Derya war schon vergessen.

Schließlich schwamm er ganz oben auf der Welle des Erfolgs. Die Rote-Zora-Kiste war voll eingeschlagen. Er hatte wieder mal die brandheißen Fotos, und ihm hatte schließlich eine der Terror-Tussen ihr lila Manifest in die Hand gedrückt. Und dann seine investigativen Vor-Ort-Recherchen.

Aufmacher im Lokalen. Verstand sich von selbst. Knalliger Dreispalter auf der NRW-Seite. Angemessen. Daß ihn der Chefredakteur gedrängt hatte, einen Kommentar für Seite zwei zu schreiben, hatte ihn vollends glücklich gemacht. Thema: Klassenkampf, Rassenkampf, Geschlechterkampf. Wehret den Anfängen. Wohin treibt die Republik? Nachdenklich, aber in der Sache hart, hatte er unter Einbeziehung des Nietzsche-Zitats gezeigt, wo es langging.

Das Feedback war überwältigend. Plötzlich tätschelte ihm selbst sein Weselinski-Chef anerkennend die Schulter. Und der blonde Nachwuchs himmelte ihn an wie eine Egon-Erwin-Reinkarnation. Kisch! Da war was dran. Der hatte doch auch mal so ein Ding abgezogen. Die erfundene Mühlenbrand-Geschichte. Er war in guter Gesellschaft.

Und das setzte sich aufs Erfreulichste fort. Vor ihm betrat die Volontärin die Gerichtskantine.

Artig: »Ich hol uns was vom Buffet.«

Lässig: »Für mich nur einen Café au Lait.«

Fleischmann war noch etwas magenschwach nach der vorabendlichen Siegesfeier unter bisher unbekannten Freunden und Bewunderern im Café Fehr. Fünfundzwanzig Alt und nichts dazubezahlt.

Vollrausch? Fleischmann! Na und? Hemingway hatte schließlich auch gesoffen wie ein Loch.

Kurz sah er sich im Raum um. Die zwei dahinten kannte er doch. Na prima! Mit Tunnelblick steuerte er das Duo an. Wenn Wesels Hautevolee sich ein Stelldichein gab, gehörte er als Starreporter schließlich dazu.

»Hallo, Hallöchen! Karl, Herr Schulze! 'nen Kasten Maggi, daß unser alter Kumpel Franz für immer hinter Klostermauern verschwindet.«

Ungefragt nahm er am Tisch Platz. Kranz und Schulze warfen sich einen kurzen Blick zu.

»Wahrscheinlich behalten Sie recht, Fleischmann. Aber daß das Schwein von jetzt ab nur noch Kosten verursacht, daran denkt mal wieder keiner. Ich bin als Unternehmer für einfache, saubere Lösungen. Sex-Gangster gehören an die Wand gestellt«, textete Schulze altgewohnt markig, sein neues Herrchen achtsam im Blick.

»Obwohl ich natürlich grundsätzlich ein vehementer Gegner der Todesstrafe bin, neige ich fast dazu, in diesem Fall die Tendenz Ihrer Aussage zu teilen, lieber Herr Schulze. Franz gehört einem Tätertypus an, der meiner bescheidenen Meinung nach nicht zu therapieren ist. Er wird immer eine Gefahr für die Gesellschaft darstellen.«

Karl erhob sich.

»Entschuldigen Sie mich, meine Herren, ich will mir vor der Urteilsverkündung noch ein wenig die Beine vertreten.«

Schulze war auch aufgesprungen. Allein mit dem verschwätzten Fleischmann, dazu war er im Moment nicht in der Lage.

»Warten Sie, Herr Doktor, ich schließe mich Ihnen an. Übrigens, Ihre konzeptionellen Vorschläge zur stadtteilorientierten Jugendarbeit, sehr interessant.«

Fleischmann starrte den beiden überrascht hinterher. Solche Töne war er von Schulze nicht gewohnt. Die beiden waren sich doch sonst politisch spinnefeind. Das roch nach einer ganz neuen Seilschaft, von deren Zustandekommen er nichts mitbekommen hatte. Aber wen wunderte es? Bei seinen journalistischen Höhenflügen konnte in den Niederungen der Lokalpolitik schon mal was aus dem Blickfeld geraten.

Der fettige Essensgeruch, der alles im Raum überlagerte, machte ihm zu schaffen. Ein Kaffee würde jetzt gut tun.

Dazu kam es nicht.

Von hinten klatschte der Niederrhein-Bote vom Vortag auf sein perplexes Haupt. Ehe er sich umwenden konnte, war Derya schon um den Tisch herum und rechnete mit mühsam gezügelter Stimme mit dem sich elend Fühlenden ab.

»Wie konnten Sie nur so einen Schwachsinn schreiben! Uns in Wesel in die Extremistinnenecke zu drängen! Einfach lächerlich, wenn es nicht so eine Sauerei wäre!«

»Ihr orientalisches Temperament in allen Ehren, Teuerste. Aber Sie sollten sich langsam an die Umgangsformen gewöhnen, die sich unter zivilisierten Westeuropäern eingebürgert haben. Schließlich sind wir hier nicht im wilden Kurdistan.«

»Halt doch dat Muul, Baffert!«

Derya wandte sich angewidert ab und wäre fast mit der blonden Journalisten-Hoffnung zusammengestoßen, die, ein Kaffee-Tablett balancierend, die Züchtigungsnummer verfolgt hatte. Fleischmann hatte gleich eine Erklärung parat.

»Hab da mit meinen Enthüllungen wohl ziemlich ins Wespennest gestochen. Sie sehen ja, diese irregeleiteten Frauen schrecken selbst vor tätlichen Angriffen nicht zurück.« Seine Hand deutete auf den entrollten Niederrhein-Boten vor sich, und er setzte sein Besorgt-aber-mutig-Lächeln auf. »Tja, da müssen wir Enthüller halt durch. Viel Feind, viel Ehr. So spannend, aber auch so gefährlich kann Lokal-Journalismus sein.«

Hin und weg, die Süße. Kennt die Großen der Zunft noch nicht. Wie diese kornblumenblauen Augen, die jedem Mädel vom Rheine zur Zierde gereicht hätten, ihn anhimmelten.

Ein Taxifahrer betrat die Justiz-Kantine. Er hatte Glück gehabt und mit einer Fuhre von Wesel zum Düsseldorfer Flughafen Kasse gemacht. Auf dem Rückweg konnte er es sich leisten, mal kurz in Duisburg Station zu machen, um mitzuerleben, wie ein berühmt gewordener Weseler zu lebenslänglich verknackt wurde. Er stellte sich ans Ende der Schlange vor dem Buffet und ließ seine Blicke durch den Raum schweifen. Der Taxifahrer stutzte. Einseitiges Erkennen.

Fleischmann griff zum Milchkaffee und blies in den dampfenden Humpen. »Ich liebe einfach die Französische Tischkultur. Savoir vivre, Sie verstehen?« Fleischmann nahm einen großen Schluck.

Die aufgeschäumte Milch im Kaffee hatte einen Stich.

Sauermilch!

Fleischmanns überstrapazierter Magen reagierte sofort. Kurzes Aufblähen beider Backen, dann schoß es würgend heraus. Die Volontärin riß instinktiv den Niederrhein-Boten wie ein Schutzschild hoch und streckte ihn Fleischmann abwehrend entgegen. Ein Strahl traf wie kommentierend Fleischmanns Leitartikel. Die angehende Redakteurin rang um Fassung und Worte. Dann brachte sie das Geschehen präzise formulierend klar und wahr auf den Punkt.

»Sie, Sie … kotzen mich an!«

Ein zurückgestoßener Stuhl kippte geräuschvoll um, Absätze klackerten hektisch, und mit dem Knallen der Tür zur Damen-Toilette zerbarst wieder mal ein Männertraum.

*

Eine Fahrradklingel schrillte dreimal forsch. Sofort beugte sich Susanne aus dem weit geöffneten Fenster.

»Wir sind soweit. Sekunde, wir holen nur rasch die Räder aus dem Keller.«

Kurzes fröhliches Winken, dann wurde das Fenster geschlossen. Susanne schnappte sich den Picknickkorb.

»Jonas, es geht los. Nimm deine Jacke mit!«

Jubel aus dem Kinderzimmer, dann flog die Tür auf.

»Ich nehm den Fußball mit. Karl ist ein prima Kicker.«

Der Junge stürmte, den Ball unterm Arm, freudestrahlend an ihr vorbei aus der Wohnung. Susanne lächelte und legte die Jacke, die Jonas in der Aufregung vergessen hatte, über den liebevoll gepackten Freßkorb. Wie schön, daß sich die beiden so gut verstanden. War ja auch kein Wunder. Wer konnte Karls Charme schon widerstehen? Rasch schloß sie die Wohnungstür ab und hüpfte wie ein junges Mädchen die Treppen hinunter.

Jonas hatte sein Rad längst draußen und kickte bereits mit Karl auf der Straße, als sie die Haustür hinter sich ins Schloß zog. Für einen Moment blieb sie mit der Hand an Sattel und Lenker stehen und nahm das Bild der beiden Spielenden in sich auf. Es rührte sie an. Vielleicht würde ihr längst ausgeträumt geglaubter Traum von glücklicher Familie ja doch noch wahr.

Die Zutaten stimmten jedenfalls. Ein Mann wie aus dem Bilderbuch, schön und sexy, intelligent und liberal. Ein Mann, der ihre Unabhängigkeit als Frau und, was ihr so wichtig war, ihre berufliche Karriere respektierte.

Daß der kritische Jonas den als neuen Lover Ausgeguckten so vorbehaltlos akzeptierte, tauchte die ganze Sache noch zusätzlich in ein warmes Licht.

Sicher, Karl war verheiratet. Aber wo ein Wille, da auch ein Weg. Ohne die sonst übliche Selbstironie nahm sie zur Kenntnis, daß sie beim Anblick dieses Mannes mädchenhaft ins Schwärmen kam.

»Halbzeit, Leute, auf die Räder.«

Sie hielt Karl die Wange hin, und er hauchte einen kurzen Begrüßungskuß darauf. Zu mehr war es bisher nicht gekommen. Karl war in dieser Hinsicht auf eine sympathische Art schüchtern und zurückhaltend. Dafür liebte sie ihn um so mehr, obwohl sie durchaus nichts gegen einen etwas stürmischeren Austausch von Körpersäften mit ihm gehabt hätte. Aber da mußte sie wohl die Initiative übernehmen. Man würde sehen.

Hintereinander radelten sie die Schillstraße runter, passierten die freudlose Zitadelle und ließen die Stadt hinter sich. Die Sonne strahlte. Vom Strom wehte eine angenehme Brise. Es roch nach Weite, Freiheit und Glück. Auf der Lippebrücke hielten sie kurz an und sahen eine Weile schweigend zu, wie sich der kleine Fluß an der nahen Mündung mit dem mächtigen Strom vereinigte. Susanne schwelgte in Allegorischem. Himmelblau und Wolkenwatte bis an den Horizont über der aufgeräumt wirkenden Landschaft.

»Ist das nicht toll?« brach Jonas das Schweigen, meinte aber im Gegensatz zu seiner Mutter, die den weiten Himmel nach Geigen absuchte, das Feuerwehrlöschboot im kleinen rechtsseitigen Hafen.

Weiter ging's über den Strom und dann bergab auf Büderich zu. Kurz vor dem Dorf hielten sie sich rechts und bogen in Weiden und Felder ab. Sie wollten über Perrich und Werrich nach Xanten, um dann mit der Fähre nach Bislich überzusetzen und den Bogen zurück nach Wesel zu schlagen.

Susanne schloß auf, angelte mit dem rechten Arm nach Karls Schulter und ließ sich ziehen.

»Ich bin hier der Motor«, rief Karl energievoll aus. »Mich hält niemand auf.«

Er imitierte Motorengebrumm und legte sich in die Pedale. Sie sausten durch die friedvolle Landschaft. Es war herrlich. Susanne war vollkommen glücklich. *Kein schöner Land in dieser Zeit. Von guten Mächten wunderbar geborgen.* Susanne war's nach Singen. Kinder winkten von einem hochbeladenen Heuanhänger auf einer Wiese. Sie winkte jauchzend zurück.

Dann kam Floris Hof in Sicht. Sie tauchten in den Schatten mächtiger Alleebäume, die den Durchgang durch die kleine Bauernschaft bildeten. Hier hatte Franz Huismann gelebt. Ein psychopathischer Killer. Laura, das geronnene Blut in der Wanne, die schreckliche Kreuzigung. Auch das war die Wirklichkeit.

Susanne ließ Karls Schulter los und schüttelte sich kurz unter unwillkürlichem Schauder. Aber schon stießen sie aus dem Baumtunnel wieder in den Sommer, und der kurze Blick ins Abgründige war bereits vergessen.

Schließlich hatte sich Professor Leid mit seiner eindrucksvollen Analyse durchgesetzt, und der Richter hatte Franz als Schuldunfähigen der geschlossenen Psychiatrie überantwortet. »Lebenslang« im Knast dauerte schließlich maximal fünfzehn Jahre, »entmündigt« in der Klapse hieß nach der professoralen Prognose wahrscheinlich »für immer«.

Wohlwollend sah Susanne auf die gebeugten Rücken der sich angeregt Unterhaltenden, die jetzt vor ihr radelten. Sie liebte beide. Es herrschte wieder Ordnung im Paradies. Der Fahrtwind riß einen Satz von Karls Mund und trug ihn an ihr Ohr.

»Ich hab Karten für Schalke.«

EPILOG

Das Flimmern des Computerbildschirms ließ die beiden gespannten Gesichter merkwürdig bleich erscheinen. Meier drei rückte etwas dichter zu Jonas, legte den Arm über dessen Rückenlehne und beugte sich weit hinüber, um die Enter-Taste zu erreichen.

»Unter Konfigurationsparameter muß noch deine Soundcard eingetragen werden.«

Der Junge wich, sich weit nach rechts lehnend, aus. Die Berührung war ihm offensichtlich unangenehm.

»Was ist denn los? Hat mein Deo versagt?«

Meier drei wunderte sich. Hatte der Junge plötzlich etwas gegen ihn? In letzter Zeit benahm er sich merkwürdig. Scheu, zurückhaltend, ängstlich und im nächsten Moment wieder unverhohlen aggressiv. Kam wohl langsam in die Pubertät.

Eigentlich hatten sie sich immer gut verstanden. Und Susanne lobte seine Fähigkeiten als Babysitter jedenfalls ständig in den höchsten Tönen. Seitdem sie Karl Kranz kannte, waren die auch immer häufiger gefragt. Heute abend waren die beiden in der Akademie Klausenhof in Dingden. Hauptkommissar Toppe, ein Kollege vom Klever K 1, hielt dort einen Vortrag. »Häusliche Gewalt aus Sicht der Polizei«.

Meier drei mußte unwillkürlich grinsen. Toppe wußte wahrscheinlich genau, wovon er sprach. Nachdem er mit seiner Freundin, einer erheblich jüngeren Kripo-Kollegin, und seiner Ex-Frau WG-mäßig in einen Kotten gezogen war, hatte er besten Stoff für den beliebten polizeiinternen Tratsch geliefert. Hoffentlich gab's für die Klever Kollegen da nicht mal was im engsten Familienkreis zu ermitteln.

»Joystick kalibriert, Schubkontrolle eingestellt«, meldete Jonas und riß Meier drei damit aus seinen Gedanken.

Auf dem Bildschirm hatte sich eine Sternenkarte geöffnet. Rot signalisierte der *nav point*, wo sie ihren Zerstörungsauftrag durchführen sollten. Meier drei hatte über dem neuen Computerspiel sofort den Totalabsturz seines Liebeslebens vergessen.

»Ready? Und go!«

Jonas betätigte den Feuer-Knopf in hektischem Stakkato. Aber da, wo Laser-Missiles über den Schirm switchen sollten, gab es nur lahmes Geruckel.

»Mist! Die alte Gurke schafft das nicht! Viel zu langsam. 486iger, 50 MHz! Steinzeit! Das Spiel können wir vergessen!« Jonas sah Meier drei enttäuscht an. Stimmung off-line. Game over.

Plötzlich kam ein Glitzern in Jonas' Augen. »Karl hat 'nen neuen Pentium. 220 P2! Da würde die Post richtig abgehen.«

Schweigen. Beide arbeiteten am selben Problem.

»Wo?«

»In der Praxis.«

Meier drei schaute auf den Bildschirm, fummelte an der Tastatur rum und nuschelte beiläufig:

»Hast du zufällig einen Schlüssel?«

Auf dem Gesicht des Jungen breitete sich ein komplizenhaftes Grinsen aus.

»Hab ich!«

Er rannte in den Flur und riß eine Herrenlederjacke von der Garderobe. An der linken Innentasche war an einem Metallkettchen ein Schlüsselbund befestigt.

»Komm!«

Meier drei rang mit sich. Wenn Karl Kranz davon was merkte, würde es gewaltig im Karton rappeln. Egal! No risk, no fun. Heute abend wollte er sich wie Captain Kirk fühlen.

*

Sie schalteten das Licht in der Praxis nicht an. Interessant war sowieso nur, was auf dem Bildschirm vor sich ging.

Jonas war nervös. Die Atmosphäre schien ihn anzuspannen. Während Meier drei sich mit dem PC vertraut machte, rutschte er unruhig auf dem Drehstuhl herum.

»Komm, laß! Ich hab keinen Bock mehr!«

Aber Meier drei war in seinem Element. Den Explorer hatte er bereits geöffnet. Gerade als er auf das CD-Rom-Laufwerk wechseln wollte, blieb sein Blick an der Datei »Schulze.doc« hängen. 283 KB. Eine Menge Holz.

Spontane Gedankenverknüpfungen. Schulze, Kranz – Huismann. Die absurden Geschichten, die der vor Monaten Verurteilte erzählt hatte. Der aufregendste Fall, den Meier drei je bearbeitet hatte. Er versuchte, die Datei mit einem Doppelklick zu öffnen. Gesperrt. Mist.

Kein Sesam öffne dich. Ohne Codewort war da nichts zu machen.

Karl Kranz hatte mit Schulze beruflich eigentlich nichts zu tun. Womöglich hatte der Weseler Platzhirsch hier was Brisantes gespeichert. Vielleicht hatte Schulze ja doch Dreck am Stecken. Und vielleicht war das für Kranz interessant.

»Laß uns endlich gehen!« Jonas ging die Warterei auf die Nerven.

Meier drei massierte seine Schläfe.

»Warte mal, ich brauch nur noch zwei Minuten.«

Er mußte an Franz Huismann denken. Wie der bei den Vernehmungen und in der Gerichtsverhandlung das angeblich üble Spiel von Karl Kranz und die unsauberen Machenschaften von Schulze herausgebrüllt hatte. Sollte Huismann doch die Wahrheit gesagt haben?

Er würde die Datei jetzt nicht öffnen können. Aber er konnte sie kopieren. Und mit Genehmigung der Staatsanwaltschaft konnten sie das Landeskriminalamt Düsseldorf einschalten. Die Computerspezialisten da konnten jede Datei knacken.

»Mann, Scheiße! Ich will hier weg!« Jonas zog ihn energisch am Ärmel.

»Was ist denn plötzlich los?« fragte Meier drei und hielt Jonas mit beiden Armen fest.

Wild um sich schlagend versuchte der wütende Junge, sich aus der Umarmung zu befreien. »Laß mich doch, du Schwein! Ihr verdammten Schweine!«

Meier drei stockte der Atem.

»Jonas? Was ist los mit dir? Was ist passiert? Was hat du für ein Problem?«

Der Junge brach in Tränen aus. Fast wäre es Meier drei unter der Wucht der Erkenntnis genauso gegangen.

Dann kam die Wut.

Schnell nahm er eine unbeschrifteter Diskette von einem Stapel neben dem Bildschirm und zog eine Kopie der Datei.

Behutsam bugsierte er Jonas hinaus.

Er mußte mit Susanne reden. Noch heute nacht.

Der Bergische Krimi

ÜBER DIE WUPPER von Edgar Noske und Klaus Mombrei
Da rockt eine Band durchs Bergische Land. Nach einem Konzert von »Bombay Black« wird eine junge Frau ermordet im Bandbus aufgefunden. Sämtliche Indizien verweisen auf Max Hellenrath, den Sänger der Band. Auf Kaution freigelassen macht er sich auf die Suche nach dem wahren Mörder und muß sich durch einen Dschungel von Mord, Intrigen und Erpressung kämpfen.
»Mörder-Jagd im Bergischen Land. Viel Lokalkolorit, viel Action, viel Fäuste.« *Bild-Zeitung*
Der Bergische Krimi 1, Paperback, 160 S., ISBN 3-924491-60-7, 16,80 DM

BULLENMORD von Volker Kutscher und Christian Schnalke
Daß in Krimis hin und wieder ein Bulle auf der Strecke bleibt, ist nicht ungewöhnlich. Wenn jedoch ein leibhaftiger Zuchtbulle zu Tode kommt und sein Besitzer den Tod seines geliebten Tieres auf ein Mordkomplott zurückführt, dann ist dies ein ungewöhnlicher und spektakulärer Auftakt. Eine aufregende, mörderische Jagd quer durch das Bergische Land verheißt: die ländliche Postkarten-Idylle ist trügerisch. Auch in Wuppertal, Hückeswagen und Wipperfürth wird mit Koks die schnelle Mark gemacht.
»Das Erstlingswerk des bergischen Duos erweist sich als unterhaltsames Lesevergnügen mit spannenden und amüsanten Passagen.« *Prisma*
Der Bergische Krimi 2, Paperback, 200 S., ISBN 3-924491-87-9, 16,80 DM

Aachen Krimi

TIEFER ALS DER TAG von Hermann-Josef Schüren
Zunächst scheint es sich um Bagatellfälle zu handeln. Verstümmelte Kleintiere werden im Stadtgebiet aufgefunden. Als aber am Eröffnungstag des CHIO ein erstochenes Fohlen vor dem Reitstadion liegt, läßt sich die Sache nicht länger abtun. Wieder hat der Täter seine seltsamen Insignien hinterlassen. Der Wahnsinn ist offensichtlich Methode, und noch ist kein Ende abzusehen. Bevor Gorski, lebenshungrig, bissig und seit knapp zwei Wochen von Alkohol und Freundin getrennt, die Zeichen zu verstehen beginnt, hat sich der Fall längst zu einer persönlichen Herausforderung zugespitzt.
»Eine süffige Lektüre, mit der ein langes Wochenende zu verbringen sich lohnt.« *Aachener Nachrichten*
Aachen Krimi 1, Paperback, 245 Seiten, ISBN 3-924491-89-5, 16,80 DM

Eifel Krimi

BITTE EIN MORD von Edgar Noske
Die Eifel ist schön. – Allerdings nicht für Harry Kaplan, der aus Köln in das bezaubernde Eifelstädtchen Malberg kommt, um seine Tante Martha zu beerdigen. Leider bleibt es nicht bei einer Leiche: Ausgerechnet Harry findet Konrad Walterscheid, den Besitzer der kleinen Kyllburger Brauerei, von einem Armbrustpfeil durchbohrt vor dem Malberger Kriegerdenkmal. Harry gerät in eine tückische Intrige um Mord, Liebe und – Bier. Denn allem Anschein nach hat die mächtige Bitburger Konkurrenz ihre Finger im Spiel ...
»Ein packender Thriller mit überraschendem Ende.« *Bild*
Eifel Krimi 1, Paperback, 190 Seiten, ISBN 3-924491-76-3, 16,80 DM

München Krimi

KILLING GIESING von Friedrich Ani
Drei ermordete CSU-Mitglieder an einem Tag! Die bayerische Landesregierung, die Münchener Stadtoberen und selbstverständlich auch die Presse stehen Kopf. Natürlich aus Gründen der Freistaatsraison gilt es nun, der Gefahr, daß zu viele Neugierige einen Blick hinter die barocke Fassade bayerischer Politik erhaschen könnten, entschlossen entgegenzutreten. Da ist es ganz praktisch, daß die Tochter des dritten Toten, eines einflußreichen Rechtsanwalts, verschwunden ist. Bevor es Hauptkommissar Schwaiger gelungen ist, das halbblinde Mädchen aufzuspüren, hat man aus der Verschwundenen – nach diskreter Einflußnahme der Staatskanzlei – bereits eine flüchtige Haupttatverdächtige gemacht.
»Eine witzig überdrehte Satire, berstend vor literarisch-krimineller Energie, rasant erzählt und voll greller Farben.« *tz*
München Krimi 1, Paperback, 200 S., ISBN 3-924491-80-1. 16,80 DM

Düsseldorf Krimi

TOTE ROSEN von Edgar Noske
In einem ausgebrannten Wohnanhänger in der Urdenbacher Kämpe werden zwei verkohlte Leichen gefunden. Wer der Mann war, steht schnell fest: Heiko Tänzer - Alkoholiker, Sportinvalide und einst gefeierter Fußballstar der Fortuna. Aber wer war die Frau? Rosa Quist, wie ihre Schwester Verena behauptet? Eigentlich unmöglich, denn Rosa kam bereits sechs Monate zuvor beim Absturz eines Privatflugzeugs ums Leben.
Besteht etwa ein Zusammenhang zwischen dem Absturz und den irritierenden Vorgängen auf Schloß Elbroich, wo die renommierte Privatklinik von Professor Epp untergebracht ist? Und warum findet Rosemarie Nitribitt auch 39 Jahre nach ihrem gewaltsamen Tod keine Ruhe in ihrem Grab auf dem Südfriedhof?
Fragen, auf die Johannes ›Gino‹ Hoffmann, der Düsseldorfer Detektiv wider Willen, seiner Ex-Frau Verena zuliebe nach Antworten sucht. Eine Suche, die ihn in einen alptraumhaften Abgrund aus Gier, Neid, Haß und Mord führt. Eine Suche mit absolut tödlichen Konsequenzen.
Düsseldorf Krimi 1, Paperback, 200 S., ISBN 3-924491-84-4, 16,80 DM

Köln Krimi

TÖDLICHER KLÜNGEL
Köln Krimi 1 von Christoph Gottwald
Paperback, 144 Seiten, ISBN 3-924491-01-1, 16,80 DM

DREIMAL NULL IST NULL
Köln Krimi 2 von Frank Schauhoff
Paperback, 152 Seiten, ISBN 3-924491-03-8, 16,80 DM

LEBENSLÄNGLICH PIZZA
Köln Krimi 3 von Christoph Gottwald
Paperback, 142 Seiten, ISBN 3-924491-07-0, 16,80 DM

YELLOW CAB
Köln Krimi 4 von Uli Tobinsky
Paperback, 156 Seiten, ISBN 3-924491-10-0, 16,80 DM

DER SCHWARZGELDESSER
Köln Krimi 5 von Frank Grützbach
Paperback, 204 Seiten, ISBN 3-924491-16-X, 16,80 DM

TOD IN DER SÜDSTADT
Köln Krimi 6 von Rüdiger Jungbluth
Paperback, 160 Seiten, ISBN 3-924491-26-7, 16,80 DM

SCHMAHL
Köln Krimi 7 von Peter Meisenberg
Paperback, 146 Seiten, ISBN 3-924491-31-3, 16,80 DM

HUNDERT NÄCHTE LÖSEGELD
Köln Krimi 8 von Rolf Hülsebusch
Paperback, 150 Seiten, ISBN 3-924491-36-4, 16,80 DM

KAMELLE
Köln Krimi 9 von Ralf Günther
Paperback, 174 Seiten, ISBN 3-924491-39-9, 16,80 DM

MARIE MARIE
Köln Krimi 10 von Christoph Gottwald
Paperback, 177 Seiten, ISBN 3-924491-46-1, 16,80 DM

HAIE
Köln Krimi 11 von Peter Meisenberg
Paperback, 220 Seiten, ISBN 3-924491-66-6, 16,80 DM

MORDSHUNGER
Köln Krimi 12 von Frank Schätzing
Paperback, 260 Seiten, ISBN 3-924491-71-2, 19,80 DM

Köln Kurzkrimi

KEINE ANGST von Frank Schätzing
Vierzehn Geschichten aus Unterwelt und Schattenwelt, zum Erschrecken komisch. In diesem Buch beweist Frank Schätzing, Autor von *Tod und Teufel* und *Mordshunger*, daß er auch die kurze Form souverän beherrscht. Häppchenweise serviert der Krimiautor abstruse, makabre, aber auch komische Begebenheiten, mögen sie in einer Tierhandlung spielen, im Theater oder in der Sauna. Keine Angst, Nervenkitzel ist garantiert!
»Eine Fingerübung durch sämtliche kriminologische Topoi und Tatmuster.« *Kölner Stadt-Anzeiger*
Paperback, 220 Seiten, ISBN 3-924491-88-7, 16,80 DM

Köln Krimi *Classic*

NACHT ÜBER NIPPES von Edgar Noske
Die 50er Jahre im Schieber- und Gaunermilieu der Domstadt. Wenn man da neben einer unbekannten Toten erwacht, ist das ganz schön häßlich. Was tun, wenn einem ein Mord angehängt werden soll, man sich an nichts erinnern kann, die Polizei einem als stadtbekanntem Schmuggler sowieso mißtraut, die Geliebte einen verlassen will und die Ex-Frau sich mit dem Obergauner liiert hat? Leo Saalbach muß den Mörder selbst suchen, wenn er nicht den Rest seines Lebens im Klingelpütz verbringen will.
»Noske liefert mit seinem Erstlings-Roman ein kleines Meisterstück ab. Von Edgar Noske möchte man noch mehr lesen.« *Express*
Köln Krimi *Classic* 1, Paperback, 160 S., ISBN 3-924491-45-3, 16,80 DM

TOD UND TEUFEL von Frank Schätzing
Köln im September 1260: Jeder steht gegen jeden. Erzbischof und Bürger versuchen, einander mit allen legalen und illegalen Mitteln in die Knie zu zwingen. Jacop der Fuchs, Dieb und Herumtreiber, zeigt an den erzbischöflichen Äpfeln indes mehr Interesse als an der hohen Politik. Was ihm nicht gut bekommt: In den Ästen sitzend, wird er Zeuge, wie ein höllenschwarzer Schatten den Dombaumeister vom Gerüst in die Tiefe stößt. Er hat den Mord als einziger gesehen. Aber der Schatten hat auch ihn gesehen. Er heftet sich an Jacops Spuren und bringt jeden um, den Jacop einweiht. Als Jacop begreift, daß der Sturz vom Dom nur Auftakt einer unerhörten Intrige war, ist es fast schon zu spät.
»Ein ungewöhnliches Buch. Ein spannender Mittelalter-Krimi.« *Express*
Köln Krimi *Classic* 2, Paperback, 380 S., ISBN 3-924491-59-3, 19,80 DM

Köln Krimi für Pänz und Kids

Auch junge Leser können auf kriminalistischen Pfaden wandeln. Sie werden in eine spannende Erlebniswelt geführt, in der jede Menge passiert.

DIE SPUR FÜHRT ZURÜCK von Rolf Hülsebusch
Joschi, der Junge aus einer bürgerlichen Familie, lernt Rosa kennen, das Mädchen vom Flohmarkt und Kind einer Künstlerfamilie. Während die Freunde auf Ferientour gehen, machen sich die beiden auf die Spur eines vergrabenen Schatzes. Die Suche führt quer durch Köln und zurück in die Vergangenheit. Die Kinder müssen sture Bürokraten überlisten und gar nicht so ungefährliche Fahrraddiebe stellen. Und nebenbei entwickelt sich zwischen Rosa und Joschi so etwas wie die erste Liebe.
»Auch ohne Mord und Totschlag megaspannende Lektüre für Kinder wie Erwachsene, zum Lesen und Vorlesen.« *neues rheinland*
Köln Krimi für Pänz 1, Paperback, 160 S., ISBN 3-924491-69-0, 16,80 DM

COOLE KANNEN von Ralf Günther
Spok liebt die Nacht in Köln. Nur nachts kann Spok *SPOK* sein. Spok ist Sprayer, und die Nacht ist sein Leben. Doch plötzlich merkt er, daß er nicht allein ist. Jemand kopiert ihn. Puk kennt die Lösung des Rätsels. Und sie ist gleichzeitig ein Teil des Rätsels. Des Rätsels, das nur Spok lösen kann. Gemeinsam nehmen sie den Kampf auf. Den Kampf gegen das Böse. Sie wollen sich die Nacht zurückerobern. Denn nachts leben sie ihr eigenes Leben ...
Köln Krimi für Pänz 2, Paperback, 160 S., ISBN 3-924491-82-8, 16,80 DM